骆驼

LUO TUO

杨志军 著

青海人民出版社

图书在版编目（CIP）数据

骆驼 / 杨志军著 . -- 西宁 : 青海人民出版社，
2020.8
（杨志军藏地小说系列）
ISBN 978-7-225-05987-7

Ⅰ . ①骆… Ⅱ . ①杨… Ⅲ . ①长篇小说—中国—当代
Ⅳ . ① I247.5

中国版本图书馆 CIP 数据核字 (2020) 第 115717 号

杨志军藏地小说系列
骆驼
杨志军　著

出 版 人　樊原成
出版发行　青海人民出版社有限责任公司
西宁市五四西路 71 号　邮政编码：810023　电话：（0971）6143426（总编室）
发行热线　（0971）6143516 / 6137730
网　　址　http://www.qhrmcbs.com
印　　刷　陕西龙山海天艺术印务有限公司
经　　销　新华书店
开　　本　890mm × 1240 mm 1/32
印　　张　6.875
字　　数　160 千
版　　次　2020 年 10 月第 1 版　2020 年 10 月第 1 次印刷
书　　号　ISBN 978-7-225-05987-7
定　　价　45.00 元

引 子

我曾经的生活告诉我：骆驼作为人的伴侣，是所有役使动物比如牛马骡驴象中最出色的。只要你牵过它，让它为你驮过东西，或者你用缰绳抽过它的屁股，用巴掌拍过它的肚子，用呵斥让它跪下再骑上去走南走北，它就会长久地记住你。更重要的是，骆驼从来不浅薄地显示它们对人的超长记忆和由此而生的感情依恋，一辈子都不显示，它们用大智若愚的姿态把这种能耐深深地潜藏起来，致使人类在很多时候都以为它们是笨拙而低能的。

只有一种例外，那就是你遇到了危险，你需要它们的援助，它们就会不要命地从远方跑来，尽其所能地帮助你。到了这种时候，你才会吃惊地发现，骆驼的感官和记忆是动物里最发达的，它们能闻出地下水的流淌，能在逆风时嗅到一百公里之外的青草，能记得十几年、几十年前走过的路、经历过的环境以及役用过它们的你。而它们记住你的目的，绝不是要依赖你或者投靠你，求得你的豢养，不，它们完全不需要。

它们是在荒天旷地里吃粗粮的——梭梭秆、骆驼刺、芦苇叶、红柳枝，它们是十天半月才喝一次野水的，它们在了无草迹的沙漠里跋涉的时候是可以一连四十天不吃不喝的。它们根本用不着你为它们操心，不必恩情和宠爱相加，甚至都不需要你的一瞥青睐、一丝安慰、一种爱抚。它们记住你的目的就是为了毫无索取地为你服务，就像你的母亲——她的为你着想完全出于一种仁爱的本能。它们活着，终生都是为了报答人对它们的信任，而且是无偿的报答，是毫无功利心的报答。

然而我要讲的骆驼，却与以上的种种优点无关。因为只有我知道，骆驼的生命里，那些出现在人类意料之外的精彩，才是它们原来的样子。

1

巴丹吉林沙漠，一个新的年份刚刚开始。盛大的冬天里，彻骨的寒冷正在凝固。天光云影，北风南吹，所有的启事都写上了“喜马拉雅大招募”的名字。

喜马拉雅是古代印度的梵语称呼，“喜马”是无边永恒之雪，“拉雅”是高旷无人之域，翻译成汉语就是雪域。

雪域大招募就是招募骆驼，是骆驼大招募。

那时候，在西部高原，长城以北，有中国的十万骆驼。这是不朽的自然献给人类的礼物，是一列悠远而绵长的队伍，在漫长的历史中，从沙漠走向了绿洲，走向了天堂和蒙古。

但是现在，大招募的动员已经遍布沙漠，不是为了绿洲的跋涉、天堂的招摇，不是去阴山蒙古、锡林郭勒蒙古，或者戈壁阿尔泰蒙古，而是去一个遥远的地方，去天上。因为地势高极，因为无路可觅，遥远的地方更加遥远了。

不不，大招募笼罩下的能走善驮的骆驼，岂止是从沙漠走向了蒙古。它走过了博格达雪峰，走过了呼图壁原野，走过了巩乃斯河流，走过了帕米尔高山，走过了德黑兰城堡，走过了巴格达郊外，见到了波斯湾，又见到了地中海。如今它就拴在巴丹吉林沙漠红柳泉的柳根上，焦虑地等待着幸福时光的到来。

它是美驼格尔穆。美驼就是种驼，是沙漠挽留在自己怀抱里的一汪生命之水。五年前，当那么多公驼都被骗掉，当千挑万选的幸运突然降临，它就用自己铜号似的长鸣激动地感谢了主人的信任：人啊，我是不会辜负你们的。然后它扑向了年轻漂亮的母驼乌图美仁。还是秋天，还不到发情的季节，小公驼格尔穆就已经这样了，它要在主人面前表现自己就不管四时轮回、情浓欲淡了。吓坏了的母驼乌图美仁转身就跑，跑过了红柳林，跑进了驼群，来到了骆驼妈妈身边：快救救我呀，妈妈快救救我，不要脸的格尔穆，真是吓死我了。说着就朝骆驼妈妈的脖子底下钻。骆驼妈妈不理它，看它娇缠不休，就用头顶着它：去吧，去吧，你已经大了，这种事情不要再来找妈妈了。

美驼格尔穆身形伟岸、体壮力大、毛色红亮、耳聪目明，在作为美驼履行生殖义务的五年中，它成了许多母驼的丈夫，成了许多骆驼孩子的父亲。作为父亲它是庄严的，作为丈夫它是沉默的。沉默是因为专一，在发情的日子之外，在为了繁衍健康壮实的驼群下一代而龙腾虎跃的激动时刻过去之后，它就专一而深情地爱着那一个。那一个就是跟它一起长大也一起见过波斯湾、地中海的美丽善良的母驼乌图美仁。

但是今天，乌图美仁始终没有出现。青春荡漾的母驼乌图美仁在这个应该出现的日子里，带给红柳泉的不是幸福时光，而是担忧和焦急——美驼格尔穆感到有什么不妙正在发生，它站起来，一次次走向飘带一样缠绕在红柳丛、泉水边的驼道，又一次次被牵连在柳根上的缰绳拽回来。最后一次它拽脱了缰绳，用元气充沛的哞叫通知了主人一声，就大步走去。

它的主人库尔雷克正在驼栈里接待一个穿着黄制服的募驼姑娘，听到哞叫赶紧跑出来，吆吆喝喝拦住了它。他望着它眼底眉梢的担忧和焦急大声说："格尔穆再等等吧，再等一顿饭的时辰要是乌图美仁还不来，我就陪你一起去找它。"

已经好几年了，乌图美仁一直都在给喇嘛湾的喇嘛驮运僧供，总是五天一个来回，从来没有过误差，甚至连来去的时辰都不会错过。可是今天错过了，已经错过大半天了。

美驼格尔穆不听主人的，在这件事情上它为什么要听主人的？主人又不是美驼，能知道多少美驼的心事呢？它执意要往前走，尽管库尔雷克死死拽住了缰绳，它还是在往前走。骆驼和人的力气啊，到底谁比谁大？

库尔雷克说："格尔穆你听话，你没见一个姑娘来了吗，你知道她是来干什么的？她是来招募骆驼的。"

库尔雷克的双脚在沙地上留下了两道深深的犁沟，眼看就要犁出沙漠，犁到天上去了，他喊起来："停下，停下，不听话的东西，你是不是想让那姑娘把你带走？"

格尔穆拽拉得更起劲了，仿佛说：姑娘能带走的是你不是我，我只想找到我的乌图美仁，我的乌图美仁怎么还不回来啊？

库尔雷克误解地喊起来："我知道你想的就是让姑娘把你带走，

你这个没良心的，我恨不得把你骟掉，骟掉以后我就放开你，看你还能往哪里走。”

格尔穆一听主人这么说就停下了，就没有力气了。骆驼和人的力气啊，看来还是人大。

库尔雷克说：“这就对了嘛，我要是把你骟掉，你就永远没有乌图美仁了。”

美驼格尔穆弯曲着脖子，任由主人把它拽回去，重新拴在了红柳丛的柳根上。但是它没有按照他的指令卧在地上，一直高昂着头，倔强地用眺望远方的姿势回敬着主人：走着瞧啊，骆驼的生活就是走，说到底还是要走着瞧。

2

募驼姑娘来了，主人的脾气不好了，乌图美仁就不会出现在飘带似的驼道上了。天生敏感的美驼格尔穆富有逻辑地把乌图美仁和募驼姑娘以及主人的脾气联系了起来。后来它发现，这样的联系是对的，它不会有错，从来不会有错，有错的都是人。

一开始库尔雷克还在取笑这个从不知什么地方骑马跑来的泼泼辣辣的募驼姑娘：“你是来招募骆驼的？你知道骆驼是吃草的还是吃肉的？是用绳子拉的还是用鞭子赶的？”

姑娘笑着说：“我不知道这些没关系，因为我不仅是来招募骆驼的，还是来招募像你这样了解骆驼的骆驼客的。”

库尔雷克哈哈一笑说：“招募我？凭什么？远方来的姑娘，凭你有一双大眼睛你就能招募我？”

募驼姑娘严肃起来，大眼睛也就睁得更大更亮了，说："你是国家的人，你必须服从国家，现在国家需要你。"

库尔雷克惶惑地说："我是国家的人？我怎么是国家的人？不是吧？公家人你搞错了，我是鼎新驼行的人。"

库尔雷克一听到"国家"这个词心里就不踏实了。他是一个在天高皇帝远的荒漠里伺候骆驼的老百姓，陌生而遥远的"国家"概念永远犯不着走进他的生活。但是现在，"国家"走来了，不容置疑地走到他眼前来了。他紧张地瞪着"国家"，"国家"就是面前这个远方来的大眼睛的募驼姑娘，她穿着皱皱巴巴的黄制服，皱皱巴巴的黄制服顿时成了"国家"的象征。

募驼姑娘嫣然一笑，就像沙漠里生出了一片新绿。

他惶惑地说："不，我不能去啊，说什么也不能去。西藏是什么地方？我不知道，地球上有没有这个地方？"他以为这样装傻充愣就可以让人家把他排除在大招募之外了，没想到姑娘说："你不知道没关系，跟着我走就是了，西藏在地上咱就走到地上，西藏在天上咱就走到天上。"

库尔雷克说："不去，天上不去，就是我想去，骆驼也不会去，骆驼是走沙漠的，不是走天上的。"

姑娘的大眼睛扑闪扑闪的，坚定而自信地说："你不会不去的，现在是喜马拉雅大招募。"说罢就走了，走到驼栈外面去了。

驼栈外面是无边的沙丘和遍地的红柳，红柳没有开花也没有抽芽，柔韧的枝条密集地铺开，随着起伏的地势上下翻滚，最后和苍天连在一起了。红柳丛的怀抱里，一泓清泉汪成了一片湖，二月的湖面白冰覆盖，二月的湖冰坚硬如石。湖中央的小岛上，立着一座泥塑的高台和泥炉，炉中是青烟升腾的柏香，这是四女驼神的祭坛。祭坛的四周凌空拉起了八条麻绳，麻绳上密不透风地挂着无数画着风马、写着经文的彩幡。巴丹吉林沙漠里，只要是骆驼和骆驼客群居的地方，不管是汉人还是蒙古人，抑或是库尔雷克这样蒙藏混血的人，就都会立起祭坛和挂起经幡来表达信仰，信仰中的佛神和驼神是他们永恒的精神主宰。

姑娘穿湖而去，走向湖那边几座插着经咒旗的土坯房和一片地窝子。那儿有人有骆驼，还有另一个穿着黄制服的募驼男人。

瘦兮兮的募驼男人刚刚离开几个蒙古族的骆驼客，一见姑娘就失望地说："这个地方的人太落后，你就是把唾沫星子溅干，也没有人愿意跟你走，我们的任务肯定完不成了。"

募驼姑娘说:"是你完不成，还是我完不成？别老是我们我们的，我跟你是分开的。"

她想起遥远的青藏古道上，他们出发前的情形——进藏驼队那个魁魁伟伟的队长古尔德班玛对所有派出去招募骆驼的人说："一人至少招募一百峰骆驼，谁招募不够，谁就别想去西藏。"她知道这是一句很严重的话，别想去西藏，就是别想待在进藏驼队里，就是你要失去集体了。她不想离开进藏驼队，告诉自己必须完成任务，而且只能在红柳泉完成任务，因为别的地方已经有别的募驼人了。

募驼男人苦笑着摇摇头说："分开就更难完成了，不信咱们打一赌。"

募驼姑娘盯着他，大眼睛转了转，突然伸出了手："怎么，你不敢了？"

巴丹吉林沙漠里，打赌的声音清脆地响起来：啪，啪。红柳丛里的和尚鸟惊飞而起。

姑娘说："我要是招募不够一百峰骆驼，我就自己当骆驼。"

男人说："你要是招募够一百峰骆驼，我也当骆驼。"

瘦兮兮的募驼男人叫田野，大眼睛的募驼姑娘叫谷子，都已经十六七岁了，但他们打的赌却一点不像这个年龄男女的所思所想。但不管怎么说，对田野和谷子来说，他们不期而遇了一个重新选择生命形式的机会：是做一峰骆驼呢，还是做一个人？或者，他们就用这种打赌的方式，无意中变成了骆驼生活的一部分。

谷子高兴地说："你就要变成骆驼了。"

田野摇摇头。作为一个内心沉稳的人，他想到的是：你就是有一万个变骆驼的理由，也不一定会有变幻的结果。

他们都是孤儿，在西海基督孤儿院长大，后来又上了学。有一天学校来了两个军人，召集一些就要毕业的学生说，上级正在组建进藏驼队，缺少有文化的青年，你们想不想去？去了，你们就是国家的人，就不愁吃不愁穿了。

谷子说："我想去。"

田野说："我也想去。"

谷子问田野："你为什么也想去？"

田野说："你想去我就想去。"

谷子说："学样儿学样儿，阿妈剪个鞋样儿，鞋样儿扯掉了，阿妈去着打给了。"

想去的青年还有几个。等大家登了记，穿上了黄制服，才知道进藏驼队的任务暂时还不是进藏，而是招募骆驼。

打完赌的田野和谷子赶忙去说服动员别的骆驼客。他们把自己对人世的热情全部交给了骆驼和骆驼客，交给了红柳泉。但红柳泉对除了骆驼和骆驼客以外的所有人似乎都没有一丝丝的温柔与亲和，阴险和恶毒早就埋伏在他们前去的路上。当他们刚刚翻过一座沙丘，正在疑惑风过沙起的“嗖嗖”声怎么来得如此突然时，匀净得就像女人肌肤的沙丘突然裂开了一个洞。

洞是贴沙飞翔的，转眼飞出了一条沙金色的绳子，那不是什么绳子，那是一条百步金钱豹；那也不是豹子，那是一条冬天无眠的沙漠蛇，全称就叫冬醒百步金钱豹。百步金钱豹飞落到谷子面前的沙地上，足有三米长的身子用任何人都来不及躲闪的速度水浪一样游过来，缠在了谷子的右腿上。它先是从下往上缠到了大腿根里，又从上往下缠到了脚脖子上。谷子死僵僵地立着，她被吓得连尖叫都不会了。当蛇牙咬住她的裤脚和袜子晃来晃去时，她的脸变成了一张写满惊恐的纸，煞白煞白的纸。

田野噌地往后一跳，又扑过去一把抓住蛇的身子，拽了几下，看根本拽不下来，便冲着不远处的一群骆驼喊起来：“救命啊，救命啊。”

有人跑来了，是个比他们还要小的孩子。孩子一见毒蛇就把指头放进嘴里，打响了呼哨。尖利的呼哨飞蹿而去，似乎还没落地，就有一峰雄伟健壮的白皑皑的骆驼跑来了，它身后是一峰浑身雪白的小骆驼。

那一刻百步金钱豹正缠着谷子的右腿，蛇嘴就在脚脖子上咬住她的裤脚和袜子晃来晃去，那一口咬得很深很深，利牙已经透过棉裤和袜子挑破了皮肉。

白皑皑的骆驼一看到剧毒之蛇百步金钱豹，优雅弯曲的脖子顿时伸得笔直笔直，四蹄朝后蹬着，张大鼻孔，颤悠悠地吸着气，想把毒蛇吸到自己这边来。

而毒蛇是有缠力的，生活在巴丹吉林沙漠的人都知道，三米长的毒蛇缠力大如牛。也就是说，现在是牛力和驼力的比赛，是动物王国里的拉力赛。

渐渐地，蛇头离开了谷子的棉裤，朝着骆驼缓缓移动着，缠在谷子右腿上的蛇身盘旋而出，慢慢地松懈了。

忽听哧的一声响，百步金钱豹凌空而起，直飞骆驼的鼻孔。

驼力超过了牛力，白皑皑的骆驼把百步金钱豹吸离了谷子，吸向了自己，如果它一直吸下去，一定会把百步金钱豹吸进自己的鼻孔和胃囊。但是它没有，骆驼不是食肉动物，它对蛇不感兴趣。就在蛇头被吸入鼻孔的一瞬间，它猛然松了一口气。百步金钱豹倏然落地，正好落在驼蹄的前面。

白皑皑的骆驼抬起驼蹄，踩了下去，那是千钧之力的锻压，是谁也无法承受的打击。死亡来临了，死亡从谷子身上来到了百步金钱豹身上，之后就再也没有离开。那峰浑身雪白的小骆驼吃惊地看看正在死去的蛇，又看看白皑皑的骆驼，敬佩地说:我的骆驼爸爸呀，你真了不起。

谷子倒下去了。田野跪在地上抱起了她，一声比一声紧迫地喊着她的名字。她浑身瘫软，一点力气也没有了，是被毒蛇吓走了魂，还是蛇毒正在血液里流走?

那个用呼哨叫来白皑皑的骆驼的孩子瞪着谷子喊起来：“快啊，快啊。”

田野仰起迷惑而焦虑的脸：“快什么？”

孩子说："快去找喇嘛一枝花。"

田野更加不懂了："什么喇嘛一枝花？"

孩子突然意识到说了也没用，你让这个外来的人去哪里寻找喇嘛一枝花？他转身就跑，喊着："小柴旦，小柴旦。"

天上地下又冒出一个跟他一般大小、一般长相的孩子，叫着"哥哥"，询问喊他有什么事。哥哥说："快去叫阿爸。"

3

库尔雷克没有看到骆驼战蛇的一幕。他从驼栈的窗户远远看着一男一女两个代表国家的公家人翻上了沙丘，再一次紧张而坚定地说："什么喜马拉雅大招募，不去，说破大天也不去。"

这是库尔雷克狂妄的拒绝，他的拒绝也是整个红柳泉的拒绝。红柳泉地处巴丹吉林沙漠的南缘中段，是沙漠西端弱水河边鼎新驼行的驼队走向东方阿拉善草原以及凉州、兰州、夏河、西安的必经之地。东来西往的骆驼、风尘劳顿的骆驼客，远远望见这个地方就会抒情地喊一声：啊，嘛呢石陪伴的驼栈。驼栈是补充给养、消乏解困的，是跋涉的一个终点也是一个起点，而库尔雷克便是鼎新驼行派来驼栈的掌柜，是整个红柳泉当之无愧的主人。

红柳泉的主人心神不定地走出驼栈。虽然他知道来到红柳泉的所有骆驼客都不会迷惑于一双美丽的大眼睛而断然抛弃鼎新驼行的营生，也不会一听"国家需要你"的鼓动，就拉上骆驼跟着两个还没长熟的陌生少年人走一趟谁也没有走过的西藏，但他还是觉得让大眼睛的募驼姑娘和瘦兮兮的募驼男人毫无顾忌地接近鼎新驼行的骆驼客是不明智的。

仿佛，一种沉默隐秘的骚动正在接近，一股金刚摧坏的罡风正在吹来，让他不由自主地提吊起了心神，飘飘忽忽地苦恼着。

库尔雷克走了过去，想提醒骆驼客们不要轻信任何人的蛊惑，走着走着就停下了，停在美驼格尔穆的巨大阴影里，吃惊地望着前面的驼道和驼道上升起的股股尘烟。

来人了，是鼎新驼行的一个骆驼客。他骑着骆驼奔跑而来，气喘吁吁地说起了鼎新驼行的掌柜嘎嘎一驼的决定：“不要理睬来势汹汹的喜马拉雅大招募，西藏不能去，去了就回不来，骆驼回不来，人也回不来。”

库尔雷克说：“知道了，回去告诉我阿爸，我也是这么盘算的，不去，是死是活都不去。”又问道，“娜陵格勒好不好？你告诉她，等喜马拉雅大招募风平浪静了，我就去看她。”

骆驼客诡谲地笑着：“库尔雷克听我说，你管好红柳泉的骆驼就行了，娜陵格勒是好是坏你就管不着了。”

库尔雷克敏感地瞪起眼睛问道：“为什么？她是我的人我为什么管不着？”

骆驼客叹口气说：“她说她是你的人了？没说是吧。再说了，她就是说了你也不能相信她，她这种女人，咳——”他同情着库尔雷克，把嘎嘎一驼叮嘱他不要乱说的事情以最简洁的语言说了出来，“新房已经收拾好，这几天就要办了。”

库尔雷克呆愣着：原来已是喜事临门，鼎新驼行风雨飘摇的日子里，被他深深眷恋的娜陵格勒就要嫁给弟弟察汗乌苏了。鼎新驼行里里外外那么多人，难道就没有一个人提醒他们，这样的喜事不是喜事，不管是谁，只要偷着背着和娜陵格勒办了喜事，那就是要了他库尔雷克的命，要了鼎新驼行的命。

现在，库尔雷克什么也不顾了，不顾红柳泉的驼栈，不顾喜马拉雅大招募以及那个大眼睛的募驼姑娘和瘦兮兮的募驼男人的到来。他只顾内心的激愤和冲动:娜陵格勒是他的,他要扑向鼎新驼行，抢在洞房花烛夜之前，把她抱到红柳泉的驼栈里来。

“阿爸，阿爸。”小柴旦来到了他面前，“快去看看，大柴旦让你快去看看。”

库尔雷克不去。小柴旦急了,拉住阿爸:“毒蛇咬人了,咬人了。”

库尔雷克以为大柴旦被毒蛇咬了，跟着小柴旦跑去，一去就愣在那里，善良的心里跟毒蛇咬了儿子一样难受。他蹲下来，抹起谷子的裤脚看了看脚脖子上的伤口，惊讶地叫了一声。他知道百步金钱豹的厉害，白皑皑的骆驼要是不把它吸下来，让它再咬一口，这姑娘恐怕已经死了。咬一口，毒死狗，咬两口，毒死大马和老牛。现在还好，就咬了一口，她至少还能活两天。

大柴旦迫不及待地提醒道：“阿爸，喇嘛一枝花。”

库尔雷克烦躁地说：“知道，知道。”

只能在喇嘛湾里求到喇嘛一枝花。它是喇嘛湾的大法台江永活佛用七叶一枝花、山海螺、斩蛇剑、飞来鹤、水蜈蚣、石蟾蜍、避瘟草、蛇总管、乌屎三七、入地金牛等十味药宝炮制成的一种口服外用的解毒灵丹，一剂病除，百试不爽。走南闯北的骆驼客们说：巴丹吉林的蛇是最毒的，喇嘛一枝花是最灵的。豹子、蝎子、蛇芯子，请来喇嘛斩腰子。

怎么办，是救人要紧，还是夺爱要紧？库尔雷克想了半天，叹一口气：喇嘛一枝花，这么贵重的药，江永活佛是不会随便给人的，非得自己亲自去求不可。再说娜陵格勒嫁给弟弟察汗乌苏，肯定是阿爸嘎嘎一驼做的主。他去了怎么好意思争抢呢？但两个娃娃就不同了，他们要是一哭一闹，阿爸以及察汗乌苏和娜陵格勒就都得想一想了。

"你们两个,给我听好了。你们的阿妈往生（去世）已经三年啦，现在我要给你们找一个新阿妈，你们要不要？"

大柴旦和小柴旦异口同声地说："要哩。"

"要哩，要哩，到底要谁哩？"

大柴旦和小柴旦对视了一下说："阿爸，我们要娜陵格勒哩。"

库尔雷克兴奋起来，把娜陵格勒就要嫁人的事儿说了，然后道："那就快去啊，快去鼎新驼行，把娜陵格勒抢过来。千方百计，知道吗？大柴旦，你是知道的。"

大柴旦说："噢呀，知道啦。"他们是双胞胎，大的总比小的知道得多些。

小柴旦羡慕地看着哥哥说："噢呀，我也知道啦。"

库尔雷克把皮袍脱下来，披到白皑皑的骆驼饱满的驼峰之间，拉起缠绕在驼脖上的缰绳，用一阵"突儿突儿"的卷舌音让它跪下，自己骑了上去，大声对田野说："你快把她背到驼栈里去，先用嘴给她吸吸毒，我去求药了，求到喇嘛一枝花，她的命就能保住了。"

现在，美驼格尔穆上路了。它以为是要去寻找它的爱人母驼乌图美仁的，不等大柴旦和小柴旦鞭策就跑起来，越跑越快。它满眼都是期待和焦虑，一路跑着一路喊：在哪里啊？乌图美仁你在哪里啊？一直喊到了风沙啸吟的五柳口。

它停下了，不能再跑了，因为大柴旦用缰绳示意它去的方向和它自己想去的方向突然不一样了。

五柳口里有五墩柳，五墩柳之间有五条驼道。西去的驼道通向弱水河，南去的驼道通向喇嘛湾。美驼格尔穆认准了南去的驼道，它知道就是在这条驼道上，乌图美仁给喇嘛湾的喇嘛驮运僧供去了，一去就再也没回来。

呵斥和鞭打都是无用的，美驼格尔穆就是不走了。它的主意已定：要么就在五柳口等着，要么就去喇嘛湾看看，反正不去弱水河边的鼎新驼行，打死也不去。

高坐在驼背上的大柴旦和小柴旦，忧心如焚而又无可奈何地学着大人的口气，你一声我一声地说："你怎么不听话？真想今天就把你骗掉，骗掉以后我就不要你了，你想去哪里就去哪里。"

格尔穆挺硬了脖子，用"走着瞧"的执拗回敬着两个小主人的威胁。

大柴旦只好换了一种乞求的口气："格尔穆你怎么能这样？你不知道娜陵格勒就要嫁人了吗？你不知道阿爸库尔雷克已经不想活了吗？求求你赶紧带我们走吧，等我们把娜陵格勒抢到了你的背上，我们就一起去寻找乌图美仁。"

小柴旦也说："对，一起去寻找乌图美仁。"

格尔穆假装不明白他们的话，用嘴指着前方，一动不动。

大柴旦和小柴旦只好撕着驼毛跳到地上，使劲拽着缰绳，把骆驼的脖子拽直了："走啊走啊走啊。"

格尔穆发力了，一弯脖子就把他们拉了过来。

格尔穆挣脱了大柴旦和小柴旦的拽拉，朝着喇嘛湾的方向兀自走去。大柴旦和小柴旦抬脚就追，格尔穆拔腿就跑。两个孩子知道骆驼只要跑起来，人是追不上的。去吧去吧去吧，你这个没良心的。他们不追了，他们现在只能步行走向鼎新驼行了。人和骆驼的距离眨眼就是一百丈。

美驼格尔穆十分满意自己能够毅然脱离两个小主人的牵扯，自由了，奔放了，可以按照本能的需要随心所欲了。一峰内心高贵而又感情炽热的美驼就应该这样：把心念的母驼看得比什么都重要，主人的意志算什么？为了等待已久的母驼乌图美仁，它宁可抛弃所有的生活所有的人。它高兴得咴咴直叫：抛弃了，已经把沉重的主人和劳役抛弃了，生活就是这样，只要你敢于抛弃，你就能轻松得到。可是啊，可是它一定就能得到吗？它的心真的轻松了吗？它那动不动就说要把它骟掉但从来不把骟刀拿出来摆到它面前的主人，真的就这样被它抛弃了吗？风从身后吹来，小主人拖着哭腔的悲凉的歌声从身后吹来：

琉璃瓦扣到经堂上，
遮风又挡雨了；
清眼泪淌到腔子上，
我哭着想起你了。

它知道这是驼道上骆驼客们的歌，也知道两个小主人表达的是他们的阿爸库尔雷克的心情而不是他们的心情，是学着大人边哭边唱而不是自己真的哭了，但学着哭和真的哭，难道不是一样的哭？

它咴咴直叫，叫着叫着突然又沉默了，四个蹄子也不再朝前刨动了。它回望着远去的大柴旦和小柴旦，心里不禁一阵冰凉：我可从来没有这样过。这样对待主人的，听说只有在远远的沙漠里，高高的藏原上，那些惊猿脱兔的放野的骆驼。

格尔穆的心依然飞走着，向着母驼乌图美仁，蹄子却本能地徘徊不定：到底往哪里走啊，喇嘛湾，还是鼎新驼行？慢慢地，心也开始徘徊了，能够制造意识的所有细胞都开始徘徊了。整整半个时辰，它独自在原地徘徊着，在离开五柳口一百丈之后，它的徘徊就像巴丹吉林沙漠的风中主人那悲凉的歌声，一会儿急了，一会儿缓了。

在喇嘛湾通往五柳口的沙漠里，绵长的驼道上，只有一峰骆驼正在孤独地行走，它就是我们的母驼乌图美仁。迎面吹来的风给它送来了寒意，也给它送来了温暖，那是美驼格尔穆的气息，在隆冬二月喜马拉雅大招募的时刻，带给它的亲切与依靠。它说我真的不知道啊，格尔穆你快告诉我，我逃离喇嘛湾的驼队，私自返回红柳泉是做对了，还是做错了？

它知道美驼格尔穆正在前面等着它，禁不住就激动地跑起来，跑着跑着又停下了，停在了驼道边的沙洼里。它稳了稳动荡的心，冷了冷沸腾的血，缓了缓蹦跳的脉搏，好像正在被许多别的骆驼盯着似的，假装无所谓地上路了。慢慢地走，心不在焉地走，多么娴雅，多么淡然，在被雄健美驼专一钟情的时候，在青春的欲望鼓荡起蒙古母驼生命风帆的时候，它知道一个好姑娘的全部美丽就是庄重和平静。

就这样，它走来了。表面上平静，心里头滚滚，母驼乌图美仁正在朝着徘徊风中的美驼格尔穆悄悄地接近。

4

库尔雷克骑着白皑皑的骆驼上路时，那峰浑身雪白的小骆驼跟了过去。

“回去，小哈勒腾，回去。”库尔雷克挥手驱赶着。

小骆驼不听，依然跟随着。但很快它就跟不上了。骆驼爸爸按照人的意志飞跑起来，追不上骆驼爸爸的小骆驼只好停下，望着，喊着：骆驼爸爸呀，你怎么不带我去？你去干什么，你什么时候回来？骆驼爸爸是小骆驼唯一的亲人，自从骆驼妈妈在驼道上被土匪抢走之后，还不到一岁的小骆驼就变得心事重重了。心事重重的小骆驼时刻依恋着它的骆驼爸爸，可是骆驼爸爸是多么靠不住啊，说走就走了，连一声不放心的叮嘱都没有，就按照人的驱使头也不回、紧赶慢赶地走了。

雄伟健壮的白皑皑的骆驼也是一峰留做种子的美驼，它的主人库尔雷克没有把它骟掉，是想让它跟白色的母驼配对，延续巴丹吉林沙漠的白骆驼。可骆驼天生就是自由恋爱的好手，凭什么要按照人的意志确定自己的爱恋对象呢？已经过了三个成年期的发情季节了，白皑皑的骆驼就是不愿意跟任何一峰白色的母驼交配。

库尔雷克问它：“你到底怎么了？你是不是天生就是个不中用的家伙？”

白皑皑的骆驼好像承认了，难为情地低下了头。

库尔雷克不相信，细细观察：哪里是不中用，它是心猿意马、另有所好啦。它站在泉湖这边嗤嗤地喷发着爱慕的气息，那么执着，那么有力。而在泉湖那边，是一峰棕褐色的母驼，是棕褐色的花容月貌、棕褐色的国色天香。纯洁善良的姑娘乌图美仁啊，你可要小心一点，白皑皑的骆驼似乎早就偷偷地爱上你了。

就在库尔雷克发现白皑皑的骆驼暗恋着乌图美仁的同时，美驼格尔穆也注意到了这峰白色美驼的异样：它怎么总是不远不近地跟着乌图美仁，总是出神地张望着乌图美仁，甚至连啃咬红柳也忘记了呢？自己是美驼，对方也是美驼，美驼猜测美驼的心思，就是食物猜测饿狼的心思，一猜一个准：漂亮可爱的乌图美仁啊，看出来了没有，那峰白皑皑的骆驼居然想占有你。这是不允许的，连动动心思也是不允许的。

惩罚随之而来，在发情的日子即将到来的前夕，在红柳泉光滑如镜的湖冰之上，美驼格尔穆阔步走来，突然把头伸向白色美驼的肚腹，张嘴就咬。白皑皑的骆驼毕竟是千里挑一的美驼，它怎么可能让可恶霸道的格尔穆咬破自己的肚腹呢？它的反应就是兔子的反应，敏捷得就像一阵风。躲开了，躲开了，一眨眼它就远远地躲开了。从此以后，时刻防范白皑皑的骆驼成了格尔穆日常生活的一部分；从此以后，公开地毫不羞涩地表达自己对母驼乌图美仁的喜欢成了白皑皑的骆驼的生命需要。

直到第二年春天，格尔穆和白皑皑的骆驼之间的战斗再次爆发。棕褐色的美驼咬烂了对方雪白的脖颈之后，库尔雷克毅然决定：白皑皑骆驼一定要有白皑皑的后代，它不能再这样荒废下去了。接下来就是强迫婚姻。强迫婚姻的办法很简单：他把白皑皑的美驼和一峰早就选好的名叫白风的母驼拴在了一个四周看不见其他骆驼的沙窭里，天天喂它们滋阴壮阳的黑司命和淫羊藿，喂着喂着它们就情不自禁了，勾魂摄魄的眼睛啊，干柴烈火的欲望啊，你一来我一去，库尔雷克的逼婚成功了。

库尔雷克是人，在人和骆驼的较量中，最后胜利的往往是人。一年又三个月以后，白皑皑的骆驼和母驼白风的孩子诞生了，那是一峰浑身雪白的小骆驼，主人叫它小哈勒腾。

库尔雷克骑着白皑皑的骆驼奔跑在通往喇嘛湾的驼道上："快啊，快啊，人命关天的时候，骆驼你要舍得性命啊。"

巴丹吉林沙漠的人不管是藏人、蒙古人、汉人，都是喇嘛湾的信民。在这个天高地迥的蛮沙之域，四面八方的信民不可能人人都去朝拜这个走一个月还望不到影子的福地，就把表达心愿的僧供也叫布施让顺路的骆驼客带到了鼎新驼行。鼎新驼行的掌柜嘎嘎一驼很高兴承担这个积德行善的义务，拨出六峰骆驼专门往喇嘛湾驮运这些来自广大地方的僧供。本来鼎新驼行的骆驼也可以直接走向喇嘛湾，但是嘎嘎一驼说，凡是靠骆驼吃饭的，都是佛的子民，光我积德还不行，我的后人也应该积些德。于是红柳泉就成了吉祥的僧供中转站，库尔雷克也成了僧供链条上一个增益善业的人。多少年都是这样，包括母驼乌图美仁在内的六峰骆驼，天长日久地往返于红柳泉和喇嘛湾，连驼道边的沙芭和骆驼刺都认识它们了。

拉着六峰骆驼的，是一个每只眼睛上面都长着一浓一淡两道眉毛的骆驼客。

这次来到喇嘛湾，二道眉惊奇地看到，喇嘛们一个个脸上都闪耀着喜庆的光泽，唱着《佛喜歌》忙碌在佛殿前、经堂中、神舞道场里。他们让自己的骆驼排起了队，然后把远行的驮子绑上了驼背。

一个跟二道眉很熟悉的老喇嘛走来，摸了摸卸下来的僧供，高兴地说："需要的就是粮食，粮食来了，粮食来了。"然后拉起乌图美仁的缰绳说："走啊，走啊，跟着我们走啊，你们正好赶上了，这样的福气是几辈子没有的。"

二道眉问道："唐卡喇嘛老边巴，跟着你们走？去哪里啊？"

老喇嘛说："走着走着你就知道了，那个地方好啊好啊，哦哟好啊好啊。这样的日子一百年等不到，一千年等不到，一万年也等不到。现在终于等到了，我们就要走了，能走的都要走了，喇嘛骆驼队就要出发了。"说罢就把乌图美仁的缰绳连在了喇嘛骆驼队的屁股上，高高兴兴走到驼队中间去了。

二道眉跟着老边巴走进了驼队，走进了喇嘛的群落，东一句西一句地打听着，渐渐知道了，一星半点地知道了：昨天夜里，喇嘛湾来了一个陌生的中年僧人，来了就直奔天王殿，好像那些在枯冬的黑暗里似睡非睡的胡杨树牵引着他，使他没有向任何人打听就径直来到了喇嘛湾的大法台江永活佛身边。

很快就是天亮，阳光和消息一起笼罩了喇嘛湾的天空，神秘的喜马拉雅大招募代替空气让喇嘛们的呼吸有了春天般的欢畅。啊，十世班禅要进藏了，我们也要走了，终于要走了。

二道眉回到骆驼身边，一掌在乌图美仁的肚子拍起一股尘烟，满脸疑惑地问道："来了一个喜马拉雅大招募，喇嘛湾要搬家了，我们去不去啊？"

母驼乌图美仁谨慎地摇了摇尾巴，仿佛在说：不能去啊，千万不能去。

二道眉问道 :“为什么？”

乌图美仁知道自己是因为思念美驼格尔穆才说不能去的，便害羞地再次摇了摇尾巴。

二道眉扇了一下它的尾巴说 :“我听你的，还是听喇嘛们的？”

说着心里禁不住一阵难受，想自己没爹没娘，不过是沙子埋不掉的一个汉族孤儿，是喇嘛湾的喇嘛给吃给喝养大了他，又让他在十二岁时成了鼎新驼行的一名骆驼客，先是跟着骟匠师傅学手艺，后来就拉起骆驼上驼道了。现在喇嘛们都要走了，要走到远远的天边，走上高高的藏原，很可能再也不回来了。他怎么办？他要想自己不难受，就只能跟着喇嘛们走了。再说鼎新驼行还能维持多长时间？听说改朝换代了，驼行就要散了，驼行一散，他去哪里拉骆驼？他自己可是一峰骆驼也没有，他拉的是库尔雷克的骆驼。没有了拉骆驼的营生，再没有了喇嘛湾的喇嘛，他吃什么喝什么？

母驼乌图美仁望着他，似乎明白了他的心思，不满地喷了一口气，想用挣脱缰绳的举动把自己的想法再给二道眉强调一下，发现已经没有时间了，二道眉突然离开它，跑到前边去了。

前边，不远处，传来了唐卡喇嘛老边巴的哭声 :“为什么不让我去？我就要去，就要去，一万年才等来了这么一回，我要是不去下辈子怎么转世啊？”

原来是这样:老边巴已经老了，喇嘛湾的大法台江永活佛说:“你就算了吧，你走不了多远就得用骆驼把你驮着了，可是骆驼，喜马拉雅大招募的骆驼，是要驮起班禅进藏的物资，驮起藏土的太阳，而绝对不是用来驮人的。”老边巴不听江永活佛的话，用双手拍打着自己的胸脯又哭又闹。

江永活佛笑吟吟地说：“你都七十多岁了，怎么还像个娃娃？难道我没有给你说过吗？万法唯心，就在于一个念想，福祉佛果是无远无近的，善业功德是无走无停的，你要做的不是大家都能做的事情，而是只有你才能做的事情。”

老边巴抹着眼泪说：“我能做什么？你说我能做什么？”

江永活佛神情肃穆地望着远方，只说了四个字，唐卡喇嘛老边巴立刻就不哭不闹了。这四个字就是：鼎新驼行。

老边巴掂得清这四个字的分量，也知道如果他能够说服鼎新驼行的掌柜嘎嘎一驼响应喜马拉雅大招募，就等于在喇嘛湾的佛光关照之下，巴丹吉林沙漠奉献了数千峰骆驼。江永活佛的意思是，老边巴救过嘎嘎一驼的命，他的请求嘎嘎一驼是不能不听的。

老边巴说：“江永佛爷你放心，我说服不了鼎新驼行的掌柜，这辈子就不再见你了。我是说他要是不听我的，我就给他念经，我不吃不喝不睡不走把太阳念成月亮，再把月亮念成太阳，直到他说，鼎新驼行的骆驼啊，你们上路吧。”

江永活佛说:“你尽力去做吧，到了佛归故乡、大放光明的时候，我们会说，巴丹吉林沙漠里，最盛大的骆驼群，是结了老边巴的法缘，才走上藏原的。”

老边巴笑了，呵呵呵的，比刚才的哭闹更像孩子了。

二道眉看了一会儿老边巴又哭又笑的热闹，回到自己的骆驼身边，吃惊地发现，六峰骆驼少了一峰，乌图美仁不见了。他看了看另外五峰骆驼的表情，知道它们也想离开这里，便大声告诉它们:“唐卡喇嘛老边巴去说服鼎新驼行了，把你们装到喜马拉雅大招募的口袋里是迟早的事。你们听我的，从现在开始，你们已经不是库尔雷克的骆驼了，你们是我的骆驼，我要拉起你们跟着喇嘛走。跟着喇嘛走就是跟着好日子走，一万年才有一回，这一回走下来，你们下辈子就能转世成人了。”

五峰骆驼有的是老骆驼，有的是骟骆驼，它们没有爱欲的动力，没有美驼格尔穆的吸引，虽然它们十分愿意待在老家，但如果拉骆驼的执意要它们跟着喇嘛走一趟远方，它们只能服从，而且是欣然服从。

那峰已经活了三十年的老骆驼叫起来，似乎很高兴地说：转世成人了，转世成人了，下辈子再也不用受苦受累了。

骟驼阿尔顿用鼻子呼哧呼哧地：人有什么意思，我才不想做人呢，我只求下辈子做个格尔穆那样的美驼，不要再被主人骟掉。

喇嘛骆驼队的最后，一峰中年母驼哼哼了几声，低下头说:那么，谁是你的母驼乌图美仁呢?

阿尔顿一声不吭。

唐卡喇嘛老边巴就要上路了。江永活佛让他骑着骆驼去，他不骑。他说：“就让骆驼驮着献给班禅的物资前往高高的藏原吧，驮着我这个老半死的身子干什么。我有腿,还能走,我要走着去,走着来。”他行囊空空，什么也没带，就带了一颗喜悦的心和一串老迈的脚步。无尽的驼道在他老迈的脚步前一点点缩短着。沙漠滚荡到天上去了，天上是一片骆驼的云，就像乌图美仁的姿影。

二道眉望望老边巴，又望望那片云，突然拉起了骟驼阿尔顿的缰绳。他发出一阵“突儿突儿”的卷舌音,让它跪下,然后骑上去，坐到两座驼峰之间用褐布包裹着芦苇花的驮垫上说：“我怎么舍得乌图美仁离开我呢？自从它驮着驮子走上驼道，就是我一直拉着它。我知道你们也舍不得，你们等着，我去把它找回来，一定把它找回来。”

追寻着乌图美仁的踪迹，二道眉和骟驼阿尔顿飞奔而去。

5

还是在离五柳口一百丈的地方，还是一个人的风中徘徊。风是从鼎新驼行的方向吹来的，抚摩着美驼格尔穆长长的毛发，吹到后面去了。也就是说风把它的气味传给了母驼乌图美仁，而它却捕捉不到乌图美仁的信息。它能够从空中捕捉到的，只能是小主人的歌声："清眼泪淌到腔子上，我哭着想起你了。"

它一次次地琢磨着，也就一次次地触摸到了五千年前和造物主的那个约定，当骆驼作为野种最初被驯化的那一刻，这个约定就要求所有骆驼必须把它的主人当作寄托感情的对象。感情啊，古怪的感情，它以爱人的分量、以催化剂的力气突袭了美驼格尔穆坚固的雄性神经，让它在敏锐地感觉到主人歌声的真情悲凉之后驼心大发。驼心就是善心，就是先人后己之心、听人召唤之心。

美驼格尔穆缓缓迈动了健壮的四腿，朝着大柴旦和小柴旦走去，走着走着就跑起来。它长长地叹息，恨恨地叹息：谁让我是骆驼呢，谁让人家是人呢。

听到蹄音，大柴旦和小柴旦回过头来：啊，骆驼。他们感动得眼泪差一点砸下来。大柴旦学着阿爸的口气说："格尔穆啊，我知道你会回来,你这个挨刀的,遭骗的,我知道你会回来。"说着便跑过去，搂住它的脖子，在那柔软的驼毛上擦干了自己的眼泪。

是母驼乌图美仁假装的漫不经心和平静庄重延误了时机，也是美驼格尔穆善良的驼心和对主人的忠诚造成了这个不可挽回的差池，大沙漠里，情深意笃的格尔穆和乌图美仁就这样错过了，一错就是一片历史。无缘相见的时候，它们都知道，人类的那个成语“失之毫厘，谬之千里”早就把它们说到了。更加糟糕的是，乌图美仁的娴雅淡然不仅使它再也闻不到前面格尔穆的气息，更让拉骆驼的二道眉从后面追了上来。

二道眉骑着骟驼阿尔顿拼命追赶，追上了就说：“乌图美仁啊，你跟我回去吧，你虽然不是我的骆驼，你是鼎新驼行的骆驼，但我拉你拉了好几年，我对你的感情鼎新驼行里的人是不能比的。你听我的话，你跟我走吧。我告诉你，喇嘛们要去的地方，都是好地方，不是天堂，也是天堂前的厨房，那里有大林子，有大河水，有大草滩，大草滩上的草有半人高，多少骆驼多少辈子都吃不完。再说从下辈子开始，你就不用吃草了，你会转世成人，会成为一个比度母姐姐还要漂亮的姑娘，你天天酒肉瓜果、绫罗绸缎，你骑着它们——就是那些没有跟着喇嘛参加喜马拉雅大招募的骆驼，它们下辈子还是骆驼——今天菩提园，明天须弥山，你就快活得人也不是了，你就是神仙了。停下，乌图美仁你快给我停下。咱悄悄地去，谁也别告诉，转世成人的骆驼是有数的，一多就拥挤了，就没有你的份了。”

母驼乌图美仁不听他的，撒腿就跑。它现在已经闻不到美驼格尔穆的味道了，闻不到也没关系，它跑向红柳泉就是了。它相信格尔穆不在五柳口等它，就在红柳泉等它。红柳泉的驼栈外面，柳丛如浪的风景线上，是它们相爱的老地方。

但是它没想到，就在它越跑越快，眼看就要甩掉二道眉时，二道眉突然喊道："乌图美仁你错了，你思念的格尔穆不在前边，在你的后边。格尔穆，你别藏着了，快告诉乌图美仁你在哪里。"二道眉不追了，跳到地上，拉着骟驼阿尔顿往回走去，边走边喊，"格尔穆，快出来，格尔穆，快出来。"

乌图美仁禁不住停下了，回望着二道眉，疑惑了片刻，恍然大悟似的哞了一声：对了，对了，风是从前面吹来的，它之所以闻不到了格尔穆的味道，肯定是因为格尔穆跑到它后面去了。格尔穆为什么要跑到它的后面去，而且还要藏起来？它想了想就释然而笑，这个捣蛋坯子啊，什么时候都忘不了吓它一跳。多少次都是这样，格尔穆藏在下风口的沙丘或者红柳丛后面，让它焦急够了，仿佛再也找不到了，突然蹿出来横挡在它面前，张嘴就亲，不是咬它的鬃毛，就是嗅它的鼻子。它总是转身跑开，开始是跑向妈妈，后来是跑向一个别的骆驼看不见的地方。它在那里等着，等着格尔穆追奔而来，然后反咬一口，忘天忘地，就连主人的吆喝也听不见了。

母驼乌图美仁走了过去，它根本没想到人——这个拉骆驼的二道眉，会利用它对美驼格尔穆的柔情蜜意欺骗它。它渐渐靠近着二道眉和骟驼阿尔顿，四下里张望着：格尔穆你在哪里？你快给我出来，你再不出来，我就不理你了。二道眉悄悄走过来，一把拽住了它那拖拉在地上的缰绳，迅速把它和骟驼阿尔顿拴在一起，然后拉起它们朝前走去。

乌图美仁尽量朝一边靠着，嫌弃地跟骟驼阿尔顿保持着距离，歪着脖子问它：你见到格尔穆了？格尔穆在哪里？

阿尔顿一脸呆板，看不出一丝丝的喜怒哀乐，这是所有被骟公驼的标准神情，好像它们是没有心情的，或者它们的心情已经与五官和身体的所有部位断绝了关系。但是拉骆驼的都知道，骟驼只要在黑眼仁的边缘亮起一对光环，就说明它们虽然已不存任何妄念但仍然本能地期待着异性的接近。阿尔顿就是这样一峰黑眼仁的边缘有光环的骟驼。它从心底里喜欢乌图美仁，喜欢并且已经习惯在这个美丽母驼的陪伴下打发掉驼道上所有的寂寞时光，所以它对二道眉选择它追踪乌图美仁的做法油然升起一种明亮的感激：不愧是拉我拉了五六年的骆驼客，还是你了解我呀。

骆驼是那种有了感激就会有回报的动物，阿尔顿的回报就是拼命奔跑，用连它自己也没想到的速度追上了乌图美仁。它是多么自豪啊，为二道眉也为它自己追上了乌图美仁。紧跟着到来的却是满心的不快，它看到二道眉用欺骗的办法拽住了乌图美仁的缰绳，摇了摇头，就知道二道眉完了，从此别想再得到乌图美仁的信任了。在所有的动物里，骆驼是最讲诚信的，它们好像天生不知道世界上会有欺骗这个词儿，会有欺骗这种事情，一旦欺骗发生并且被它们识破，不管是来自人的还是来自同类的，它们的反感就如同生命反感着死亡。难怪骆驼客们说：“能骗爹娘老子，不骗骆驼羔子。”

但是现在欺骗已经发生，识破就要出现，拉骆驼的汉子，你该如何收场呢？二道眉的欺骗也是它阿尔顿的欺骗。可怜的阿尔顿，只能远远地用胸腔深处那一丝永不喑哑的心弦朝着乌图美仁悄悄拨弹爱慕之歌的骟驼阿尔顿，你该如何收场呢？

他们朝着喇嘛湾的方向走去。期待着美驼格尔穆的突然出现，母驼乌图美仁兴奋得高昂着头，这儿看看，那儿望望，不断用鼻子闻着：在哪儿呢？在哪儿呢？我知道了，你就藏在前面那座沙丘背后，你以为我会走上沙丘是吧？不会的，我要绕过去，等你蹿出来吓我一跳时，我早就看见你了。

骟驼阿尔顿偷眼看着乌图美仁，愧疚地低下了头。而拉骆驼的二道眉却显得有点紧张甚至害怕，一害怕就十分后悔：他怎么能这样欺骗一峰害着相思病的母驼呢？这不是一般的欺骗，从乌图美仁的神情举动中，他越来越觉得自己把错误犯大了，大得都不能挽回了。他拉着缰绳硬着头皮往前走，时不时地回过头去窥伺乌图美仁。他知道他的骗术就要被识破了，乌图美仁的脾气就要爆发了，那恐怕不仅仅是对欺骗者的反感，更是对欺骗本身的反抗，因为对它这个青春激荡、美丽无比的母驼来说，受到欺骗的不仅是浑身的欲望，更是心灵的内容和活着的意义。

乌图美仁突然停下了，满眼都是愣怔，似乎已经意识到美驼格尔穆根本就不在前面，拉骆驼的二道眉已经变成骗子了。它“咦”了一声，又“咦”了一声，听到一阵轰隆隆的震响从前面传来，接着便出现了一道沙尘弥扬的金红天幕。乌图美仁愣了片刻，两只前蹄突然飞扬而起，首先踢向了身边的阿尔顿。可怜而惭愧的骟驼阿尔顿来不及躲闪，就被它踢到了五步之外。接着就是第二次跳起，两只宽大的前蹄踢向了惊慌失措的二道眉。

来不及逃跑的二道眉“哎哟”了一声，甩开缰绳，听天由命地闭上了眼睛：踢掉我的头吧，是我用瞎话骗了你，乌图美仁你就踢掉我的头吧。

6

朝着西天边际雪白的云朵，美驼格尔穆一路奔跑。驱策着它的大柴旦生怕它再次停下来，不断唠叨着："相信我们格尔穆，我们一定让你找到乌图美仁，一定。阿爸说了，拉骆驼的给骆驼说话是算数的，不然怎么还能拉骆驼。"

巴丹吉林沙漠是月亮下崽的地方，天天下，年年下，长不圆的半个月亮就多得数不清了。格尔穆不吃不喝只顾奔跑，不知道翻过了多少半月形沙丘，只知道三天三夜一眨眼就过去了。这是一峰普通骆驼连续奔跑的极限，格尔穆不是普通的骆驼，它觉得自己还可以再跑三天三夜，但是已经不能再跑了，巴丹吉林沙漠西部边缘的胡杨林已经赫然在目，干枯的芦苇丛里荒凉的挽歌正在冬风里啪啦啦奏响。

这是芦苇的生命挽歌，也是库尔雷克的爱情挽歌。当美驼格尔穆来到弱水河边，面对古朴如沙、经幡猎猎的鼎新驼行，发出一声热烘烘的嘶叫时，驼行门口红艳艳的汉藏合一的酥油灯笼早就挂起来了。驼背上的大柴旦和小柴旦看着，就像阿爸一样撕心裂肺。大柴旦更是埋怨地说："我们来晚了，我们还是来晚了，格尔穆啊，都是因为你，谁让你在五柳口停了那么长时间。"

美驼格尔穆听懂了主人的责备，悲愤地走过去，扬起狮子一样鬃毛飞扬的头，一嘴撕下了一盏灯笼，用鼻子呼哧一声吹到地上，又去撕扯第二盏灯笼。大柴旦和小柴旦把缰绳拉成了棍子，拉得驼嘴直直地翘上了天空。两个孩子不愿意这样，不愿意高高挂起的两盏婚庆灯笼都成为风中的弃球，随着流沙远去。在他们心里灯笼是分公母的，不管公灯笼代表了谁，那盏永远红亮的母灯笼，它就是巴丹吉林沙漠的娜陵格勒。

愧疚于主人的格尔穆带着大柴旦和小柴旦，迅速走进经幡环绕的原木大门，穿过到处趴卧着骆驼的大院子，绕过院子中央柏香袅袅的四女驼神的祭坛，来到一间坐西朝东、土墙泥顶的房子前，冲着木板门上的大红盘长吺吺直叫。

大柴旦说："你知道格尔穆叫什么呢？"

小柴旦说："不知道。"

大柴旦说："它叫娜陵格勒呢。快，我们也叫。"

他俩高一声低一声地叫着："娜陵格勒，娜陵格勒，阿妈，阿妈。"

叫了一会儿，大柴旦说："叔叔啊，叔叔你听着，娜陵格勒不是你的。阿爸说了，她就是沙洼里的沙枣长在我腔子里，她就是红柳泉的泉水汪在我肚子里，你就是伸出一百只鹰的爪子也抓不走。阿妈，阿妈，你听着，阿爸在睡梦里说了：'今生今世我是丢不开你了，你的命就是我的命，你的日子就是我的日子，除非驼道上的强盗把我骟掉，红柳泉的风沙把我埋掉。'叔叔你为啥不出来？你害怕了是吧？阿爸说了，你对不起他。娜陵格勒你为什么不出来？你怕见了我们你就会变成一只母豹子是吧？你变成了母豹子就会跳上我们的骆驼咬住我们的肉是吧？你咬住了我们的肉就会跟着我们去红柳泉的清水里洗干净你的嘴是吧？"

黄昏就要消失了，喊不出娜陵格勒的大柴旦和小柴旦来到了鼎新驼行那间坐北朝南青砖灰瓦的气派房子前，用他们凄凉而稚嫩的声音一连喊了几声爷爷，然后高高地跪在了驼背上。

大柴旦说："爷爷，你说过要把娜陵格勒嫁给阿爸，你怎么又变卦了？爷爷，你是知道阿爸和娜陵格勒的，你这是剜了阿爸的心，也剜了娜陵格勒的心。爷爷……”大柴旦的脑子里不断冒出平时阿爸唠叨过的那些关于娜陵格勒的话，他一股脑说了出来。

小柴旦也在帮腔，一声声喊着：“爷爷，爷爷。”

青砖灰瓦的房子里，鼎新驼行的掌柜嘎嘎一驼直挺挺地躺在炕上，听着大柴旦和小柴旦的喊声，他诈尸一样坐了起来，然后又咚地倒下去。这样坐起又倒下地重复了五遍后，他“哎呀”一声，就再也坐不起来了，眼睛直勾勾瞪着房梁，吃力地说：“库尔雷克，你糊涂啊库尔雷克，你让两个娃娃来这里闹腾，是想逼死我啊。”说着，就有些气息不畅了。

门外，大柴旦和小柴旦为了阿爸的喊声依然持续着，沉重地撞击着那扇即将脱离生苦死恐的大门。嘎嘎一驼突然明白了：原来两个娃娃也是来催命的，他们是第三个来催命的。在这弥留之际，他一遍一遍喊着大儿子库尔雷克，倒是把催命的喊来了。

第一个来催命的和第二个来催命的，都是黑沉沉的消息。它们来了，然后就无所不在地陪伴着嘎嘎一驼。这样的陪伴差不多就是逼迫，已经逼迫他好几个月落日出了。

一个消息是关于喜马拉雅大招募的，它一来嘎嘎一驼就心神不定了，他把二儿子察汗乌苏和娜陵格勒叫到跟前说：“我想把你们的婚事办了，越快越好。”

娜陵格勒说：“阿爸，不行，我还没想好嫁给谁呢。”

嘎嘎一驼说：“不要再想了，你是鼎新驼行的媳妇，谁将来是鼎新驼行的掌柜，你就应该嫁给谁。”

娜陵格勒还在想。嘎嘎一驼又说："掌命灵驼伊克雅乌已经显灵了，你们没看见它半个月以前就开始拱墙吃土磨蹄子了吗？这是远远离开永远离开的意思。办了喜事你们就走，带着所有能召集起来的骆驼，回到娜陵格勒的老家去。"

娜陵格勒说："阿爸你怎么了？你知道我是不会回去的，我亲阿爸已经把我送给你了。"

嘎嘎一驼说："我们是说好了的，等我把你养大了再还给他，现在是时候了。额尔德尼布勒的狼山蒙古，那儿才是你真正的家。"

娜陵格勒就像回忆已经记不起来的往事那样，长长地"哎哟"了一声："额尔德尼布勒？额尔德尼布勒？"

嘎嘎一驼说："那是个好地方，在北方，蒙古高原的尽头，我年轻的时候去过，走了整整一年才到达。那儿安静，那儿的骆驼比这里多，那儿不会有喜马拉雅大招募。"

娜陵格勒问道："那儿也有藏人有蒙古人有汉人吧？"

嘎嘎一驼说："不，那儿只有蒙古人。到了额尔德尼布勒，再往前走一个星期，就是欧洲了。"

话说到这里，察汗乌苏和娜陵格勒终于明白，在他们的婚姻里，寄托着阿爸嘎嘎一驼对鼎新驼行永世不衰的幻想：三十六计，走为上计，已经被三代人苦苦经营过的鼎新驼行，是不能一风吹掉的，尽管人人都知道，喜马拉雅大招募的风是佛法之风和改朝换代之风相随相伴的强劲大风。在嘎嘎一驼的盘算里，娜陵格勒一旦成了察汗乌苏的媳妇，察汗乌苏的事情就是娜陵格勒的事情，娜陵格勒的老家也就是察汗乌苏的老家。他要让鼎新驼行的继承人带着所有骆驼离开巴丹吉林沙漠，要让娜陵格勒的老家额尔德尼布勒成为鼎新驼行的再生之地。而他自己将留在这里，慢慢地或者快快地死去，因为他是去不了的，漫长的驼道，整整一年的时间，他的心力和体力都已无法支撑了。

鼎新驼行的生死存亡就这样决定了，它让嘎嘎一驼无限悲凉，却让察汗乌苏无比高兴。察汗乌苏继承了鼎新驼行的全部财产，又得到了本来很可能得不到的娜陵格勒，他的高兴是这个世界上没有的。娜陵格勒似乎也是高兴的，她要去一个新地方了，一个自己已经十分淡漠的故乡——额尔德尼布勒的狼山蒙古，那里有她的亲生父母，那里安乐宁静，生活着喜马拉雅大招募以外的骆驼。更重要的是，转眼她就是新娘了，就不用在库尔雷克和察汗乌苏之间翻来覆去地选择了。选择是艰难的，她根本做不到，只能整夜整夜睡不着觉。现在好了，自己做不到的阿爸替她做了，她可以踏踏实实睡觉了。

青砖灰瓦的房子里，逼迫着嘎嘎一驼的另一个黑沉沉的消息是关于梧桐窝子的。跑来送信的骆驼客说，大土匪胡子蛮的人马把聚集在梧桐窝子的三千六百多峰骆驼一抢而空，许多骆驼客不知下落，不知下落就是被杀掉了，或者抓走了，这可怎么得了。在鼎新驼行的格局里，东去兰州、夏河、西安的中转站是红柳泉驼栈，西去哈密、天山、伊犁、喀什乃至喀布尔、德黑兰、巴格达、波斯湾、地中海的中转站兼牧驼草原是梧桐窝子。梧桐窝子一损失，鼎新驼行的半壁江山就没有了。驼失人亡的消息一传来，就把嘎嘎一驼打倒了。他叫来察汗乌苏和娜陵格勒，就像临终嘱托那样，流着依依不舍的眼泪说:“我成全了你们两个，就是成全了鼎新驼行，要保住啊，鼎新驼行就交给你们了。你们赶紧准备，最要紧的是通知十七个牧场的骆驼客，一个星期后在这里集中，然后出发。”

只有一个星期，就要把鼎新驼行散布在巴丹吉林沙漠的大部分骆驼召集起来，时间太紧太紧了。但是不能再拖，再拖就来不及了。

嘎嘎一驼说：“先知道的先走，后知道的后走，鼎新驼行的骆驼客，不管他是蒙古人、藏人，还是汉人，只要是愿意的，就都让他们拖家带口跟着走。”

遗憾的是，库尔雷克以及大柴旦和小柴旦对走向额尔德尼布勒的大出发毫无所知，因为暂时不想让他们知道娜陵格勒已经嫁给察汗乌苏了。更不知道，在两个娃娃一声比一声凄凉急迫地喊着爷爷时，爷爷已经起不来了，他眼光失神地瞪着房梁，吃力地最后喊了几声“库尔雷克”后，就不省人事了。气派不凡的驼行掌柜、六十五岁的嘎嘎一驼，就在自己的两个孙子代表阿爸库尔雷克来这里追问爱情的时候，丢失了对人世的关怀。

这时从西边土墙泥顶的房子里，突然走出了狐皮大衣貂皮帽、一副新郎打扮的察汗乌苏，他高叹一声，于心不忍地说：“两个娃娃，你们就别喊了，回去吧，爷爷不想理你们，爷爷睡着了，过一阵子，爷爷会去找你们，到时候你们就什么都知道了。”

大柴旦和小柴旦都愣着，不知该说什么。

小柴旦说：“哥哥，回去吧。”

大柴旦说：“不回去。叔叔，爷爷为啥不理我们？我们做错啥了？”

察汗乌苏使劲跺了跺脚，以鼎新驼行未来掌柜的身份，嗓音洪亮地喊了一声：“来人哪，把这两个娃娃给我打出去。”

突然就安静了，满院子的骆驼都不反刍了，连房檐上的蝙蝠也不扇翅膀了。察汗乌苏看到没有人听他的话，便大声道："我阿爸病了，我阿爸不想见任何人，心疼我阿爸的骆驼客们，你们把他们给我打出去。"

哗啦哗啦一阵响，门开了，驼行大院子里七十二间房的门几乎都被打开了。躲在门后谛听外面动静的骆驼客们跑了出来，有挥着柳条的，有舞着驼鞭的，还有抡着绳子、拿着驮子杆的。

小柴旦吓哭了。大柴旦喊起来："打呀，打呀，打死我们呀。我阿爸说啦，让我们今天死在娜陵格勒面前也算是他豁开肚子给了心。我们巴不得死，我们死了有娜陵格勒给我们哭坟我们为什么不死？"

果然就有往死里打的，但不是对着大柴旦和小柴旦，而是对着美驼格尔穆。一个塌鼻梁的汉子用驮子杆狠狠打在格尔穆隆起的鼻梁上。驮子杆断了，鼻梁烂了，美驼格尔穆疼得摇头摆尾。

更加糟糕的是，满院子的骆驼纷纷站起来冲向了格尔穆。它们中间有一峰母驼，主人给它起了一个蒙古名字：香日德。香日德在这群骆驼里享有崇高的威望，谁都听它的，因为它是美驼格尔穆的妈妈，还因为它是娜陵格勒的坐骑，被娜陵格勒宠爱有加。在香日德的意识里，孩子格尔穆显然是来捣乱的，格尔穆的存在已经给主人察汗乌苏造成了威胁。它带领众骆驼奔扑过来，你一头，我一嘴，又是顶，又是咬。

美驼格尔穆害怕极了：妈妈，妈妈，你怎么能这样对我，它们会把我咬死顶死的。它不顾大柴旦的拽拉，转身就跑。它不想死，它还要去寻找它的母驼乌图美仁呢。它驮着两个小主人，踏开了一条不想死的路，绕过院子中央柏香袅袅的四女驼神的祭坛，转眼来到了驼行外面广阔的沙漠里。

格尔穆在沙漠里跑了好几圈才停下来，和主人一起望着只挂了一盏大红酥油灯笼的鼎新驼行：追打他们的骆驼客已经不见了，那些骆驼在朗木高娃的带领下堵挡在插满吉祥经幡的原木大门前，一副拒他们于千里之外的样子。

突然有了一阵吆喝、一阵骚动，骆驼一个接一个地回去了，红袍红裤的娜陵格勒代替它们站在了大门前。她大声说："两个娃娃你们听着，我要唱歌啦，回去学给你们的阿爸，就说这是我的心里话。"说罢就唱起来：

兰州的果子碗口大，
不熟时落不到地下；
驼哥哥烫（喜欢）的是四海为家，
要娶就娶个，
沙原外的"尕莫牙"，
胡笳里的牡丹花。

娜陵格勒的歌声在凄哀里混杂了一丝丝狂放。大柴旦和小柴旦呆愣着，仿佛听懂了，仿佛变成了他们的阿爸，看到自己的爱人水眼清清，秋波浓浓，那一颗爱他的心依然是一只来自狼山蒙古的自由的鹰。

大柴旦猜想阿爸这时候会怎么办，是不是应该迎上去啊？想着，便用拳头使劲捶打格尔穆，想立刻回到鼎新驼行的大院子里去。但是格尔穆不听他的，它用乌晶晶的眼睛告诉他：走啊，走啊，人家都把我们赶出来了，我们为什么还不走啊？格尔穆知道回到驼行里是危险的，它是经过风雨、见过世面的骆驼，保护生命的本能使它比人更容易想到灾难和死亡。它从塌鼻梁的汉子挥舞驮子杆的力量上已经隐隐感觉到了蹊跷：他想打死它，他为什么想打死它？

驱策不动坐骑的大柴旦无奈地叹口气说："格尔穆你这是怎么了？你不听我的话，就不是我拉大的骆驼。"

格尔穆哼了一声，仿佛说：本来就不是你拉大的。恰恰相反，是我驮大了你们，你们在很小很小很小的时候，我就已经驮着你们到处走啦。

娜陵格勒又唱了一遍，喊着问道："学会了没有？"

大柴旦说："学会了。"看到娜陵格勒就要消失在大门里，赶紧又说，"阿爸的歌也学会了，阿爸说，他的每一首歌都是唱给娜陵格勒的。"说罢就张嘴把自己尖细的声音送了过去：

驼哥哥走了一百座山，
世上的牡丹都没有你好看；
金山银山野马山，
野马山的怀里山连山；
若要我俩恩情散，
西海干，祁连山摇着个动弹。

娜陵格勒听出来了：大柴旦传达的，不是库尔雷克失恋的叹息，是干旱的沙漠里湿漉漉的呐喊，是一个山盟海誓的决定。她浑身抽搐了一下，连自己也意外地跑了过来。她按照当地汉族的习惯，穿着喜庆热闹的红袍红裤，跑起来就像一只还没有长大就成了精的火红的狐狸。她身姿绰约，体态优美，明眸皓齿，面若满月，用一双红色绣花鞋的天足，穿过黄沙，跑向大柴旦和小柴旦，一把揪住了美驼格尔穆浓密的鬃毛。

娜陵格勒大声说："什么恩情散不散，什么西海干不干，我就是祁连山，我今天就给你动弹。"说着，双手一叉，旋踵一转，麻利地解下那根大红而韧长的腰带，舞蹈似的扬在了手里。

7

直到母驼乌图美仁离开自己，二道眉才发现一切跟他想象的不一样。乌图美仁并没有识破他的欺骗，它踢开骟驼阿尔顿是因为它意识到自己的缰绳跟对方的缰绳拴在了一起，自己被侮辱了。它踢向二道眉是因为阿尔顿被踢开后，自己的缰绳依然拉在他手里。它要求他松开，这个要求得到满足之后，它就不屑于把时间浪费在他身上了，因为它已经看到了美驼格尔穆的姿影，看到前方沙弥尘扬的金红天幕里，雄伟矫健的格尔穆就像一轮奔驰在地表之上的褐色太阳，耀眼而伟大。它不失时机地跑了过去，明白自己再也不必假装了，在被雄峰美驼专一钟情的时候，在青春的欲望鼓荡起蒙古母驼生命风帆的时候，一个好姑娘最应该做的就是奋不顾身。

二道眉和骟驼阿尔顿惊愣着，发现那一阵轰隆隆的震响是骆驼的蹄音，那一道金红色的沙尘天幕是骆驼的蹄掌踩向大地的反响——驼群出现了，怎么这么多啊？哪里来的这么多骆驼？而且走的不是一条线，是蜂拥而来的一大片，说明它们在急急地赶路，争先恐后地赶路。就在这浩浩荡荡的驼群里，母驼乌图美仁远远地发现了美驼格尔穆的身影。

奇怪了，格尔穆怎么会在这里面？莫非鼎新驼行的骆驼，巴丹吉林沙漠的所有骆驼，都来到了这里？但是很快二道眉和骟驼阿尔顿就从骑着骆驼路过他们身边的骆驼客嘴里知道，这些一眼望不到边的骆驼来自更远更远的北方和东方：额济纳旗蒙古、乌兰布合沙漠、包尔乌拉山脉。它们和喇嘛湾的喇嘛骆驼队一样，都要去南方藏原，喜马拉雅大招募诞生的地方。二道眉和骟驼阿尔顿禁不住喊起来："哦唷，这是什么好日子啊，这么多的骆驼和骆驼客，都在经历着这次一万年才等来一回的出发。"但是他们知道，无论有多少骆驼来到了面前，巴丹吉林的美驼格尔穆都不可能在里边。乌图美仁啊，你是情迷心窍啦，你是糊里糊涂看走眼啦。

的确是看走眼了，乌图美仁跑到了跟前才发现，那不是美驼格尔穆，那只是一峰和格尔穆一样健硕典雅、气宇轩昂的长髯公驼。这样的公驼一定是美驼也就是种驼，这样的美驼一定是拈花惹草的能手，这样的能手见了闭月羞花的乌图美仁就一定不会放过。乌图美仁打了个愣怔，一看不是，摇摇头赶紧走开了。它并不沮丧，它相信格尔穆就在这里，如此浩大的驼群，海浪一样耸动成一片的驼峰，得慢慢地找啊。

长髯公驼跟了过来，惊喜地审视着乌图美仁：好漂亮的母驼，哪儿来的，我怎么没见过？乌图美仁羞怯地望了它一眼，知道对方那双雾腾腾的眼睛是不怀好意的，抬腿就跑。长髯公驼迅速追上来，把它拦在了驼群的间隙，用鼻子噗噗地说了一句让乌图美仁脸红的话，就开始扑它，咬它，用头顶它，用肩膀扛它，都是骆驼追求异性的语言，类似人类的挑逗、亲热。

母驼乌图美仁羞死了，转身就走。它顺着驼群疾走的方向，在密密麻麻的骆驼之间穿来穿去地扬头寻找，不时地用鼻子吹着粗气：格尔穆你在哪里？你怎么还不露面？你快来保护我呀，格尔穆。

长髯公驼紧追不舍，追着追着甚至放肆地把气息喷到了它的屁股上。乌图美仁只好暂时放弃寻找，从驼群里钻出来，跑到二道眉和骟驼阿尔顿跟前来了。聪明的长髯公驼立刻意识到，这峰漂亮的母驼不是驼群里的骆驼，也意识到一旦对方离开驼群，自己跟它也就无缘无分了。它咴咴地叫着，跑过来又咬又踢又顶又扛，想把乌图美仁赶回驼群。

乌图美仁反抗着，它并不想真的离开驼群放弃寻找格尔穆，所以它的反抗显得娇柔无力。况且它本来就是一峰娇柔无力的母驼，力气再大，也大不过强大壮实的长髯公驼，那可是美驼，而大凡美驼都是千里挑一的大力士，是能把一千五百斤的驮子从天涯驮到地角的沙舟之王。

母驼乌图美仁又被赶回驼群里头去了。长髯公驼用最大的音量哞叫了几声，仿佛是：围住它，围住它，围住这峰漂亮的母驼。驼群一阵动荡，密集地排列在了这峰陌生母驼的前后左右。乌图美仁顿时被驼海淹没了。它随着驼群往前移动着，几次想突出重围，都没有奏效。它心说跑不出去就不跑了，只要能找到格尔穆，就这样走下去又有何妨？只是这峰不要脸的长髯公驼太让它讨厌了，只是它又要离开不想让它离开的二道眉了。

这时它没有想到刚刚还在它身边的骟驼阿尔顿。一峰青春妩媚、风流旖旎的绝色母驼，怎么可能会在这种时候想到一峰骟去雄根、失去性征的卑微公驼呢？但事情往往就像骆驼们一生都在体验的那样：你日思夜想的似乎永远不会到来，你从来不想的却早已在不知不觉中变成了你的影子。

乌图美仁不经意地回头一看，吃惊地看到骟驼阿尔顿居然就在自己身后。它用鼻子噗了一声：你怎么在这里？你来干什么？但此刻周围全是陌生骆驼，唯独阿尔顿是熟悉的，所以乌图美仁没有像往常那样嫌弃地和它拉开距离，而是不由自主地朝它靠了靠。

骟驼阿尔顿立刻有了受宠若惊的感觉，殷勤地把脖子朝下弯了弯，然后瞪着近在咫尺的长鬃公驼，跳过去用自己的身体挡住了它对乌图美仁的侵犯，同时也告诉身后的母驼：我来保护你，乌图美仁。乌图美仁鄙夷地哼了一声：你怎么这么可笑，像你这个样子的骆驼居然也能保护我？

乌图美仁当然不会想到，所有伟大的精神，不管是人的，还是骆驼的，都源自伟大的可笑。就像骟驼阿尔顿，正是因为它那不合常规的可笑，才使它有了一峰骟驼不该有的怜香惜玉的心情，也才使它毅然离开了拉骆驼的二道眉，用超乎常态的勇气和力量挤进了层层包围着母驼乌图美仁的驼群。此刻，骟驼阿尔顿掀动着长长的睫毛，一遍又一遍地责问长鬃公驼：乌图美仁是我们巴丹吉林沙漠的，不是你们额济纳旗蒙古的，也不是你们包尔乌拉山脉或者乌兰布合沙漠的，凭什么你要这个样子？

长鬃公驼的回答让骟驼阿尔顿猝不及防，它绷紧脊背上的肌肉，把有点耷拉的驼峰尽量挺起来，告诉骟驼阿尔顿：我就凭这个，你呢？哪里来的骟驼，赶快给我让开。骟驼阿尔顿挑衅似的升降着弯曲的脖子没有让开，它是可笑的，也是倔强的，它让长髯公驼第一次明白：即使是被阉割的骆驼，也有在母驼面前表现自己的权利，也有争风吃醋的可能。

结果只能是打起来。雄风显露的长髯公驼和可笑不自量的骟驼阿尔顿打起来了。这样的打斗在骆驼的历史上十分罕见，这样的打斗让看见打斗的骆驼一个个目瞪口呆：你有资格吗骟掉的骆驼？你为什么要这样？莫名其妙的骟驼，从来不撒泡尿照照自己的骟驼，难道你忘了，骆驼的群落里，多少次的打斗都发生在雄峰与雄峰、美驼与美驼之间，为了争夺相思已久的母驼，它们的对抗，从来就是盛大而疯狂的你死我活，在人类那里，这样的你死我活就叫战争。可你是一峰骟驼，你这样傻气十足地针锋相对，不会是指望面前这峰青春妩媚的母驼喜欢上你吧？骟掉了雄心却骟不掉爱情的骆驼啊。

骟驼阿尔顿倒下去了。长髯公驼咬烂了它挺硬的脖子，踢伤了它藏匿着隐私的肚腹，又把头伸到它的两腿之间，用力一顶，就把它顶翻在地了。它是懦弱而瘦小的，比起长髯公驼，它的体格几乎小了三分之一，再加上成为骟驼以后不期而至的心理阴影，它从来都是缩头缩脑的，从来没有奢望过打斗，尤其是跟一峰魁伟美驼的厮杀打斗。但是现在，打斗开始了，而且是不屈不挠的打斗——阿尔顿一次次倒下去，一次次站起来，流着血，喘着气，一次次地顶向长髯公驼。

长髯公驼奇怪了：你都失败了，已经不堪一击了，你还不走开，怎么这么赖皮？

骟驼阿尔顿不听它的，固执地重复着站起来顶过去的动作，告诉对方：我就是赖皮，我就没想过胜利，只要你没有工夫去骚扰母驼乌图美仁，我就是失败上一千次一万次也在所不惜。

好心情的长髯公驼觉得这种一顶就翻的打斗就跟小儿游戏差不多，再持续下去就成了死皮赖脸的纠缠，不光是对方的纠缠，也是自己的纠缠，而它是毫无必要跟一峰骟驼纠缠的。罢了罢了，暂时把这峰绝色母驼让给它算了，看它能把它怎么样：月亮变成大烧饼了，骟掉的骆驼就要娶妻生子了，笑话在驼群里扑棱棱飞起来了。我是一峰雄强勇健的美驼，我着什么急啊，看够了笑话再做打算，反正我已经把绝色母驼裹挟在了驼群里，它再也跑不掉了。更重要的是，现在还不到恋爱的季节，风流旖旎的母驼啊，还不能水性杨花，把风流的外表变成风流的精神。

长髯公驼主动离开了，一场并不精彩的打斗宣告结束。暂时脱离了羞辱的母驼乌图美仁用嘲笑的眼光看着骟驼阿尔顿：就你这样的本事，居然还敢打斗，多丢脸哪，你给巴丹吉林的骆驼，也给巴丹吉林的骆驼客丢尽了脸。你赶紧回去吧，你是骟驼，又不是美驼，你有什么资格跟人家较劲？

骟驼阿尔顿疲倦地抬起还在流血的脖子，四下里看了看，知道自己已经回不到二道眉身边去了，海海漫漫的骆驼把它和乌图美仁围堵在驼群中央，它只能随着驼群往前走了。它假装不明白乌图美仁的嘲笑，一直跟在它后面走啊走。它内心充溢着怜香惜玉的幸福，带着伤痛走啊走。

好像是一场梦，蓦然之间，母驼乌图美仁和骟驼阿尔顿都从自己眼前消失了。紧接着，轰隆隆震响了巴丹吉林沙漠的驼群，那一道沙尘的金红色天幕，也不容置疑地走向了视域之外。二道眉傻愣在那里，眺望着远去的烟尘，心说散了，散了，鼎新驼行的骆驼就要散了，即便是人不想散，骆驼自己也要散了。母驼乌图美仁和骟驼阿尔顿就是自己散去的，不是他拉丢的，他可从来没拉丢过骆驼。他这么想着，心里宽松了许多，拍拍额头心说：赶紧回啊，站在这里干什么？喇嘛湾的喇嘛们说不定已经走掉了。

二道眉朝前走去，走着走着便有一调没一调地唱起来：

回到了喇嘛湾，
吃一口喇嘛饭，
跟着喇嘛走藏原，
一步跨到天那边。

突然听到一阵蹄音从身后传来，回头看时，一峰体大毛厚的白皑皑的骆驼已经到了跟前。没等白骆驼停住，驼背上的库尔雷克就飞扑而下，问道：“二道眉，你怎么会在这里？你拉的骆驼呢？是不是你又把它们卖了？”

二道眉说：“没、没、没，它们在前面，驼群里，在喇嘛湾。”他觉得一时解释不清楚，就干脆不解释了，怪叫一声，转身就跑，却被对方一把拽住了衣服。

“你往哪里跑？你以为你能跑得掉？”库尔雷克顺势一拉，把二道眉拉倒在地，骑上去骂道，“我知道你又把背叛鼎新驼行的事情干下了，你这个不是人的东西。”骂着，抡起拳头就朝二道眉的鼻梁打去。

8

仿佛昨天，能让库尔雷克记恨一辈子的事情历历在目：二道眉从喇嘛湾回到红柳泉，说是骆驼被土匪抢了，那么多的土匪，跑又跑不掉，打又打不过。

库尔雷克急问："那峰怀孕的母驼呢？也叫土匪抢了吗？"

不用回答，二道眉哭起来。

库尔雷克不甘心，骑着骆驼去寻找，一直找到喇嘛湾，才听说二道眉把骆驼贱价卖给了喇嘛湾的大法台江永活佛。他找到江永活佛说："本来嘛，卖掉的东西是要不回来的，但是那峰怀孕的骆驼，佛爷你一定得还给我。"

江永活佛说："缸里的水舀到锅里了，锅里的汤舀到碗里了，都是巴丹吉林的骆驼，谁拉谁放有什么不一样呢？喇嘛湾正需要骆驼。"

库尔雷克不这样想，拉骆驼就是拉娃娃，谁拉谁亲。那是他拉大的母驼，他一定得要回去。江永活佛带他来到母驼跟前，发现母驼已经生了。

库尔雷克拉回了母驼，抱回了小骆驼。按照巴丹吉林沙漠的习惯，他给漂漂亮亮的小骆驼起了个蒙古名字：乌图美仁。

从此，库尔雷克就记恨着二道眉，也时刻防备这个有二心的骆驼客。

这会儿，二道眉的鼻梁歪了，嘴巴斜了，半个脸上都是血。他没有反抗，也没有求饶，似乎知道自己是理亏的，一再地说："不是我弄丢了，是它跑了，乌图美仁自己跑了。"他絮絮叨叨地说，"乌图美仁想跑回红柳泉，跑到美驼格尔穆身边去，跑到半路上就淹没到骆驼海里去了。从来没见过那么多的骆驼，你早来半个时辰就能看到了。知道它们是哪里来的吗？额济纳旗蒙古、乌兰布合沙漠、包尔乌拉山脉。它们和喇嘛湾的喇嘛骆驼队一样，都要去南方藏原，喜马拉雅大招募诞生的地方。”

库尔雷克听了惊然而动：“快啊，快啊，喇嘛湾的喇嘛要走了，去迟了就求不来喇嘛一枝花了，求不来喇嘛一枝花，那个募驼姑娘的命就保不住了。快啊，快啊，乌图美仁陷到陌生的驼群里去了，找不到它，巴丹吉林沙漠就没有最好的母驼了。”

白皑皑的骆驼又开始奔跑，它按照库尔雷克的心愿，沿着沙漠里碎浪般的蹄印，不到半个时辰就追上了那片淹没了乌图美仁的骆驼海。海海漫漫的驼群、轰轰隆隆的蹄音、弥弥扬扬的沙尘。库尔雷克和白皑皑的骆驼不顾一切地冲了进去：“乌图美仁你在哪里？你在哪里啊，乌图美仁？”

库尔雷克惊喜地发现，浩浩而去的驼群是朝向喇嘛湾的。太好了太好了，这一定是佛菩萨的关照，让他可以一边寻找乌图美仁，一边走向盛开着喇嘛一枝花的地方。他们挤挤蹭蹭地来到了驼群的中央，用声音和眼睛坚持不懈地呼唤着乌图美仁。一个时辰过去了，又一个时辰过去了。就在喇嘛湾的树影已经遥遥在望时，骆驼的海洋突然改变了流动的方向。

库尔雷克拽着缰绳停下了，望了一会儿就知道，驼群是要绕过喇嘛湾，走向南去藏原的必经之地柴达木。他心说不好了不好了，难题摆到面前了：到底寻找乌图美仁重要，还是救人一命重要？当然乌图美仁是最最重要的，乌图美仁是我们的孩子、我们的姑娘，是巴丹吉林的骄傲。当然募驼姑娘的性命是最最重要的，毕竟我亲眼看见她受伤了，毕竟是一条人命，而且是穿着黄制服的公家人的命。

他问白皑皑的骆驼：“你说我们到底怎么办？”他知道无论他怎么做，都是对不住良心的。当骆驼客需要逃避良心困扰的时候，他就要把选择交给骆驼了。

而此刻，白皑皑的骆驼是不需要选择的，它心里想的只有渴慕已久的驼中美女、人见人爱的乌图美仁。它对乌图美仁的呼唤除了声音和眼睛，还有鼻子和心灵。心灵的感觉其实早就在引导它了，而它也早就在引导库尔雷克一步步靠近着乌图美仁。现在这样的靠近有了更加明确的支持，它已经闻到了，虽然是若断似连的，但毕竟可以这样断定：扑面而来的所有味道都是陌生的，只有一丝丝是熟悉的，那不是乌图美仁的味道是谁的？

白皑皑的骆驼不满意库尔雷克的驻足思考，一听到他问它到底怎么办，就迈开步子，快速绕过了一峰峰骆驼，靠近着，靠近着，使劲靠近着。终于它不走了，它看到乌图美仁了。它激动得扬头摆尾，咴咴直叫，蹄子在地上轮番刨动着。

乌图美仁也看见了白皑皑的骆驼和驼背上的库尔雷克。它当然没有他们激动，它还在寻找它的美驼格尔穆，它迅速朝这边靠过来，目的是想问问他们：见到格尔穆了吗？格尔穆在哪里？就在它急急切切靠向白皑皑的骆驼和库尔雷克时，也没忘记用尾巴骄傲地甩出一句嫌弃的话：讨厌的骟驼阿尔顿啊，你怎么老跟着我？

一切都被长髯公驼看在眼里。它是美驼，在它已经认定面前这个美丽的姑娘只属于自己的时候，它就决不希望出现任何失去姑娘的危险。它想都没想就冲了过去，冲向了白皑皑的骆驼和驼背上的库尔雷克。

9

娜陵格勒那一年才十八岁。才十八岁她就已经丰腴美艳、如怒如放了。丰腴美艳的十八岁的姑娘在鼎新驼行大门前的沙漠里解下了她的红腰带。接着，就出现了大柴旦和小柴旦的惊叫。原来那腰带不是红绸子也不是红棉布而是一根大柴旦从来没见过的驼鞭。

大柴旦好奇地叫了一声："嘎嘎一驼的驼鞭？"

娜陵格勒把腰肢扭成了水，舞蹈似的扬起驼鞭打向了驼背上的大柴旦和小柴旦："库尔雷克，库尔雷克，我就只当你们是库尔雷克。"噼噼噼的三声鞭响之后，大柴旦和小柴旦的脸上有了血印子。

小柴旦捂着脸，哇哇地号起来。

大柴旦说："阿妈，阿妈，你是我们的阿妈，你怎么能这样，阿妈？"

娜陵格勒说："谁是你们的阿妈我不知道，我就知道我是一个女人，一个女人到了时候就会嫁人。两个娃娃给我听着，不，库尔雷克你给我听着，是男子汉你就去找一个比我好的，我已经给了察汗乌苏啦，就算我心里惦记着你，身子不答应，身子不答应。"

大柴旦代替阿爸喊起来："为啥？为啥？"

回答他的依然是一声比一声清脆的鞭响，大柴旦觉得身上火辣辣的疼。

大柴旦咬牙瞪眼地说："阿妈，有本事你把我的头打掉。"

娜陵格勒说："不要叫我阿妈，我不是你们的阿妈，你们也不是我的娃娃。回去告诉库尔雷克，我打你们就是打他，无能的库尔雷克，有本事自己跑来把我抢回去，派两个娃娃来算啥？我今天打你们就是想打掉库尔雷克的头，打掉了他的头他就不会想着我了。”

大柴旦喊道："可是还有心，还有心啊，阿妈不明白阿爸的心。”

娜陵格勒说："那我就连他的心一起打掉。”说着噼里啪啦朝着大柴旦的胸脯打过去。

皮袄烂了，衬衣烂了，胸腔赤裸了，接着就红了，鞭打的血口子里就要露出心来了。大柴旦想着自己代表阿爸库尔雷克，就一动不动，血脸上唰啦啦地淌着眼泪，说着阿爸应该说的话:“为什么呀，娜陵格勒你到底为什么？就算我们真的已是恩断义绝，你也用不着活活打死我呀。”

娜陵格勒毫不手软，继续挥舞着驼鞭喊道："就要打死你，就要打死你，我不打死你，你就不知道你是谁了。”

还是骆驼比人更有恻隐之心。美驼格尔穆朝着娜陵格勒生气地喷了一口气,倏地躲开了。它本来可以不躲开,鞭子没有打到它身上，驼背上的主人也没有示意它躲开。但是它自作主张掉转身子走向了前方。

娜陵格勒跳过去，一把揪住了格尔穆浓密的鬈毛："我还没打掉他的心呢，你给我站住。”

大柴旦说:“格尔穆你站住，今天就让她打，我是阿爸库尔雷克，就让她打死我吧。”

格尔穆不听他的，轻轻一甩就把娜陵格勒甩掉了。

娜陵格勒追过来，似乎还要打，举手挥鞭的时候，却把驼鞭扔了过去："两个娃娃，听好了，我把嘎嘎一驼的驼鞭交给你们了。”

大柴旦伸手接住，顺便打了格尔穆一下，格尔穆便开始奔跑。在大柴旦和小柴旦的哭喊声里，它跑向了巴丹吉林沙漠的东方，回头看时，怒气冲天的娜陵格勒已经变得又小又模糊了。

大柴旦惊奇地看着驼鞭：一百峰母驼的一百根肠子，沙漠王用一百条蛇的冷血泡了一百年，一甩就是一百种声音、一百次抽打，人听不出来，骆驼听得出来。嘎嘎一驼救了沙漠王的命，沙漠王说：送给你吧，你就是天下骆驼的王。这就是传说中嘎嘎一驼的驼鞭，这么神奇的驼鞭为什么要送给我们呢？

娜陵格勒跪在黄昏的沙丘上，朝着两个娃娃和娃娃身后的库尔雷克，呜呜呜地哭成了泪人儿。

而在她身后，鼎新驼行的大院子里，这时突然传出一阵紧张而凄厉的喊声："阿爸，你怎么了，阿爸……"接着就是一声号啕，是男人的惊天号啕，在这个广漠而沉寂的地方，引发了驼行大院七十二间房子里所有骆驼客的奔走和紧张。

塌鼻梁的汉子从鼎新驼行里跑出来，跑向了娜陵格勒，一把揪起她，拉着她朝回跑去。

人人都知道，末日来到了。倏然之间，鼎新驼行的末日在驼行掌柜嘎嘎一驼的死期中，变成了无法填补的巨大空虚和失落：你死了我们怎么办？我们可都是你的骆驼客啊。大家跪下了，在四女驼神的监视下，房里房外跪了一地。跪在最前面的是察汗乌苏和娜陵格勒。

娜陵格勒似乎正在栽跟头，一头栽进了情爱的哭声，又一头栽进了阿爸去世的悲痛。所有人都尽情流淌着眼泪，哗啦啦地哭着。

察汗乌苏边哭边喊："你们快去，快去把库尔雷克叫来。"

娜陵格勒忽地站起来："不用喊，库尔雷克不能来。"

其实她不是不想让库尔雷克回来，而是害怕库尔雷克回来后她自己把握不住自己。她想的是，要么用鞭子打走他，也打死她的心，好让她全心全意去爱察汗乌苏；要么用炽情烧死他，就像她刚才甩鞭子时心里突然奔腾起来的那样:我爱他，爱他，爱完了他我就去死。我是一个女人，我爱两个男人，我就得死。

察汗乌苏站了起来，面对着跪了一地的骆驼客，揩着眼泪说："我阿爸死了，我们撇下的就不再是一个活人了，这样也好，也好啊，免得我们牵肠挂肚走不了。大家还不知道我们的决定吧？喜马拉雅大招募来了，我们不走不行了，掌命灵驼伊克雅乌早就在显灵，半个多月以前就开始拱墙吃土磨蹄子了，这是远远离开永远离开的意思。我们要离开巴丹吉林沙漠，鼎新驼行要搬到娜陵格勒的老家去了。都是阿爸谋划好了的，娜陵格勒的老家也就是额尔德尼布勒的狼山蒙古，你们知道额尔德尼布勒吧？那是个好地方，在北方，蒙古高原的尽头，阿爸年轻的时候去过，走了整整一年才到达。那儿安静,那儿的骆驼比这里多,那儿不会有喜马拉雅大招募。到了那儿，再往前走一个星期，就是欧洲了。各位驼哥哥驼弟弟，你们想去的，就做好上路的准备，察汗乌苏在这里当着阿爸的面，向我们敬信的佛菩萨起誓，向保佑骆驼的四女驼神起誓，对鼎新驼行的骆驼客，阿爸是怎么对待的，我就会怎么对待，今后有我们的肉汤，就有你们的手抓。你们不想去的，告诉我一声，我发半年的工钱，再送一峰好骆驼，以后的光景好坏，我就照应不上了。"

这番话说得很突然，骆驼客们一时反应不过来，互相看着，小声地议论起来。

塌鼻梁的汉子抢先说："先前我们听嘎嘎一驼的，现在我们听你的，只要不让我们离开鼎新驼行，你说去哪里，我们就跟着去哪里。

我们生来就是骆驼客，还怕走吗？只要去的是一个好地方，别说是走一年，走十年也是值得的。”

没有人说出相反的意见来，大家都觉得这正是他们要表达的。

娜陵格勒揩着眼泪说：“要走就快走，不快就来不及了。”

人们还不知道她说的来不及的原因，指的并不是喜马拉雅大招募，而是她那颗正在被库尔雷克击碎的心——库尔雷克在睡梦里说了：“今生今世我是丢不开你了，你的命就是我的命，你的日子就是我的日子，除非驼道上的强盗把我骟掉，红柳泉的风沙把我埋掉。”库尔雷克还说了：“若要我俩恩情散，西海干，祁连山摇着个动弹。”两个娃娃代替阿爸库尔雷克这么一说，她就又一次开始了那种艰难的她根本做不到的选择。她突然意识到嘎嘎一驼的安排只能让这种选择变得更加可怕，可怕得就像她手里举着一把锋利的刀子，一下一下割着自己的肉——割了察汗乌苏也是割自己的肉，割了库尔雷克也是割自己的肉，到底怎么做才能不割自己的肉呢？大概阿爸已经给她指出了一条路：离开这里，先不要让库尔雷克知道。似乎只能这样了，快走，快走，快走，在库尔雷克知道之前就快快走掉，远远地走掉。

察汗乌苏说：“我连夜去喇嘛湾里请喇嘛，等超度了灵魂，送走了阿爸，我们就上路。阿爸，我们要让巴丹吉林的鹰送你上天了，你的灵魂先我们去吧，在额尔德尼布勒的天上等着我们，我们一年以后就到了。”说着又是哭。大家都哭了。

这一番哭让娜陵格勒伤心欲绝：“阿爸，你是个大坏蛋，你为啥要丢下我？我现在跟谁去？我谁也不想跟，就想跟着你，阿爸，我抹了脖子跟你去吧，阿爸。”她擦着眼泪，吃惊地看到死去的阿爸突然坐了起来。她大喊一声：“阿爸你没死啊？”激动得就像一峰饥饿中见到妈妈的小骆驼，跳起来扑了过去。

是有人正在掌灯的缘故，也是朦胧泪眼的错觉，更是意识深处的期待：嘎嘎一驼不仅坐了起来，而且还爽朗地笑着。娜陵格勒扑了过去，令她失望的是，她抱住的却只是油灯辉映下阿爸的影子。嘎嘎一驼还是死了，他就那么令人绝望地闭上眼睛仰躺着，不可挽回地走到另一个世界去了。娜陵格勒用她细嫩的双手，一把一把地拍打着嘎嘎一驼：“阿爸你回来，你回来，大坏蛋阿爸你回来。”

娜陵格勒是嘎嘎一驼一手拉扯大的，一手拉扯大的小狗狗，一手拉扯大的小骆驼，她就是那个美丽任性的有着两只小蹄子的娜陵格勒。她对嘎嘎一驼的依附，就是骆驼对沙漠的依附，彼此几乎是不可能分开的。但是现在分开了，分开了以后才想起缘分，原来缘分就是悲伤，来的时候悲伤，去的时候更加悲伤。

十八年前，娜陵格勒的亲阿爸博尔穆沁和亲阿妈乌苏赫带着驼队从兰州上驮出发，沿着阿尔金山东归时，遭到了土匪的追抢。博尔穆沁来到鼎新驼行求助于嘎嘎一驼：“三千多峰骆驼损失了一大半，货物丢弃在沙漠里，没办法运回老家去了。再看看我的老婆，病得都没有人气了，拖延下去说不定连她的骨头都回不到狼山蒙古了。还有这孩子，她是在驼背上出生的，不到三个月就吃不上阿妈的奶了，好在我们有驼奶，白花花的驼奶一流到她嘴里，她就把母驼当阿妈了。”

嘎嘎一驼年轻时拉着骆驼去过额尔德尼布勒的狼山蒙古，和博尔穆沁有一面之交，但对常年跋涉在驼道上的人来说，一面之交和朝夕相处并没有什么区别，就好比一见钟情的夫妻和青梅竹马的夫妻都可以是幸福美满的夫妻一样。嘎嘎一驼心疼得抱过博尔穆沁怀里的孩子，亲着逗着，吩咐驼行的人赶紧准备吃的住的，然后说："你是来买骆驼的，还是来借骆驼的？买的骆驼一峰没有，借的骆驼要多少有多少。"

博尔穆沁说："这是为什么？"

嘎嘎一驼说："你是驼道上遭了难的，我能要你的银子吗？再说了，骆驼是我们的衣食父母，驼行贩了骆驼就等于儿子贩了父母，在祖先的训诫里，那是要遭到四女驼神的惩罚的。"当下就吩咐下去，调拨一千五百峰健驼交给博尔穆沁。

如此豪侠的举动让博尔穆沁大为感动，问道："我的老家在万里之外，从这里拉上骆驼走一年才能到达，我要是不还你的骆驼你怎么办？"

嘎嘎一驼说："我就没想过你不还。"

博尔穆沁摇摇头，显得非常苦恼：一千五百峰健驼，借，还是不借？因为他的确是还不了了。

最后还是借了。被道义压扁了心的博尔穆沁拉着骆驼带着人匆匆忙忙踏上了驼道，但去了一个星期，就又骑着快驼跑回来了。他把自己出生才三个月的女儿捧到嘎嘎一驼面前说："我听说嫂子已经过世了，你念记着她的恩情不愿意再娶是不是？可是你又非常想要一个女儿，你打算抱养一个但迄今没有抱成是不是？不用你回答，我已经看出来了。现在就请你收下我的蒙古女儿吧，从今天开始她就是你的亲骨肉了，她能吃能喝，你可要请一个健壮的奶娘好好喂养她，如果奶娘的奶水不好，就给她喂驼奶，白花花的驼奶一吃，她就是一峰健壮美丽的小骆驼了。”看嘎嘎一驼愣怔着，博尔穆沁又说，“你是个藏人，但我知道过世的嫂子是个蒙古女人，你的两个儿子也就是我女儿的两个哥哥都有蒙古人的血统，起的也都是蒙古人的名字，你们肯定知道我们蒙古人的习惯，当我们把女儿送给你们的时候，就意味着鼎新驼行乃至整个巴丹吉林沙漠就是我们亲戚的土地了，女儿的家，也就是我们自己的家了。”

嘎嘎一驼摇头不答，直到搞清楚这胖乎乎奶气冲鼻的女儿真的已经归他了以后才说：“是啊是啊，这里就是你们的家，就像我们也会把额尔德尼布勒当成自己的家一样。”

博尔穆沁说：“既然你说额尔德尼布勒也是你的家，那我心里就宽松多了，如果我不能把一千五百峰骆驼拉回来还给你，就等于这些骆驼放养在了你自己的家里，你随时都可以回家来拉走，它们两年以后会变成三千峰，五年以后会变成五千峰，十年以后会变成一万峰。”

嘎嘎一驼说：“我知道了，你是不想再来这里了。”

博尔穆沁点点头说：“十年之内我们不会再踏上这条汉地驼道了，我们要去欧洲黑海，要去西亚伊朗，但不管我们去哪里，都会留下家人和骆驼等着你。按照我们狼山蒙古的习惯，泼出去的水是要收回来的，送出去的女儿是要接回家的，等女儿长大了，你就得把她还给我，因为一个女人不能既是女儿又是儿媳妇，还因为离开了亲阿爸亲阿妈的祝福，儿女的婚姻就不可能是天长地久的。”这就是说，博尔穆沁在把女儿送给嘎嘎一驼的同时，也表达了他的另一个希望：长大后让她做你的儿媳妇，这样你就永远是她的阿爸了。但如果你想把她嫁给别人，那你是没有这个权利的，作为亲生父母我们一定要知道她嫁的是什么人，这个人有没有骆驼，有多少骆驼。

嘎嘎一驼立刻明白了他的意思，看着女儿健康红润的脸蛋说：“是啊是啊，我们的关系应该是没完没了的，是传宗接代的。”

博尔穆沁骑着骆驼走了，连一口茶也没喝，连一眼对女儿的回望也没有，就匆匆忙忙地走了。走出去不到一百米，他突然唱起了蒙古人的悲调，用止不住的伤心，把骨肉分离的疼痛抑扬顿挫地表达了出来。

嘎嘎一驼听着突然就受不了了，湿润着眼睛，抱起女儿追了过去，大声说：“博尔穆沁你还是把女儿带走吧，你的女儿和我的骆驼你都带走吧。”

博尔穆沁回头看着，犹豫了一下，揩着眼泪，鞭驼而去。嘎嘎一驼追不上骆驼，就立在沙丘上喊了一句：“养大了以后，我一定把她还给你。”

交换变得高尚而悲壮，因为交换的已不是女儿与骆驼，而是走南闯北的骆驼客那无比珍贵的信誉与人格。

现在，十八年过去了，似乎所有的设想都变成了现实：娜陵格勒被嘎嘎一驼拉扯大了，又成了嘎嘎一驼的儿媳妇，然后就要回去了，回到额尔德尼布勒的亲阿爸亲阿妈身边去了。但是就在幸福来临的时候，娜陵格勒却把自己的心撕成了两半，一半给了察汗乌苏，一半给了库尔雷克。她想把给了库尔雷克的那一半心收回来，一收才发现，已经收不回来了，库尔雷克离得越远就越收不回来了。她成了半个心的人，成了这一半永远思念着那一半的落寞之人、孤凄之人。

10

那是一种专一而深情的眼光，白皑皑的骆驼看着乌图美仁朝自己款款走来。它没有想到，驼背上惊喜万分的库尔雷克也没有想到，危险就在这个时候从天而降——一峰伟岸高大的长髯公驼凶巴巴地奔跑而来，伸头就顶。

库尔雷克晃眼一看，惊叫着，来不及跳下驼背，白皑皑的骆驼就被长髯公驼顶翻在地了。这是库尔雷克很久都不能忘怀的一个狼狈场面，他在沙漠里翻滚，翻了好几个跟头才停下，抬头看时，白皑皑的骆驼已经站起来，正在把劲健的脖子伸向长髯公驼的两腿之间，拼命地顶撞着。这是雄驼打斗最常用的手段，也是刚才长髯公驼顶翻它的办法，用这种办法，力气大的骆驼就能战胜力气小的骆驼。

遗憾的是，白皑皑的骆驼没有得逞，它一顶再顶，对方只是趔趄了一下，马上又稳稳地站在地上了。白皑皑的骆驼把脖子收回来，掉转身子想用蹄子踢它，却被对方趁机一口咬住了脖根。善打能斗的来自额济纳旗蒙古的长髯公驼只一口就咬破了对方的血管。

白皑皑的骆驼意识到自己的生命已经受到威胁，本能地想要躲开，刚一迈步，就被长髯公驼拦住了。因为自己是美驼就格外嫉恨别的美驼的长髯公驼不依不饶地再次把粗硕的脖子伸到了它的两腿之间，一顶，顶歪了它，再顶，顶翻了它，然后蹦起来，毫不留情地把两只前蹄重重地踏在了它的肚子上。就像两把铁锤的同时震击，肚子顿时被震破，白皑皑的骆驼转眼就站不起来了。

库尔雷克惊呆了。突然发生，霎时结束，这就是骆驼的世界，一场雄雄相争的全过程。对长髯公驼来说，干净利落、招招见效；对白皑皑的骆驼来说，就是以赛跑的速度叩响了死亡之门。白皑皑的骆驼大概是不会后悔的吧。它是美驼，它肯定知道任何一场美驼跟美驼的碰撞，都是情敌跟情敌的决斗。在这生与死的联姻里，获得爱情与撕裂生命对谁都是一半对一半。谁让它是美驼呢，美驼的意义首先不是爱的享受，而是承受一切来自其他美驼的致命打击，或者是发起一切为了争夺爱人的冒死进攻。

骆驼的海洋还在移动，但在长髯公驼扬威，白皑皑的骆驼奄奄待毙的地方，形成了一个已不再前行的漩涡，能看到的骆驼都看着，似乎都有点吃惊：白皑皑的骆驼啊，你怎么就死了？满不在乎的长髯公驼用刚才两次顶翻对手的脖子驱赶着乌图美仁：走了，走了，这样无能的美驼你还留恋什么？走了，走了，从今以后你就在我的保护之下了，谁也不能对你有什么意思了，知道吗？

随着长髯公驼和乌图美仁的移动，骆驼海的漩涡消失了，大家都朝前走去。

母驼乌图美仁回望着白皑皑的骆驼，想哭又没有哭。它似乎有点搞不明白：长髯公驼为什么要打死白皑皑的骆驼，它不过是认识我就朝我走来了，又不是我的爱人格尔穆，你嫉妒什么？格尔穆你在哪里，你怎么还不来找我？你快来教训教训这个强梁霸道的长髯公驼。你再不来，再不把长髯公驼从我身边撵走，巴丹吉林沙漠的骆驼就要把脸丢尽了。先是骗驼阿尔顿丢了脸，后是白皑皑的骆驼丢了脸，下来是谁丢脸呢？总不会是我吧？我不要丢脸，绝对不要丢脸。

骟驼阿尔顿依然跟在乌图美仁身后，心惊肉跳地守护着它，不禁有点庆幸：白皑皑的骆驼死了，而我却活着，幸亏我不是美驼我被骗掉了。骟驼有骟驼的好处，虽然活得窝囊一点，却没有来自情敌的危险,可以长久而平静地活着。就像人常说的:好死不如赖活着。

骆驼的海洋缓缓地离去了，两峰美驼刚才决斗的地方，只剩下了白皑皑的骆驼和库尔雷克。库尔雷克愣愣的，看到白皑皑的骆驼已经死去，突然坐到地上，哭了。他觉得如果不是他骑着它前去喇嘛湾求药，它就不会死。它的命是被他断送的，真的是被他断送的。拉骆驼的有一种习惯，只要骆驼死了，不管是怎么死的，从来都是自责的，都觉得是自己把骆驼拉死或者骑死了。他伤感了很长时间，伤感得天空阴沉沉的，似乎马上就要黑了。他起身，从白皑皑的骆驼饱满的驼峰之间取下自己权充了鞍韂的皮袍，穿在身上，开始用双手在沙漠里挖坑。

一座人造的沙丘升起了。库尔雷克唱着悲伤的歌谣离开了。

黑了黑了天黑了，
腔子里的难过摞成山了，
眼看着驼哥哥走远了，
活割了心上的肉了。

库尔雷克走进喇嘛湾的时候，喇嘛骆驼队还没有出发。他来到曼巴札仓（藏医僧院）门前，磕了三个头，说了求药的因缘。一个小喇嘛一听说他来自红柳泉，便把他引到了大法台江永活佛跟前。

江永活佛给了他两丸喇嘛一枝花，告诉他:“这黄的一丸是涂的，这黑的一丸是吃的。涂的管住了鬼邪经脉，我给它念了阻魔经；吃的管住了死兆经脉，我给它念了再生咒。这一涂一吃就好了，蛇毒之鬼就散了。”说罢，又让小喇嘛牵来了一峰骆驼交给了他，“真是可惜了，南去藏原的骆驼又少了一峰，如果不是为了救人一命，我真是舍不得我的骆驼。赶快回去吧，延误了时辰，经咒和药宝就都不顶用了。”

库尔雷克骑着喇嘛湾的骆驼连夜往回赶，天快亮时回到了红柳泉，远远听到嘛呢石陪伴的驼栈里传来一阵男人的哭声，心说坏了，姑娘大概已经升天了，用白皑皑的骆驼的死亡作代价，风风火火求来的喇嘛一枝花用不上了。

11

美驼格尔穆停了一会儿，再次启程的时候，它意识到自己的奔跑已经和它的主人大柴旦和小柴旦没有关系了。在它心里，娜陵格勒的形象正在变成乌图美仁的英姿，鼎新驼行的寒冷也正在变成红柳泉的温暖。哦，红柳泉。没有理由一直待在喇嘛湾的乌图美仁，早就应该回到红柳泉了。

格尔穆加快了奔跑的步伐，想用最快的速度赶到乌图美仁身边。它已经连续跑了三天三夜，它还要再跑三天三夜。六天六夜的连续奔跑即使汽车和火车也会筋疲力尽，但是从来不知道汽车和火车的格尔穆就像汽车和火车那样不懈地奔跑着。它仿佛看到红柳泉的驼栈外面，那些耳鬓厮磨、卿卿我我的老地方，到处都是乌图美仁焦急等待的身影。它追撵而去，发现爱人又一次害羞地藏起来了。美丽的姑娘你怎么还这样？我们又不是初次接触，又不是从来没有那个过。

驼背上的大柴旦和小柴旦——两个脸上带血带泪的小主人说：“格尔穆啊，你有你的乌图美仁，可阿爸有什么？什么也没有了。我们回去干什么？告诉阿爸娜陵格勒的狠心恶毒吗？阿爸会哭的，一个大男人光知道哭，连骆驼也要笑话了。”

就在主人的絮叨中，美驼格尔穆越跑越来劲。它激情飞扬，四蹄飞扬，整个雄风鼓荡的生命都在为了一峰美丽的母驼而拼命飞扬，哪里会想到红柳泉根本没有乌图美仁的身影，半月形的沙丘后面，藏匿着的不是爱人，而是比沙原还要浩瀚的寂寥空漠。它万分惊讶，就要发怒了，它已经发怒了。它一踏上红柳泉的地界，穿梭在枯枝败叶的柳丛里，沿着白冰覆盖的泉湖跑了一圈，就知道乌图美仁没有回来。它干啥去了到现在还没有回来？它停下了，偏着头质问驼背上的主人大柴旦和小柴旦：你们不是说让我相信你们吗？你们不是说一定会帮我找到乌图美仁吗？可是乌图美仁在哪里，你们说呀它在哪里？

大柴旦和小柴旦一声不吭。他们沉浸在娜陵格勒带给他们的悲伤中，还没有来得及把自己的思维调整到格尔穆的思维上，或者他们隐隐地怀有连自己也未觉察的嫉妒：凭什么阿爸就应该失去娜陵格勒，而格尔穆就不可以失去乌图美仁呢？他们没有理睬它，神情黯然地驱赶它走向了嘛呢石陪伴的驼栈。

美驼格尔穆瞪起眼睛望着两个小主人，生气了，立刻决定再也不必服从并爱戴主人了。它再次跑起来，看到库尔雷克牵着一峰喇嘛湾的骆驼疾步走来，便冲过去，一头顶翻了库尔雷克，然后从他身上一跃而过，坚硬的大蹄子几乎踩到他头上。

驼背上的大柴旦和小柴旦惊恐地喊道："阿爸，阿爸。"

喇嘛湾的骆驼吓得跑向一边。库尔雷克爬起来，望着疯狂的格尔穆，忧急地叫着："格尔穆，你给我站住。"然后追了过去，"大柴旦，大柴旦。"

大柴旦知道阿爸为什么叫他，扯起嗓子说："阿爸，娜陵格勒不是你的了，娜陵格勒把我们赶回来了，她和叔叔住到一个房子里了，大红的酥油灯笼挂起来了。"

库尔雷克听着，差一点晕倒："回来，回来，格尔穆快回来。"

大柴旦解下缠在腰里的驼鞭，挥舞着说："嘎嘎一驼的驼鞭，娜陵格勒送给我了，为啥？为啥？"

库尔雷克大声说："那是逢凶化吉的宝物，她这是祝福我们了。"

大柴旦说："那就归我了，嘎嘎一驼的驼鞭归我了。"

库尔雷克喊道："格尔穆，你不能再跑了，你会把自己跑死的。"

格尔穆用执拗的蹄音告诉身后的库尔雷克和背上的两个娃娃：不能帮我找到乌图美仁的主人啊，你们已经没有资格管我了。

库尔雷克看透了格尔穆的心，不禁骂了一句："没良心的，迟早我要骟了你，你落到我手里我立马骟了你。"

疲累加上饥渴，加上失去娜陵格勒后心里一片黑暗，库尔雷克什么也不想管了，只想吃点，喝点，然后展展地躺在炕上，醉死过去。他快步走进驼栈，一把从墙上揪下牛皮酒囊，拔掉木塞就要灌，突然看到一双清澈如水的大眼睛正在望着自己，那是姑娘的眼睛，就像黑暗中的月亮明晃晃地照耀着世界。一瞬间他泪眼模糊了，心说我的娜陵格勒啊，你怎么躺在我的炕上？他扔掉牛皮酒囊，跳起来扑了过去。

酒倒出来了，从牛皮酒囊里倒出来了，清冽冽地漫漶在地上，灌醉了冬天的空气。

焦虑和绝望让库尔雷克忽视了一个事实：大柴旦和小柴旦还在疯骆驼格尔穆的驼峰上。他们应该下来，但是他们下不来了。他们越想下来，格尔穆就越不会停下让他们下来。

美驼格尔穆被极度的失望和愤懑困扰着，朝着喇嘛湾的方向绝尘而去。胸脯大起大落的喘息正在提醒它：你已经累了，身体已经吃不消了，只能慢慢地走，不能快快地跑了。可是它知道自己只能跑而不能走，因为它是美驼格尔穆，它不是一般的美驼，它是一峰情深似海、义重如山的美驼；对方也不是一般的母驼，它是母驼乌图美仁，一峰能够使最深沉的爱情昂然而起并在无边的眩惑中瑟瑟战栗的母驼，一峰你永远不知道怎么形容只知道为了它的一根毫毛你会穷尽整个生命的驼中美灵。

格尔穆跑啊跑，就像一个美丽威权下的鬼魂、一个爱情驱策下的精灵，在地狱的操场上，跑啊跑。

越来越慢了。它不知道自己已经不能再跑了，只知道如果到了喇嘛湾还看不到乌图美仁的身影，它就只能死了。对它来说，生命就是爱情，失去爱情必然要失去生命。它的生命是乌图美仁的，找到乌图美仁，就是找到自己的生命。可是连飞临巴丹吉林沙漠上空的斑头雁都知道，乌图美仁已经离开喇嘛湾了，它被一眼望不到边的驼群裹挟而去，正在走向南去藏原的必经之地柴达木。除非驼群返回来，可驼群为什么要返回来？当喜马拉雅大招募正以神的威力感召天下骆驼的时候，驼群和驭驼人的唯一信念，就是离开，前行，然后穿越。

为了爱情的奔跑，转眼就变成了为了死亡的奔跑。天生就能感知骆驼心情的斑头雁，从日本鹿儿岛启程络绎不绝地飞往藏地腾格里海生儿育女的斑头雁，一声声地悲叫着：就要死了，就要死了，这峰奔跑的骆驼就要死了。

正当库尔雷克扑过去准备抱住炕上那个人的时候，瘦兮兮的募驼男人田野从炕下站了起来，擦着眼泪说："你要干什么？"库尔雷克愣了，同时也看清楚，躺在炕上的不是娜陵格勒，而是那个穿着黄制服的公家人：一个风风火火、泼泼辣辣的姑娘。

库尔雷克拍了拍脑袋说："搞错了，搞错了，我怎么把你看成娜陵格勒了。"

田野说，谷子昏迷了很长时间，他什么办法也没有，只会一遍一遍吸她脚脖子上的蛇毒，可是怎么吸也吸不出她的清醒来，就只好哭了。

库尔雷克这才想起他带来了喇嘛一枝花，赶紧从怀里拿出来："看啊，就是这一黄一黑两个药丸子，黄的是涂的，黑的是吃的。"

正说着，一峰浑身雪白的小骆驼来到了驼栈门口，把头伸进来，看了看主人库尔雷克，噗噗噗地吹着气，好像是说："我的骆驼爸爸呢？它不是跟你一起走了吗，它怎么没有回来？骆驼爸爸什么时候才能回来？"

库尔雷克走过去，怜惜地抚摸着小骆驼的头说："小哈勒腾你好，我知道你来干啥，你的骆驼爸爸已经不在了，就是说，它死了。"说着，他滴下一串眼泪来。

小骆驼小哈勒腾哞哞地叫着，好像听懂了库尔雷克的话。

库尔雷克用手掌擦了擦小骆驼眼里的泪水："小哈勒腾你去吧，找别的骆驼去吧，去告诉它们，我们要走了，要到远远的地方去了。"看小骆驼不走，库尔雷克又说："你的骆驼爸爸是一峰好骆驼，是一峰懂人心听人话的骆驼，不像没良心的格尔穆，心里只有乌图美仁。乌图美仁没有回来是不是？我但愿乌图美仁已经把自己许给了别的美驼，再也不理它了。挨刀遭骗的格尔穆，居然把我一头顶翻了，居然从我身上跳过去了。这样对待主人的骆驼谁见过？不光你没见过，连你的骆驼爸爸也没见过。"他越说越来气，从地上捡起牛皮酒囊，使劲往嘴里灌了一口。

小骆驼小哈勒腾见不得人喝酒，闪烁着晶莹的眼泪，失魂落魄地离开了驼栈的门口。

这时谷子睁开了眼睛，奇怪自己怎么会在这里。

田野喊起来："醒了，醒了。"

谷子想起来了，惊慌地说："蛇，蛇呢？"

田野说："这一涂一吃还真管用。没想到大沙漠里还有这么神奇的药。"

库尔雷克举起牛皮酒囊，咕嘟咕嘟喝完了里面的酒，然后坐到炕沿上，瞪着田野和谷子问道："两个公家人，你们不光是来招募骆驼的吧？"

田野说："也招募骆驼客。"

库尔雷克说："你们说我是国家的人，我必须服从国家，现在国家需要我？"

田野点点头："对啊，对啊。"

谷子吃力地说："我知道你会明白的，你跟我们走吧，你让红柳泉的骆驼和骆驼客都跟我们走吧。"

库尔雷克叹口气说："我不管别人，我就管我自己。别的骆驼客去不去，你们去跟他们商量。"

谷子问道："你有多少骆驼？"

库尔雷克说："红柳泉的骆驼，一半是我的。"

谷子从炕上坐了起来："有没有一百峰？"突然"哎哟"一声，捂着脚脖子倒了下去。还没有痊愈的蛇伤让她顿时很沮丧："我该怎么办？总不能等伤好了再出发吧？"

田野殷勤地说："有我呢，你不用担心，大不了用骆驼驮着你。"

谷子是高兴的，提起了她跟田野的打赌："怕是你要当骆驼了。"

田野认输地说："当就当呗，当骆驼有什么不好。"

12

这是一个暖洋洋的下午，巴丹吉林沙漠的冬天总是把寒冷集中在黑夜，把温暖集中在白天。田野用比天气还要温暖的口气，给居住在土坯房和地窝子里的那些骆驼客，那些汉人、藏人和蒙古人说起了喜马拉雅大招募，说起了红柳泉的主人库尔雷克响应大招募的决定，一再地鼓动着他们："走啊，走啊，拉着骆驼跟我们走啊。招募不是无偿的，我们管吃管喝，一个月还有三块银圆的工资，骆驼也是给钱的，一峰骆驼五块银圆，拉上十峰骆驼，就是五十块银圆。白花花的银圆，你要是不跟着我们走藏原，一辈子又能挣几个？"

田野的苦口婆心、嘴干舌燥只换来一片沉默，骆驼客们好像根本就没有听懂他在说什么。好不容易等来了一句话，却让田野大失所望："我们不去，我们是鼎新驼行的骆驼客，我们听鼎新驼行的。"

田野觉得自己已经竭尽全力，再也没有必要说服下去了。他惋惜地摇摇头，转身走了。

骆驼客们望着募驼人瘦兮兮的背影。有人说："我看红柳泉是待不成了，一是今年鼎新驼行没有来去兰州、夏河、天水、西安的驼队，不需要红柳泉的骆驼转运货物，二是驼栈的掌柜库尔雷克已经靠不住了，靠不住的人你们还靠他干什么？不如回到鼎新驼行去，兴许还能有去梧桐窝子或者去阴山蒙古的营生呢。就算没有营生，掌柜的嘎嘎一驼财大气粗，对骆驼和骆驼客都不赖，好歹也能给你们一碗饭吃。藏原是不能去的，那个地方我听说过，就是高，高得人得用四条腿往上爬，骆驼是上不去的；就是冷，冷得穿了狼皮也打哆嗦，一泡尿还没尿完，就冻成冰棍子了；再就是喘不上气来，人活一口气，没有了气，人怎么活？"

红柳泉的许多骆驼客都要回到鼎新驼行去了。走时他们来到红柳泉的主人库尔雷克面前，劝他跟他们一起走。

库尔雷克说："娜陵格勒不嫁我是对的，她嫁给弟弟察汗乌苏，也算是有了一个好去处。就让他们安安稳稳过日子吧，我就不去搅扰他们了。将来的鼎新驼行，察汗乌苏就是掌柜的。你们要听他的话，也要听娜陵格勒的话，娜陵格勒脾气不好，拉骆驼的，就要像骆驼一样，多多担待啊。"说着，哭了。所有的骆驼客都哭了。

又过了一夜，当黎明的曦光从东方天际凄然而来时，库尔雷克也要走了。

本来不必这么着急，但他操心着大柴旦和小柴旦，操心着美驼格尔穆，即使不走，他也会去寻找他们，还不如即刻出发，反正寻找他们和前往藏原的方向是一致的，都要经过喇嘛湾。

库尔雷克背起自己出行时必然要带上的杈子枪，朝着嘛呢石陪伴的驼栈，朝着冰冻如盖的泉湖跪下，磕了一个头，心说我十三岁来到红柳泉，现如今已经三十岁了。十七年哪，红柳泉，你是知道我的心的，那就是你身怀里的泉水，清得一眼能望见十丈深的底；你是看见过娜陵格勒的，她来了，来了就往红柳丛里钻。娜陵格勒，我走了，等我老了以后再回来看你。

多愁善感的库尔雷克大把大把抹着眼泪站起来。这时候他才发现，所有的骆驼都跟他一样跪在地上，有的跪向了驼栈和冰冻如盖的泉湖，有的跪向了鼎新驼行。它们没有磕头，也没有说话，只是把嘴笔直地指向前方，默默地流着泪，唰啦啦地流着泪。

库尔雷克从皮袄胸兜里摸出一方白手巾，把所有骆驼的泪眼都揩了一遍，揩得白手巾湿漉漉、沉甸甸的。他来到一直看着他的谷子面前，指着她的右腿说："坐下，把裤腿抹起来。"

谷子莫名其妙地望着他，服从了。

他用驼泪擦了擦谷子的伤口，然后把白手巾缠在了她的脚脖子上。谷子的大眼睛忽闪忽闪的："你这是干什么呢？"直到第二天，谷子的伤口结出新疤，一点也不疼了以后，库尔雷克才告诉她："骆驼的眼泪是生肌长肉的，用喇嘛一枝花排了蛇毒，再用骆驼的眼泪泡一泡，新肉芽芽很快就会长出来。"

太阳出来了。他们离别红柳泉，踏上了漫漫驼道。库尔雷克拉着骆驼不紧不慢地走在最前面，后面是几个愿意跟他走的骆驼客。谷子和田野骑马走在驼队后面。这些骆驼都是嘎嘎一驼划拨在库尔雷克名下的，不算不能役用的小骆驼，差不多有一百五十峰。本来还会多一些，但美驼格尔穆还没有回来，二道眉拉着去给喇嘛湾驮运僧供的六峰骆驼还在前面，去年在驼道上又被土匪抢走了包括母驼白风在内的十几峰骆驼，还有，白皑皑的骆驼已经死了。

库尔雷克相信，大柴旦和小柴旦以及格尔穆就在喇嘛湾，或者在喇嘛湾和红柳泉之间的驼道上，即使他们碰不上，格尔穆也会凭着灵敏的嗅觉和五倍于人的视力找到他们。

库尔雷克一路上不说话。驼道上的沉默让人窒息。好在窒息是短暂的，很快就要发生事情了，很快他就要用忏悔的心情来对待美驼格尔穆了——格尔穆啊，为了心爱的母驼甘洒热血的格尔穆，人不如你啊，我不如你。

预兆正在出现，比人灵性的骆驼已经感觉到了。

小骆驼小哈勒腾迎着南来的风朝前跑去，跑出去一程，就停下来等一会儿。它本能地畏惧着陌路，又急不可耐地想扑到亲人的怀抱里——它闻到了骆驼爸爸的味道，也闻到了骆驼妈妈的味道。骆驼妈妈白风离开孩子已经很久很久，久得似有一千一万年了。小骆驼天天都在找妈妈，天天都喊着：妈妈呀，你在哪里？再也看不到你遮阳的影子，听不到你爱抚的鼻息了，妈妈呀。但是现在，小骆驼突然闻到妈妈的味道了，妈妈的味道是甜甜的奶水和咸咸的唾液混合成的味道，是它记忆深处最醒目也最牢固的芳香温醇的味道。

但是灵性的小骆驼小哈勒腾并不知道骆驼妈妈是在驼道上被土匪抢走的，它闻到了妈妈的味道，也就是闻到了土匪的味道。土匪来了，抢骆驼的土匪突然出现了。

13

骆驼的海洋早已经绕过喇嘛湾，走向柴达木了。这里是南去藏原的必经之地，也是沙漠悍匪祁连大爷神出鬼没的地方。祁连大爷早就探知到了驼群的到来，带着他的部众抢走了六十多峰骆驼。驾驭着骆驼海的募驼人和骆驼客想把骆驼夺回来，于是就有了枪声，有了死人，死人的惨状把走向藏原的第一步演绎成了一场恐怖的匪祸。

死去的是一个募驼人。这些驾驭着骆驼海的募驼人虽然是军人或者曾经是军人，但为了显示喜马拉雅大招募对宗教和世俗的亲和，都把枪交给了高高的藏原仁慈的佛菩萨。祁连大爷并不知道他们没有武装，下令开了枪才意识到白白浪费了子弹，因为他们的目的是抢骆驼而不是杀人。

祁连大爷穿着雪白的翻毛羊皮大衣，骑着一峰先前抢来的白骆驼，像一阵肆虐在酷冬里的白毛风，带着他的部众呼啦啦扬长而去。荒凉开阔的原野上那具血淋淋的尸体让骆驼和驾驭它们的人都不敢走了。几个领头的募驼人商量了一下，一面派人骑着快驼向剿匪部队报告，一面让骆驼客们赶着骆驼迅速后撤，撤向了平坦有草的喇嘛湾一带。

喇嘛湾的喇嘛骆驼队已经出发了，刚刚望见驼群的背影，突然又被一阵急转折回的骆驼潮簇拥了回来。

有个公家人来到江永活佛面前说：“你们是念经的喇嘛，你们去干什么？让你们的骆驼去就行了。”

江永活佛说：“连你们都去了，我们能不去？再说要是我们不去，这么多的骆驼怎么能顺利到达藏原。”

公家人说："你好像有什么办法？"

江永活佛说："有啊有啊。"又对身边的几个喇嘛说："看来真是心急喝不了热奶茶，禳灾的法会还没有举行，怎么能匆匆出行呢？回来也好，远渡之舟是不能不造的，阿伊旦麻（瘟疫）是不能不驱的，忿怒的独脚神和独髻母不知道我们的心思，怎么会保佑我们呢？如果不把刚猛的克敌经咒送上天空，前去的路上就必然有刀剑鬼和风魔鬼的阻拦了。"

喇嘛们又回到了喇嘛湾，把驼背上的驮子卸下来，紧紧张张地开始了禳灾法会的准备。他们坚信，只要法会一举行，所有的障碍就会破除，神王的骆驼，喜马拉雅大招募的骆驼，就可以一往无前了。

骆驼的海洋里，靠近喇嘛湾的地方，一峰骆驼突然跳起来，疯了似的奔跑而去。那是母驼乌图美仁，它的奔跑带动了许多骆驼的奔跑，其中跟得最紧的，是自以为正在保护它的怜香惜玉的骟驼阿尔顿，还有已经爱上它并发誓一定要让它跟自己生儿育女的长髯公驼。

长髯公驼边跑边喊：停下，你给我停下，胡乱奔跑是危险的，刚才死了人你不知道吗？

乌图美仁哪里会听它的，它隐隐约约捕捉到了一股熟悉的气息，一股被驼群集体的味道冲淡了的气息。它一会儿觉得那是美驼格尔穆的气息，一会儿又觉得不是。但不管是不是，它都要过去看看，眼见为实。

是沙漠悍匪祁连大爷帮了忙，准备在寻找乌图美仁的路上把自己跑死的美驼格尔穆终于在跑死之前停下了。

停下是为了让大柴旦和小柴旦从驼背上下来。它摇头晃脑地说着：下来吧，下来吧，就要发生危险了。再说你们尿憋尿憋，肚子也饿了，不下来怎么成呢？

大柴旦和小柴旦正想下来，的确就像格尔穆猜测的：不仅尿憋尿憋，而且又饥又渴。

他们一下来，格尔穆就挣脱缰绳的拽拉冲了过去。

大柴旦在它身后甩响了驼鞭，告诉它："听见了吗？这是我的声音，听到这个声音你就来。"

格尔穆忙不迭地哞叫一声算是答应：听见了，听见了。然后继续朝前冲去。

当驼群和扬尘铺天而来时，格尔穆并不吃惊自己看到了这么多骆驼，驼群浓烈而异陌的味道它早就闻到了。它吃惊的是等它看到它们时，并不是渐行渐远的屁股，而是越来越近的驼头。它用颤动的四肢支撑着沉重的身体，疲惫不堪地迎接着驼群，鼻子一抽一抽的，在一大片厚重的味道中使劲分辨着乌图美仁的气息。没有啊，哪怕是一丝能够引起错觉的气息也没有。身体的疲倦带动着嗅觉的疲倦，它闻到的只是自己的尿臊味。

格尔穆正在撒尿，这不是尿憋的结果，它已经一个星期没吃没喝了，哪来的尿。这是它用挤压出的体液传递给乌图美仁的一个强烈信息：我来了，乌图美仁你在哪里啊，我来了。

尿完它就卧下了，任凭驼群漫荡而来，又从自己身边分流而去。它强打精神，扬起驼头一左一右地看着，看了很长时间，也没有把骆驼看完。它的头渐渐垂了下去，眼皮往下掉着，困了，困了，实在有点支撑不住了。

似乎格尔穆刚刚睡着，身边就没有骆驼的蹄音了；似乎它刚刚睡醒，骆驼的蹄音就又出现了。骆驼，骆驼，走过去走过来了多少骆驼，怎么就没有乌图美仁呢？它伤心地抽着鼻子，心里不禁咯噔一下：不对啊，谁说没有乌图美仁，满鼻腔不都是乌图美仁的味道吗？它忽地扬起头，一看才发现，乌图美仁就站在自己身边。啊，睡梦，美丽可爱的乌图美仁从来就和它的睡梦连在一起，只要它睡着，那婀娜多姿的身影就始终陪伴在它身边。

不，不是睡梦，是真的。马上格尔穆就发现，乌图美仁真的出现了。它刚刚来到，喜极而泣，用头顶着格尔穆的肚子，撒娇地说：你怎么在这里？你为什么不来找我？我到处找你，找得我都不想再找了。我想到了死，格尔穆啊，在找不到你的时候，我想的最多的就是死。

美驼格尔穆站了起来，用同样的哭泣回答着母驼乌图美仁：别的都不用再说了，我只想说，从现在开始，我再也不离开你了，分分秒秒都不离开你了。

这时候，另一峰骆驼也在哭，那就是骟驼阿尔顿。它被感动了，它在默默的哭泣中证明着它的善良和仁厚，也证明着它那不肯随去势而泯灭的爱心正在变成一种类似于忠实朋友的责任。即使骟掉也不改公驼性情的阿尔顿，是那样尽心尽力地呵护着美丽的母驼乌图美仁，就像人类说的：我愿做一只小羊，跟在她身旁，我愿她拿着细细的皮鞭，不断轻轻打在我身上。

长髯公驼愣怔着，它惊诧于乌图美仁的举动和格尔穆的体貌，意识到自己遇到真正的情敌了。这样的情敌可不是一个像白皑皑的骆驼那样胆大妄为的羸弱者，也不是任何一峰见了母驼就疯狂的躁动者，它是一峰完美无缺的美驼，无论在巴丹吉林沙漠，还是在额济纳旗蒙古，都应该是那种牧人和骆驼客们视为骄傲的天造地设的尤物。更糟糕的是，对方不仅有感情上的势力跟自己抗衡，还有体魄上的势力跟自己较量，相比之下，自己唯一胜过对方的，就是精神状态了。这峰巴丹吉林沙漠完美无缺的美驼看上去多么疲倦啊，眼角耷拉着，脖子蜷缩着，四腿叉开着，腰身塌陷着，一看就知道它已经连续奔走很长很长时间了，它亟待休息。而它长髯公驼要做的，就是不让对方休息，一旦等对方休息够了，说不定这峰美丽无比的母驼就不是自己的了。

长髯公驼靠了过去，像是问候，又像是欣赏，一副礼貌有加的样子。

格尔穆奇怪地望了它一眼，正打算用同样的礼貌问候一声对方，突然发现对方已经把健硕的脖子伸到自己的肚腹下面了。

不好——格尔穆叫了一声。

小心——母驼乌图美仁也叫了一声。

声音刚落，长髯公驼就弓起脖颈使劲推了过来，推得格尔穆侧着身子连连趔趄，差一点倒在地上。

格尔穆绷起四腿站稳了脚跟，嘴唇颤抖着，毫不犹豫地扑了过去，一口咬住了对方的脖子。长髯公驼疼得哞叫一声，却没有躲开，而是倔强地抬了一下后腿，用整个身子夯了过来。

这是全力投入的一夯，是普通骆驼很难抵挡的一夯，格尔穆虽然不是普通的骆驼，虽然顶住了对方力大如山的这一夯，但它毕竟刚刚结束疲于奔命的日子，它很累很累，累得它都能感觉到自己的绒毛沉甸甸的分量了。它没有顶住长髯公驼接踵而来的第二夯、第三夯，像一座被飓风吹扫的沙丘，稀里哗啦匍匐在地了，而且没有马上站起来。

格尔穆知道接下来长髯公驼就会蹦上天空，坠落而下，把两只巨石一样坚硬沉重的前蹄狠狠砸在它柔软的肚子上。它赶紧强挣着卧正了身体，让肚子紧贴住了地面。它歪斜着头静静等待着，当对方的前蹄按照它的预料就要落在它身上时，它撑起后腿挺起饱满的驼峰迎蹄而上，然后浑身一抖，巧妙地把对方的打击抖出了驼峰，又让它顺着自己的屁股滑落了下去。

格尔穆的驼峰被踩烂了，屁股被踩破了，但是不要紧，要紧的是它躲过了一次致命的打击。它颤颤巍巍地站起来，按照一峰美驼捍卫尊严和保护爱人的本能反应，再一次勇敢而艰难地扑过去，咬住了对方的脖子。

这一个回合差不多就是上一个回合的重复，精神抖擞的长髯公驼让格尔穆重新尝到了被大力夯撞的狼狈，只夯撞了一下它就倒在地上了。这次它没有来得及卧正身体，让肚子紧贴住地面。这次长髯公驼的前蹄比上一次更快更猛，几乎在它轰然倒地的同时，那跃上半空的前蹄就砉然而至：一尺、半尺、三分之一尺、六分之一尺，完蛋了，巴丹吉林沙漠无与伦比的美驼格尔穆就要死在长髯公驼的铁蹄之下了。格尔穆已不再挣扎，甚至闭上了眼睛，等待着，等待着，死亡，死亡。

就像我们经常遇到的那样，其实等待并不是死亡来临的必要条件，真正的死亡只会发生在你根本想不到的时候，你刚刚想到死，你就不死了。母驼乌图美仁冲了过来，数千年以来决不参与美驼争雄的母驼原则就在这个时候突然不起作用了，因为有格尔穆的存在，更因为在乌图美仁看来与其让格尔穆死不如让自己死，它要以死相拼了。

骟驼阿尔顿吃了一惊，用蹄子的语言大喊一声：你要干什么？危险。喊着它飞身而起，一肩膀扛得乌图美仁停了下来。要去也是我去。又是蹄子的语言，奔腾着震响了冻结的厚沙之地。

就在长髯公驼朝着格尔穆悬空而下的时候，骟驼阿尔顿却把自己的脖子伸到了对方的蹄子底下。它似乎想顶翻长髯公驼，又似乎想替格尔穆受死，但不管它想干什么，都是为了一颗永恒不灭地爱着母驼乌图美仁的骟驼之心。这一点，乌图美仁想到了，长髯公驼也想到了，它爆起一股妒恨，突然改变主意，大蹄一甩，踢向了阿尔顿的驼头。

咚的一声响，骟驼阿尔顿眼冒金花，身子飘晃，慢腾腾倒在了地上。与此同时，长髯公驼落地了，它落地的时候，一只前蹄踏在了阿尔顿的鼻子上，一只前蹄踏在了格尔穆的脖子上，自己也因为站立不稳，歪斜着身子倒了下去。

长髯公驼很快站了起来，喘着粗气，看了看伏卧在地上痛苦不堪的格尔穆和更加痛苦不堪的骟驼阿尔顿，等了一会儿，看它们没有站起来扑向自己的意思，觉得它们已经认输，便得意地哼哼着，昂首阔步地走向了母驼乌图美仁。

乌图美仁正在哭泣，有一些烦怨，有一些伤心：格尔穆啊你怎么了？巴丹吉林沙漠最出色的美驼也应该是英勇顽强、善打能斗的战驼，可是一遇到长髯公驼，你怎么就一点也不善打能斗了？现在我该怎么办？不要脸的长髯公驼又来纠缠我了，我不能跟它走，快来救救我呀格尔穆，我是你的，我只能是你的。

长髯公驼不允许乌图美仁哭下去，顶着它，咬着它，踢着它，把它往远处驱赶着，迫使它渐渐离开了格尔穆。

格尔穆挣扎着站起来，哞哞地叫着，拖着疲倦和伤痛的身子愤怒地走了过去。长髯公驼回头瞪了它一眼：外强中干的家伙你要干什么？说着恶狠狠地冲过来，一脖子推翻了它，然后迅速返回，用更加果断而放浪的手段，驱赶母驼乌图美仁朝着骆驼海翻滚的地方走去。

痛苦不堪的骟驼阿尔顿冲着格尔穆有气无力地吹着气：快起来呀，快去把乌图美仁救回来。它想不到它所艳羡和崇拜的美驼格尔穆已经连续奔跑了一个星期，疲倦至极的身体早就由不得它了，况且又有了创伤，它的驼峰、屁股、脖子都被坚硬有力的驼蹄踩出了青紫的淤血大包，疼痛难忍。

骟驼阿尔顿看到格尔穆卧地不动，只好自己咬着牙站起来，步履蹒跚地往前挪动着。它曾被长髯公驼击伤过肚腹和脖子，现在又被对方击伤了驼头和鼻子，旧伤未愈，新伤又来，鲜血止不住地流着，已经不能再走动了。但它还是以沙漠之舟超人的毅力走了过去，心中只有一个意念：乌图美仁需要保护，而自己现在是唯一愿意保护它的骆驼。是的，是唯一的，连美驼格尔穆都不想勉强自己了。也好，让乌图美仁看看，到底谁是最爱它的骆驼。它走着，越走越骄傲，尽管在骄傲的同时，它禁不住问了一句自己：你行吗？乌图美仁需要你、理解你吗？你都被骟掉了你有资格保护一峰母骆驼吗？就在这样的疑问中，它把对母驼乌图美仁的爱情用不屈的生命形式表现了出来，让它自己幡然醒悟：世上其实并没有无能者，当你不怕死地去做一件别人做不到的事情时，你就是谁也不能忽视的有能者了。

驱赶着乌图美仁走在前面的长髯公驼远远地看到了骟驼阿尔顿，突然停了下来。它先是妒恨着，然后又猜忌着，接着就恻隐起来：

没见过这样的骟驼，爱母驼都爱得不要命了，而且是不可能有任何结果的那种爱，骆驼的世界里真的会有不求回报的无性之爱吗？换句话说，一峰骟掉的骆驼都能这样执着顽强地去爱一峰母驼，一峰像它这样雄风浩荡的种子美驼就更应该勇猛精进了。

长髯公驼等了一会儿，让步履维艰的阿尔顿跟了过来。阿尔顿是骟驼，长髯公驼并不担心这个无本无根的漂浮物会俘获乌图美仁的芳心。作用很可能是相反的：正因为有了一峰猥琐鄙陋的骟驼近距离的陪伴，才衬托出了它作为美驼的奋发昂扬。再说，阿尔顿已经跟了好几天，它和乌图美仁都已经习惯了。长髯公驼驱赶着母驼乌图美仁，又关照着骟驼阿尔顿，慢慢地接近着驼群。

驼群正在集体恸哭，就像海洋正在起浪，哗哗地奏响着，是浪水拍打浪水的声音，是寒风的凄厉中那些鲜为人知的驼心正在走向哀伤的表达。明澈的眼泪如同星星的闪耀，那么多，那么多，是什么让骆驼们如此伤心、集体恸哭了呢？

骆驼有集体恸哭的习惯，那是在看到死去的骆驼或骆驼客的时候，那是死去的骆驼或骆驼客的灵魂飞翔在沙漠上空，久久不肯离开驼群远去天堂的时候。谁死了？是骆驼，还是骆驼客？又是谁的哭泣感染了驼群？还有一个永恒的问题：骆驼是有灵魂的吗？

14

骆驼客们都说：谁说骆驼没有灵魂，连人都有，骆驼能没有？

骆驼的灵魂是沙漠里的一股风，一股钻肉钻心的尘卷风，一卷一个仰绊。不信你就在大风中的沙漠里试试，你试得出来，只要你是一个感情和理智都属于骆驼的骆驼客。骆驼客们还说，骆驼的灵魂是要找伴儿的，伴儿就是绊儿，它把你绊倒了，它就成了你的伴儿，就会常常跟你在一起，有时候保佑你，有时候挑逗你。

那一天骆驼的灵魂正在找伴儿，找来找去就找到了他们。他们一共三个人：库尔雷克拉着骆驼走在驼队的前面，谷子和田野骑着马走在驼队的后面。突然刮来一股凛凛冽冽的风，缠了库尔雷克一下，过去了，缠了田野一下，也过去了，最后缠住了谷子，一缠就不放。谷子在风中摇晃着，身子一歪栽了下来。她栽下来的姿势很好看，在空中翻了一个跟头，恰好是双膝落地，稳稳地跪在沙漠里了。她毫发未损，连脚脖子上结疤不久的伤口也没有碰出疼痛来。她跪对着前方一座人造的沙丘，半晌没有起来。

库尔雷克走过去问道："没事吧？没事怎么不起来？"

谷子说："跪着挺舒服，比骑在马背上舒服多了，我想多跪一会儿。"

小骆驼小哈勒腾又一次跑了出去。一路上它一直都这样：跑出去一程，停下来等一会儿，再跑出去一程。它闻到了骆驼爸爸的味道，也闻到了骆驼妈妈的味道，它是多么的惶急不宁啊。但是现在，骆驼妈妈的味道已经消失，只有骆驼爸爸的味道了，越来越浓，越来越浓，浓到骆驼爸爸好像就在眼前身边了。可眼前依然是茫茫沙海，身边依然是萧萧荒风，骆驼爸爸的身影藏匿在沙海荒风里连一根毛都看不见。

小哈勒腾徘徊着，环绕着一座沙丘走了一圈又一圈。突然它站住了，低下头呼哧呼哧地吹着地上的沙尘，沙尘一股一股扬起来，扬了一会儿它就知道骆驼爸爸藏在哪里了。就在这座沙丘里面，浓烈的味道就来自这个黄沙起丘的地方。骆驼爸爸呀，你行行好快出来吧，你怎么藏到沙丘里头去了？

小哈勒腾用嘴拱着，用蹄子刨着，痛哭流涕地呼喊着，一座人造沙丘转眼就平坦了，变成坑窝了。骆驼爸爸渐渐走了出来，先是蹄子再是腿，然后就是整个身子，一片白皑皑的驼毛、两座白皑皑的驼峰，赫然来到眼前了。

库尔雷克奇怪地看着前面又哭又喊的小骆驼小哈勒腾，拉着骆驼走了过来，看到横躺在沙坑里的骆驼尸体后对小骆驼说：“你没见过死骆驼是吧？这么稀罕，以后上了驼道，有你见的，走喽。”再一看，愣了，才想起这就是白皑皑的骆驼死去的地方。白皑皑的骆驼啊，你在这里等着我们，等着你的孩子呢。怪不得谷子从马上栽下来了，那是她欠了你的，你把她当成了伴儿，要她给你下跪呢。库尔雷克想着，和小骆驼小哈勒腾一起哭了。

远远的，几峰嗅觉和听觉十分敏感的骆驼循着哭声走了过去，还没到跟前，就开始哞叫。叫声引来了更多的骆驼。整个骆驼的海洋都朝这边移动着，然后就一圈一圈地围住了沙坑，围住了灵魂已经逸去的白皑皑的骆驼。哭声如同闷闷的滚雷，泪光变成了繁密的星星，在被荒凉压抑着的大沙漠里，骆驼展露着雄壮的悲伤，把情绪宣泄成了凝固的石碑。

库尔雷克一手拉着骆驼，一手搂着小骆驼小哈勒腾的脖子，泪眼模糊地朝前走去，哭腔拖在地上，就像很沉很沉的石碾子。

小骆驼小哈勒腾听话地依傍着库尔雷克。驼群一哭，它就不哭了，驼群一来，它就把自己交给库尔雷克了。它害怕，它没见过这么多陌生的骆驼，没听过这么震撼的哭声，好像死掉的不是它小哈勒腾的亲人，而是大家的亲人。它还不知道骆驼有集体恸哭的习惯，只觉得那种寒意的凄惨、那种野旷的哀伤，让它的神经有了一种难以忍受的电击似的战栗。它用一双黑黝黝的眼睛回望着白皑皑的骆驼：爸爸呀，我要走了，走了，我实在不想离开你，但是我要走了，走了。

后面，依然跟着骑马的田野和谷子。谷子的眼睛湿湿的，她已经认出来了，它就是那峰从她腿上吸走了百步金钱豹的白皑皑的骆驼。库尔雷克骑着它去喇嘛湾为她求取喇嘛一枝花，库尔雷克回来了，它却没有回来。原来它死了，它怎么会死呢？

驼群好像是轮换着集体恸哭的，哭完了的骆驼朝一边移动着。

库尔雷克伙同在驼群里，走向了喇嘛湾。走着走着就觉得身后的骆驼开始跟他拗劲了：他要往南拉，骆驼却要往东走。怎么回事？听我的还是听你的？他又试着拉了几步，不仅自己身后的首驼，所有串起来的骆驼和小骆驼小哈勒腾都一致向东了。库尔雷克立刻意识到自己必须服从骆驼，很多时候都是这样，嗅觉和听觉远比人敏锐的骆驼会用它们的执拗，提醒人们意识到那些还在隐秘中的东西：危险，或者别的。

库尔雷克拉着骆驼向东走去，大约走了五百步，就看到东方沙原黄昏来早的地方，出现了一峰身形伟岸的骆驼。它慢慢地走来，走几步，停一会儿，再往前走，越走越慢了。库尔雷克望着它，猛地一僵：啊，格尔穆？

美驼格尔穆艰难地走向了它的主人库尔雷克。它疲倦至极，伤痕累累。被长髯公驼坚硬有力的驼蹄踩出来的淤血大包已经烂了，驼峰、屁股、脖子都在流血，流了很多血，流得它已经浑身衰竭，可以看到死亡的阴影正在悄然走来。出于求生的本能，它必须把最后的力气用在靠近人类上。

它毫无预感地努力着，突然发现这样的努力并不是没有希望的：人和骆驼不期而至了。更让它衰竭的嗅觉和听觉没有预感到的是，那个丢开拉扯的骆驼，迎面跑来的人，居然就是它的主人库尔雷克。它愣了，感动了，眼泪唰唰而下，颤巍巍地挺立着，突然扑通一声响，跪下了：库尔雷克啊库尔雷克，还是你来救我了。它浑身一阵松懈，就像灵魂和肉体一下子有了交代，不管不顾地倒在地上了。

库尔雷克扑在它身上，喊着，摸着，突然一个寒战：大柴旦和小柴旦呢？

他问起来："格尔穆，快告诉我，我的两个娃娃呢？"

不知道，不知道。格尔穆扑闪着眼睛说。

他摇晃着它："快说呀，格尔穆，大柴旦和小柴旦呢？你把他们丢掉了，你把他们丢到哪里去了？这么拥挤的驼群，万一有个三长两短……"

格尔穆依然流着泪，这是委屈的泪：你就知道你的两个娃娃，你就不问问我，我这身伤是怎么来的？我的乌图美仁呢？如果不是为了你的娜陵格勒几乎把我跑死，我一定会战胜长髯公驼。我的乌图美仁啊，你去了哪里？

格尔穆委屈地埋怨着，昏过去了。

来自红柳泉的骆驼和小骆驼小哈勒腾过来了，围绕着美驼格尔穆，瞪起黑黝黝的眼睛，探询地看着。它们没有发出哭声，每一双眼睛都干干的毫无湿润的意思，看了一会儿，就后退着卧在了地上。

库尔雷克放心了，骆驼的预感超前而准确，格尔穆死不了，至少今天和明天，它的生命还会和它的肉体待在一起。

库尔雷克从首驼背上的褡裢里拿出牛皮酒囊，噙着酒，喷在了格尔穆的伤口上。格尔穆被蜇得肌肉乱跳,睁了一下眼,又昏过去了。

小骆驼小哈勒腾走过来，顽皮地舔着喷在格尔穆身上的酒，辣得它连连咳嗽：哎哟我的骆驼妈妈呀，这是什么东西？咳嗽完了突然一阵惊讶：我这是叫谁呢？是叫我的骆驼妈妈吗？它掀着鼻孔扬起了头，目光定定地看着远方。远方是云，是遮挡了骆驼妈妈的云。但味道是遮挡不住的，又出现了，又出现了，自己一叫骆驼妈妈，骆驼妈妈的味道就又出现了。妈妈的味道是甜咸混合的奶水和唾液的味道，是时刻用温暖和柔情召唤着它的味道。

小哈勒腾瞅了瞅库尔雷克，希望他也有跟自己一样的发现，但是他没有，他全神贯注地盯着格尔穆，哪里顾得上小骆驼小哈勒腾，再说他就是顾及到了，也读不懂小哈勒腾的神情，更闻不出骆驼妈妈的味道。小哈勒腾失望地走了，在库尔雷克来不及关照它的时候，它顺着味道的牵引，去寻找妈妈了：骆驼妈妈呀，你在哪里？

南飞不止的斑头雁嘎嘎叫着告诉小哈勒腾：骆驼妈妈已经变成土匪的坐骑了，土匪又一次出现了。

格尔穆很快就醒了，不仅是因为库尔雷克的呼唤持续不断，更是因为它心里正在升起沙尘暴般的自责：你把大柴旦和小柴旦丢到哪里去了？你这样不负责任怎么还能是人见人爱的美驼格尔穆？自责瞬间变成了督促，督促它起来，起来，快去把大柴旦和小柴旦找回来。

它挣扎着挺起沉重的身子，四下里闻了闻，朝前走去。库尔雷克望着它，明白它要去干什么，它不会找不到自己的两个娃娃的，毕竟它格尔穆是驼群里出类拔萃、灵性十足的美驼。那么自己该怎么办？只能跟去了，丢下他的红柳泉驼队，跟着格尔穆走啊，谁知道它会走向哪里？也许是近近的，也许是远远的。被格尔穆丢掉的大柴旦和小柴旦，此刻是唯一的重要了。

库尔雷克把驼队交给了田野和谷子以及别的骆驼客，自己背着杈子枪，骑了一峰骆驼，跟在了格尔穆后面。走了不多远，就发现他们此去的方向是鼎新驼行。怎么搞的？莫非大柴旦和小柴旦找不到格尔穆，就往鼎新驼行去了？如果他们骑着骆驼，那是不要紧的，如果没有骑骆驼，那就难了。饥渴、野兽、土匪，危险了，危险了。

他着急起来，不断乞求着："格尔穆，快点走啊，你快点走。"

格尔穆小跑起来，没跑多久，它就跑不动了。不，不是跑不动了，而是不需要再跑了。它哞叫起来，叫了几声，就听见不远处的沙丘后面响起了一阵噼——噼——的声音，那是大柴旦的回答，是娜陵格勒送给他的驼鞭的脆响。

片刻，就见前方地平线上，大柴旦和小柴旦汗流满面地走来，各自的怀里都抱着一些绿油油的草。格尔穆闻到了那草的味道，禁不住呵呵呵地笑起来。它知道自己有救了，驼峰、屁股、脖子上的伤口不会再流血了。那是沙漠里的凝血草，是神灵赐给骆驼的救命草。

它卧下来，张嘴等待着大柴旦和小柴旦的到来。等待的时候它有点感动：原来你们已经看到我被长髯公驼打败了，你们飞身而去，找啊，找啊，终于找到了沙漠里的泉湾。凝血草就长在泉湾里近水的地方，一长一大片。

大柴旦和小柴旦轮番喂着，把所有采来的凝血草都塞进了格尔穆的嘴里。格尔穆使劲嚼着，边嚼边用眼睛说：要是能再吃些食料就好了，疲倦就能消除，力气就能长出来了。大柴旦立刻明白了，跑向库尔雷克："阿爸，阿爸，饿了，饿了。"

库尔雷克赶紧从褡裢里撕出一个糌粑口袋，丢给了大柴旦。大柴旦拿了就跑，来到格尔穆跟前，直接把糌粑口袋套在了驼头上。库尔雷克看着，摇摇头，大声说："我的两个娃娃，你们不饿吗？你们也吃上些。"

大柴旦说："等格尔穆吃饱了我们再吃。"

可是格尔穆毫不客气地全吃完了，一点儿也没剩。它真是饿极了，它知道接下来的奔跑不是一般骆驼能吃得消的奔跑，必须尽快长出力气来。

它依然焦虑地想着乌图美仁，但在它发达的接收器官里，此刻有了更加急迫的信息：鼎新驼行出事了，娜陵格勒出事了，必须返回去，救人，救人。

它吞下最后一口糌粑，甩掉了驼头上的干粮口袋，眨巴着眼，望着大柴旦。大柴旦明白是让他们赶快上去的意思，就拉着小柴旦坐到了驼峰之间。格尔穆起来了，起来就跑。凝血草和一肚子糌粑正在迅速发挥作用。骆驼——世界上吃得最少也最糟却干得最多也最好的动物，在吃了一顿人吃的糌粑之后，把四条腿变成了飞翔的翅膀。

库尔雷克驱赶自己的骆驼跟在了后面，有些惊诧：怎么前去的方向依然是鼎新驼行？"大柴旦，大柴旦。"他喊着，想让格尔穆停下来。

大柴旦回应着："阿爸，阿爸。"然后解下缠在腰里的驼鞭，响亮地甩了一下。他不想让格尔穆停下。他知道格尔穆疯狂的奔跑一定是有道理的。

库尔雷克只好跟上。他牵挂着自己的驼队，又不放心两个娃娃，想了想，还是两个娃娃重要。再说格尔穆奔跑的前方，不光有鼎新驼行，还有娜陵格勒。娜陵格勒我来了。

15

小骆驼小哈勒腾跑啊跑，它从黄昏的火色中跑进了冷冰冰的黑夜。黑夜是骆驼妈妈的黑夜，奶香和唾香的味道越来越浓了。正是下风的地方，似乎到处都有妈妈肚子下面尿臊的鲜腥和驼粪的味道。小骆驼跑啊跑，带着撒娇的呼唤和孩子的埋怨，带着怯生生的激动，跑啊跑。

与此同时，母驼白风也闻到小骆驼的味道了，虽然它处在上风的地方，但味道还是飘过来了，好像骆驼的亲情之间，传递的味道是长了腿的奶酪，风只要小一点，就能钻个空子逆流而上。骆驼妈妈强烈地闻到了小骆驼的味道，说明已经很近了。它转过身子，不管驼背上的祁连大爷如何撕拽缰绳，鞭打驱策，它都不再理会了。它朝着孩子扑来的方向跑去，用鼻孔和嘴巴，用奔腾的四蹄，用猎猎的鬃毛和飒飒的髯毛，深情无限地喊叫着：孩子啊，孩子啊，妈妈来了，妈妈就来了。

骆驼妈妈知道，如果在白天，这时候它肯定已经看见小骆驼了，小骆驼也早就看见妈妈了。可恶的黑夜，世界上怎么会有可恶的黑夜。但是黑夜只能堵挡妈妈和孩子的眼睛，却不能堵挡它们的声音。

已经不光是味道的呼唤，而是声音的呼唤了。

骆驼妈妈又悲又喜地喊着：孩子啊，孩子啊。

小骆驼又哭又笑地喊着：妈妈呀，妈妈呀。

驼背上的沙漠悍匪祁连大爷慌了：这可怎么办？坐骑疯了，不听他的话了，要把他带到骆驼客那里去了。他是土匪，土匪是抢骆驼客的，土匪到了骆驼客那里，就是脖子伸到了铡刀下。他喊着："停下，停下。"

母驼白风没有停下，迫使祁连大爷抱着最后的希望，用整个身子拼命拽住了牛皮的缰绳。缰绳断了，母驼白风和祁连大爷都用了最大的力气，从来不断的牛皮缰绳砰然断开了，祁连大爷差一点摔下来。他恶狠狠地骂着："妈妈的，不信老子制不住你。"说着从腰里拔出一把盒子炮，瞄准了近在咫尺的骆驼妈妈的头。

枪响了。昂然而起的驼头依然是昂然而起的，母驼还在跑，风还在吹，深情无限、悲喜交加的呼唤还在一遍遍持续。突然，一切结束了，母驼白风一个跟头栽了下去，把驼背上的祁连大爷从这座沙丘甩向了那座沙丘。倒在地上的母驼白风哞哞地叫着，叫了两声就不叫了。

祁连大爷爬起，吐着满嘴的沙子走过来，看到母驼白风已经不行了，驼头上枪洞豁然，血从那里汩汩地流淌着，在皓月的映照下，浸湿了偌大一片沙漠，四肢和肚腹虽然还在剧烈抽动，但已是生命走向尽头时的痉挛了。

巴丹吉林沙漠的风，呼呼地吹着，喜马拉雅大招募的风，呼呼地吹着。

小骆驼小哈勒腾终于跑过来了。似乎已经过了一百年，它一直在寻找骆驼妈妈，现在终于找到了。在看到母驼白风的一瞬间，它扑通一声跪下了：妈妈呀，你到哪儿去了？你怎么这么长时间不回来？妈妈呀，你怎么不说话，怎么不理我？我好不容易找到了你，你怎么躺在这里不起来？

小哈勒腾哭了。它说：我找到了爸爸，爸爸是躺着的，我找到了妈妈，妈妈也是躺着的，为啥，为啥，你们都是躺着的？妈妈呀，你起来看看我吧妈妈呀。

沙漠悍匪祁连大爷惊呆了。这时候他才明白一向温顺听话的坐骑不是疯了，不是要把他带到骆驼客那里去，而是发现了自己的孩子，日思夜念的孩子闻着味道跑来了。十几个土匪走过来，围住了小骆驼小哈勒腾。

小骆驼跪在骆驼妈妈面前一动不动。

一个戴着狐皮帽的土匪掏出一把刀子说："杀了它吃肉吧，这样小的骆驼，我们用不上。"说着举起刀子跳向了小骆驼。

祁连大爷飞起一脚，踢掉了狐皮帽手里的刀子，走过去，抱着小骆驼让它站了起来，然后对手下说："把它带走，丢下它就是丢给狼口。赶快离开这里，我们要去柴达木。"

土匪们再次上路了。小骆驼小哈勒腾被人用绳子拴在了大骆驼的后面。它哭着，一步三回头地看着骆驼妈妈。骆驼妈妈再也不理它了，骆驼妈妈死了。小骆驼已经是孤儿，孤儿被土匪抓走了。

16

鼎新驼行突然着火了。先是嘎嘎一驼的仙逝之地、那间坐北朝南青砖灰瓦的气派房子腾起了火苗，然后是风的推动。从巴丹吉林沙漠深处微笑着走来的风，一见到火苗就变得狞厉可怖了，呼的一声响，就把火吹向了四面八方。一直待在驼行大院里的骆驼惊慌失措地来回奔跑着，但无论它们如何害怕大火烧身，都没有一峰跑离火灾现场和人群。人们紧紧张张把贵重的有用的东西往沙漠里搬着，还没搬完，驼行七十二间房子就都被点着了。

嘎嘎一驼的尸骨很快成了大火的中心。察汗乌苏和娜陵格勒都知道，这样升天是最好的，红红火火地了断尘世的因缘，是几辈子修来的福分。

掌命灵驼伊克雅乌一直没有停止奔跑，只是奔跑的原因已不是惊慌，而是恋恋不舍的情绪正在鼓胀，鼓胀成踏踏的蹄音呼唤着亡去的故人：出来啊，亲亲爱爱的嘎嘎一驼你快出来啊。

它呼唤不出嘎嘎一驼，就奋不顾身地冲了进去。冲进去的目的当然不是殉葬，而是想用自己的嘴把嘎嘎一驼叼出来，但是它的目的没有达到，猛烈的大火带给它的只能是倒下，倒下就起不来了。它死在了嘎嘎一驼身边，四条腿伸展着，就像拥抱幸福那样拥抱了主人的躯体。

在嘎嘎一驼眼里，掌命灵驼伊克雅乌是峰灵性超凡的骆驼。他依靠它在嗅觉、听觉、视觉和感觉方面非同寻常的表现，预知着未来的成败、营生的好坏以及决定着驼道上种种难以判断的问题。更重要的是，它是嘎嘎一驼亲手拉大的。从它两岁时第一次在通往里海的卡拉库姆沙漠带领驼队走出迷宫般的死亡之地开始，嘎嘎一驼就把它像宠物一样养在自己身边，一养就是十五年。如今伊克雅乌已是一峰十七岁的成年骆驼，它怀了孩子，眼看就要做妈妈了。可惜的是，当它冲向大火，试图救出嘎嘎一驼时，一点也没有意识到怀孕的妈妈是不应该这样的，主人的安危并不比自己的孩子更重要。不明智的伟大畜生，舍生忘死的骆驼，你这是何苦呢！嘎嘎一驼已经死了，即使你能把他从火海里叼出来，他也无法再做你的主人了。

大火被风托举着，朝着巴丹吉林沙漠西部边缘的胡杨林和弱水河边干枯的芦苇丛蔓延而去，仿佛荒凉被点着了，黄腾腾的混沌之中，翻滚着红朗朗的火焰。

娜陵格勒眼泪啪嗒啪嗒掉下来，说："阿爸走了，伊克雅乌也走了，它知道阿爸一个人孤单就跟着去了。"她说着，一把一把地甩着眼泪，甩到了伊克雅乌的肚子上，那肚子仿佛要回答她的伤心，一鼓一鼓地跳起来。

察汗乌苏首先看到了，不禁喊起来："伊克雅乌还活着。"

接着，娜陵格勒也看到了，吃惊之余，她的反应比察汗乌苏准确，蹲下来摸着伊克雅乌的肚子说："妈妈死了娃娃没有死，这可怎么办？"一说怎么办，她就知道应该怎么办了，喊道："拿剪子来，快啊，拿剪子来。"

十八岁的娜陵格勒在这个关键时刻显示了一个女人本能的果敢，她自己没有分娩的经历，也没见过别人的分娩，她只见过骆驼下崽的情形，而且是正常的下崽。但是她天生就知道世界上有一种非正常的分娩叫剖腹产，她现在要做的，就是用一个女人母爱的双手坚决果断地实施一次接生小骆驼的剖腹产。

她从慌慌张张跑去又慌慌张张跑来的察汗乌苏手里接过剪刀，毫不手软地剪开了伊克雅乌的肚子。血啊，血啊，顿时把她的眼光淹没了。她丢开剪刀，手泡在滚烫的血水里摸着，摸着，终于明白肚子里头还有肚子，里头的肚子紧紧包裹着小骆驼，小骆驼的小蹄子不安分地蹬踏着。她再次拿起剪刀，对守候在身边的察汗乌苏说："把血蘸掉，蘸掉。"

察汗乌苏声音抖抖地问："怎么蘸？"

她横起秀眉着急地说："你问我我问谁去？你一个男人怎么跟女人一样什么都不知道。"她说着，扯了一下察汗乌苏的袖子。

察汗乌苏明白了，赶快脱下了皮袄，皮袄太厚，塞不进骆驼的肚子，又脱下衬衣，战战兢兢地望着，想蘸血又不敢蘸的样子。

娜陵格勒说："察汗乌苏你真是白当男人了，你怎么连我都不如呢。"一把抢过衬衣，好像她干过许多次这种事儿似的，老练地三下两下就蘸干了汪在肚子里的血。

可以看到里面的肚子了，那是子宫，是胎衣。当子宫在小心翼翼的剪刀下破裂，当胎衣在手的撕扯下剥离，一峰小骆驼终于出现了。它是活着的，它的活着是那样令人心疼，让围观的所有骆驼和所有人都感叹不已：它的妈妈在一场沙漠大火中烧死了，而它却按照生命本来的愿望破胎而出，活生生地来到了人间驼界。

是骆驼妈妈的皮肉和鲜血保护了它，也是它自己顽强的生存意志挽救了它。它幸免于难，在娜陵格勒的怀抱里，伸展四肢，睁开美丽的黑眼睛，好奇而依恋地望着妈妈：妈妈就是娜陵格勒，妈妈原来是这样的。在骆驼的习性里，小骆驼出生后第一眼看到谁，谁就是它的妈妈，更何况娜陵格勒抱着它，让它感觉到自己就是从娜陵格勒的怀抱里脱胎而出的。

小骆驼认识了妈妈，然后就用自己湿漉漉的嘴，本能地摩擦着娜陵格勒的胸脯，它要吃奶，是孩子就得吃妈妈的奶。娜陵格勒愣怔着，一时没有反应过来。小骆驼哭了，吃不上奶的小骆驼嗷嗷地哭了。这是它出世后的第一次哭泣，心疼得娜陵格勒把自己的脸贴到它的脸上，摩挲着，亲吻着，伤心地告诉它："小骆驼啊，你的骆驼妈妈死了你知道吗？"小骆驼听不懂她的话，小骆驼饿了，要吃奶了，吃不上奶它就哭了。

"快去，快去，快去找驼奶。"终于反应过来的娜陵格勒喊叫着，看身边的察汗乌苏站着不动，就推了一把，没想到一推就把丈夫推倒了。

察汗乌苏是天生见不得血的，一见就晕，严重的晕血症让他在看到娜陵格勒剪开伊克雅乌肚子的一瞬间就有了倒下去的征兆。他用男人的面子抵抗着旋转的天空，闭上眼睛死撑着没有倒下去。现在他终于倒下去了，倒下去就不晕了，因为已经晕死过去了。

娜陵格勒惊叫着。几个骆驼客围了过来，这里掐一掐，那里捏一捏。察汗乌苏慢慢吹出一口浊气来，嘴唇咂巴着，睁开了眼睛。他活过来了，躺了片刻，在几个骆驼客的帮助下很快站了起来。他背对着血淋淋的伊克雅乌，难为情地望着自己的媳妇。

娜陵格勒不理他，她不认为见血就晕是一种什么病症，只觉得这是怯懦的表现，而怯懦作为缺点对男人来说绝对是致命的，男人一怯懦就不是男人了，连女人也不如了。走南闯北、迎风踏浪的骆驼客，天涯海角、水远山高的骆驼客，什么缺点都可以原谅，唯独懦弱和胆怯是不能原谅的。

娜陵格勒抱着嗷嗷待哺的小骆驼，对丈夫身后的骆驼客喊道：“快去，快去找驼奶，它饿了，我的伊克雅乌饿了。”

无意中娜陵格勒已经给刚刚出世的小骆驼起好了名字，那就是它的骆驼妈妈的名字，它妈妈是掌命灵驼伊克雅乌，它也是，至少在娜陵格勒的期望中，小骆驼就像它妈妈一样，具有超常的嗅觉、听觉、视觉和感觉，能够预知未来，决定营生，勘破驼道上的种种疑难，拨开瀚海里的层层迷雾，成为一峰全知全能的掌命灵驼。

鼎新驼行的骆驼里，正在哺育小骆驼的母驼只有一峰，便是这一峰也快要断奶了。很快就有人把它拉了过来。它就是香日德，娜陵格勒平日的坐骑。娜陵格勒抱着小骆驼凑向了母驼香日德红彤彤的已经不怎么饱满的奶子。它躲开了，母驼香日德一看不是自己的孩子要吃奶，就神经质地跳向了一边。它知道自己的奶水已经不多了，亲生的孩子尚且吃不饱，怎么可以喂别人呢？

娜陵格勒喊道：“你们抓牢它，不要让它跳。”

四五个骆驼客上来了，但就是抓不牢它，它一看娜陵格勒抱着刚出生的小骆驼靠过来，就跳得更高更远了。骆驼的犟脾气，就是山的脾气，说不低头就不低头。

娜陵格勒对丈夫察汗乌苏说：“你愣着干什么？搭把手啊。”

察汗乌苏过去了，更多的骆驼客过去了，抱腿的抱腿，拽毛的拽毛，几十个人的力气都施加在母驼香日德身上了，香日德再也跳不起来了。娜陵格勒蹲下来，让小骆驼的嘴噙住了那绵软而馨香的奶头。小骆驼伊克雅乌咂着，咂着，它第一次咂上了奶头，以为奶头是一咂就有奶的，可是没有啊，它咂了那么长时间，使了最大的劲，一滴奶水也没有咂出来。它失望地丢开了奶头，它还是饿，它又哭了。

娜陵格勒抱着小骆驼懊丧地离开了母驼香日德："放了它吧，没有用的。"

骆驼的犟脾气，更是沙漠的犟脾气，说不近人情就不近人情。只要它不愿意，你就是抓牢了它，它也有办法让奶水往里走，而不是往外流。

娜陵格勒的怀里，吃不上奶的小骆驼依然哭着，依然用自己湿漉漉的嘴，本能地探寻着娜陵格勒的胸脯：妈妈呀妈妈，你是妈妈你为什么不让我吃奶？眼看小骆驼伊克雅乌就要拱开她的衣襟了，娜陵格勒只好把它放在地上。它的四个小蹄子使劲蹬踏着地面，挣扎着想站起来，它的本能告诉它，只有站起来才能吃到第一口奶。它起着，起着，一次次地失败着，然后就是成功，它终于脚踏实地，颤颤巍巍地站住了。它站了一会儿，望着娜陵格勒一步一步挪过来。那是它的妈妈，它知道只要靠近妈妈就能吃到奶了：妈妈呀妈妈。

娜陵格勒忧急而无奈地往后退着，求助地望着察汗乌苏："我要是它阿妈，你就是它阿爸，你想个办法呀。"

察汗乌苏盯着前面，前面是奔跑而来的小骆驼马海。

小骆驼马海看到自己的妈妈香日德被几十个人控制在那里，生气地跑来想问问人们：怎么了，怎么了，我妈妈怎么了？但是它一到跟前，妈妈就自由了。它围绕着妈妈转了几圈，吃惊地看到了一峰比它更小的小骆驼。它奇怪地走过来拦着它，闻了闻就知道它是小弟弟，而自己是大姐姐。一个大姐姐很容易喜欢上小弟弟，这一点跟人类是一样的。马海看了一眼，闻了一鼻子，就喜欢上这个小弟弟了。小弟弟正在哭泣，露珠一样的眼泪挂在脸上是它对这个世界最初的乞求：妈妈呀妈妈。

马海横挡在小弟弟面前，无限怜惜地问道：你在找妈妈是不是？你的骆驼妈妈在哪里，它怎么不管你了？

小骆驼伊克雅乌不哭了，用自己黑黝黝的眼睛望着对方更加黑黝黝的眼睛，本能地咂了咂嘴。

聪明的马海明白了：你饿了，你想吃奶了，那么你的骆驼妈妈呢？

它四下里一看，吃惊地哞叫了一声。它看到了躺在地上血肉模糊的掌命灵驼伊克雅乌，它知道它死了，小弟弟没有妈妈了。它说：怪不得你哭得这么可怜，你没有了妈妈你去哪里吃奶啊？你等着，我给你吃我妈妈的奶。

马海走过去，来到了妈妈香日德的胯下，叼住了香喷喷的奶头。奶头马上就湿润了。母驼香日德一看是自己的孩子吃奶，就让白花花的奶水一股一股往外流着。马海扬起小小的驼头，使劲吮吸着，妈妈的奶水就像一阵阵轻气，很快把它的小肚子吹圆了。它迫不及待地丢开奶头，跑过来，用自己的嘴含住了小骆驼伊克雅乌的嘴。骆驼是反刍动物，很容易就能把肚子里的奶水吐出来，吐到别人的嘴里。

母驼香日德看见了，生气地走过来，咴咴地叫着：你这个孩子啊，怎么这样不珍惜妈妈的奶水，妈妈的奶水已经不多了，连你也吃不饱了，怎么还能喂别的小骆驼呢？

马海知道妈妈生气了，扭头就跑。它跑向了不远处一丛干枯的骆驼刺，撕咬了一大口，咀嚼着跑了过来，好像是说：妈妈呀，你看我，我已经可以吃草了，我不用吃奶就可以长大了。

母驼香日德吃惊地望着自己的孩子，用鼻子呼呼地吹着气说：吃草了，吃草了，我的孩子可以自己吃草了。它立马就不生气了，它意识到马海那么喜欢面前这个小弟弟，就怎么也生不起气来了。它以一个阿姨的身份舔了舔小骆驼伊克雅乌的湿鼻子：可怜的小家伙，刚来到世上就没有妈妈了。

马海咽下了满嘴的骆驼刺，钻到妈妈的肚子下面又要吃奶。母驼香日德躲着它说：算了吧，算了吧，就不要用你的嘴往它的嘴里吐了，让它自己来吃就是了，我的奶已经不多了，只要你保证从今天开始再也不吃我的奶，以后我的奶就全是这个小弟弟的了。

马海听懂了妈妈的话，走过来用嘴拱了拱小骆驼伊克雅乌的屁股。小骆驼往前走了几步，胆怯地仰望着面前这个高大的骆驼阿姨。

母驼香日德横过身子来，朝着小骆驼伊克雅乌甩动着垂吊的奶头：吃啊，吃啊，你过来吃啊。

小骆驼伊克雅乌眨巴着泪汪汪的黑眼睛，突然走开了，走向了出生后第一眼看到的娜陵格勒：我要我的妈妈，妈妈呀。娜陵格勒抱起它，再次来到了香日德的肚腹下。伊克雅乌噙住奶头，贪婪地吮着咽着，温暖香甜的白花花的奶水通过喉咙流进了它的身体，那是直抵生命深处的滋润，是它作为世界上最有韧性的物种活下来的最初的动力。

17

火的肆虐随着风的转向远了又来了，胡杨林和芦苇丛的燃烧突然凌空而起，把火焰一浪一浪地送回到了鼎新驼行的废墟上。许多骆驼正在废墟上发呆，来不及散开就被火焰轰然覆盖。驼毛燃烧起来，一峰峰都是火骆驼了，踏踏踏踏——惊慌失措的蹄音成了危险的信号，所有的骆驼都朝这边狂奔而来，这边是通往弱水河的必经之路。不想被烧死的骆驼，被惊痛驱使而失去理智的骆驼，不顾一切地扑向了唯一能够挽救它们的滔滔不绝的河水。

母驼香日德首先意识到了危险，跳过去用自己的身体严严实实挡在了女儿马海身前。察汗乌苏一把拉起刚刚喂完了奶的娜陵格勒，闪到了五步之外。

娜陵格勒爆喊一声："你拉我干什么？"甩开丈夫，跳过来，以骆驼妈妈的姿态满怀抱住才出生不久的小骆驼伊克雅乌，横挡在了惊惧疯狂的驼蹄面前。奔涌的火骆驼顿时分岔而去。呼啦啦的火焰就像旗帜，随着火骆驼的奔跑猎猎不休。

着火的骆驼们跑向弱水河，卧在平阔的河湾浅滩里，差不多卧成了一道土黄色的骆驼坝。被阻拦的水流顿时升高了，漫向了骆驼的脊背，火嗞嗞地响着，很快小了。还有水流漫不到的燃烧的驼峰，骆驼们就大口吞咽着河水，再把河水吐出来，喷洒到别的骆驼身上。好像它们早已有约在先，互相的帮忙就像实现一种训练有素的承诺一样准确而及时，火灭了，连些许焦烟也没有了。骆驼们从水中站起来，忍着皮肤烧伤的痛苦，走向了靠近骆驼客的地方。

骆驼客们走向驼群，一边查看着骆驼的烧伤情况，一边猜测着这场大火的起因。有人说是嘎嘎一驼的灵魂点着的，他用自己的死结束了鼎新驼行在巴丹吉林沙漠的历史，又断绝了后代们稽留不去的念头：你们要房子干什么，有了骆驼就有了一切，剩下的就是走了，走向额尔德尼布勒的狼山蒙古——整整一年才能到达的娜陵格勒的老家。有人说是四女驼神不保佑鼎新驼行了，驼神对她曾经保佑过现在不必保佑的地方一概要烧掉，免得成为魔怪的居所。

只有察汗乌苏说出了几句令人吃惊的话："火是谁点着的我看见了，真的看见了，要不是亲眼看见谁说我也不相信。"

"谁啊，谁点着了火？"所有人都问他。

察汗乌苏挤出几滴眼泪说："还是息事宁人吧，反正阿爸已经走了，我们也要走了，烧掉了驼行，就更是无牵无挂了。"

娜陵格勒哪里是个息事宁人的主，她是嘎嘎一驼惯大的公主，别说是放火烧房，就是损失一根针的委屈也是不受的。她伸手一把揩掉丈夫的眼泪说："怎么我们两个颠倒了，我是男人，你是女人？你让我看不起了，察汗乌苏你知道吗？"

察汗乌苏不想让新婚的媳妇看不起自己，就说："喇嘛湾的唐卡喇嘛老边巴来过了，放了一把火，就悄悄地走了。"

娜陵格勒吼起来："你为啥不抓住他？"

察汗乌苏说："你知道他是来干啥的？他是来说服阿爸响应喜马拉雅大招募的。他不知道我们要去额尔德尼布勒，以为我们会死守在巴丹吉林沙漠祖宗的基业上，就点着了驼行，想逼着我们走西藏。"

娜陵格勒说："那我就更要会会他，让他知道，就算烧了鼎新驼行，我们也不会跟他去。察汗乌苏你这个窝囊废，见了放火的强盗都要忍，我还能指望你什么？"说罢朝前走去。她要骑着香日德，去追撵唐卡喇嘛老边巴了。

察汗乌苏没有阻拦，心里突然变得十分踏实：往后也应该这样，不管遇到啥事，谁的主意大就听谁的，怕什么夫妻错位，男女颠倒。娜陵格勒炕上是女人，炕下是男人，倒省了他的心了。

但是他不知道娜陵格勒并不这么想，她想的是：男人一是要有好身板，二是要有大主意，缺了哪一样都是残废。大主意让女人拿，你一个男人不害臊啊？什么息事宁人，息事宁人就是让人家当狼你自己当羊，愿意当羊的男人是男人吗？男人要么就是老虎就是狼，要么什么也不是。

走出去没多远，香日德就停下了。它围绕着一座沙丘转啊转。驼背上的娜陵格勒立刻明白这个地方埋着什么。她仔细寻找，却发现香日德的鼻子是指向它无法走上去的沙丘顶端的。她溜下驼背，爬上沙丘，才看到疏松的沙丘顶端，暴露着一颗黑黝黝的头和两只枯巴巴的手，一个人软塌塌地趴着，穿着红色袈裟的身子全埋在沙子里头了。

娜陵格勒不禁在心里沉沉地叫了一声：唐卡喇嘛老边巴？

老边巴以为，既然嘎嘎一驼已经不在了，他就可以给嘎嘎一驼做主了，而点燃鼎新驼行便是嘎嘎一驼现在的唯一愿望。他想的依然是他给江永活佛的保证："我说服不了鼎新驼行的掌柜，这辈子就不再见你了。他要是不听我的，我就给他念经，我不吃不喝不睡不走把太阳念成月亮，再把月亮念成太阳，直到他说，鼎新驼行的骆驼啊，你们上路吧。"他觉得驼行一烧，保证就已经实现，自己就应该回去了。他徒步走来，又要徒步走去，实在太累，走到这里就走不动了。他趴下来，想休息一会儿，结果睡着了，又被流沙掩埋了。

香日德在沙丘下面大声哞叫着。

娜陵格勒说："我知道你的意思，你说你认识这个人，你让我把他赶紧救出来。"

香日德承认了，弯曲着脖子点着头。

其实香日德自己并不知道，它在乎这个人的原因并不是它脑子里有着关于这个人的牢固记忆，而是遥远的过去曾经呼吸过的一种人味儿轻轻刺激了它的神经，而作为天然灵性的骆驼，神经受到刺激之后的本能反应就是这样：找到他，找到他，他正在危险当中我一定要找到他。虽然在它童年的记忆里，唐卡喇嘛老边巴和它的生活并没有太密切的联系，他甚至都没有正眼看过它。但是香日德却清晰地记得那些出现在鼎新驼行的唐卡，记得那些斑斓的色彩是怎样进入了骆驼客的生活，记得跟这些唐卡有关系的那个红袈裟、黄披风的喇嘛，当他从它身边经过时，那种和鼎新驼行的所有人不一样的特殊味道，就牢固地留在它脑子里，再也抹不掉了。它是骆驼，人可以忽视骆驼，骆驼怎么可以忽视人呢？

察汗乌苏一见驼背上的唐卡喇嘛老边巴，就用双手把眼睛蒙上了。香日德赶紧卧下，意思好像是让察汗乌苏看清楚：人家还没死呢，你紧张啥？察汗乌苏看到唐卡喇嘛老边巴还在喘气，赶紧抱住他，要把他从驼背上抱下来。

娜陵格勒说：“不用了，不用了，你把他抱下来往哪里放？驼行已经没有了。”

察汗乌苏说：“阿爸的恩人就是我们的恩人，我们不能不管他。”

娜陵格勒说：“你把他抱下来就算管他了吗？察汗乌苏你听着，恐怕我们要分开了。”

察汗乌苏说：“为啥要分开？我们不分开。”

娜陵格勒说：“你还是个当家做主的男人呢，怎么就不动动脑子，他都成这个样子了，你不把他送回去，死在这个烧焦的地方怎么办？”

察汗乌苏说：“我知道我们得把他送回去，但是我们不分开。”

娜陵格勒瞪起光光亮亮的眼睛说：“那你说怎么办吧。”

没等察汗乌苏想出主意来，卧在地上的香日德就不耐烦了，瞪着察汗乌苏和娜陵格勒呼呼吹气，仿佛是埋怨：你们怎么光说话不管人家，人家已经不行了，很快就要死了。

香日德的感觉没有错，唐卡喇嘛老边巴真的就要死了，他的身子稍稍一沉就把走向死亡的信息传达给了香日德。它站起来就走，它不在乎主人管不管这个勾起它记忆的红袈裟喇嘛，它在乎的是自己的感觉。骆驼的感觉，完全是扩张的神经触摸外界时的条件反射，它触摸到了老边巴的垂危，他要去了。发达的感知能力左右着它的潜意识，让它在来不及思考如何救人的时候，就已经正确选择了救人的办法：朝着喇嘛湾，走啊。走了一会儿，又开始跑，不跑不行了，它想挽救的这个人眼看就要断气了。它用驼峰紧紧夹住阔脊上的老边巴，尽量平稳地奔跑着。

娜陵格勒喊道：“回来，回来，香日德你给我回来。”一看喊不回来，就推了一把察汗乌苏：“还愣着干啥，你骑上一峰快驼追上去把香日德换回来，小骆驼还要吃它的奶呢。”

察汗乌苏跳起来，扑向驼群，一把抓住了一峰健壮骆驼的缰绳。

分开了，分开了，察汗乌苏和他的新娘子娜陵格勒不得不分开了。他一次次地回头，一次次地想着勒驼停下，但最终还是任凭骆驼奔驰，把分开的距离越拉越大，大得一眼望不到边了。命里头注定要让察汗乌苏牵肠挂肚娜陵格勒，刚刚跟娜陵格勒分开，就已经使他肝肠寸断，泪流满面了：

娘娘山下的清泉，
车轱辘大的牡丹，
想你的眼泪拿桶担，
尕骆驼驮给了九天。

娜陵格勒一直瞩望着远去的察汗乌苏，在看不到骆驼背上丈夫的身影之后半个时辰，她才看到了被换回来的香日德，心里禁不住惋叹一声：哎，老边巴。

唐卡是寺庙里的布帛画。老边巴七岁就开始在喇嘛湾画唐卡，为了使他画的唐卡具有禳解厄运的功能，他拜了一个法术极好的御邪咒师做师父，并受了近事戒。师父待他很好，让他感恩不尽，圆寂的时候，他对着师父的灵体发了一个宏愿：画十万幅五方佛的唐卡，送给巴丹吉林沙漠的所有骆驼客，以此来扶掖师父早日转世成佛。宏愿一发，他就骑着骆驼来到了鼎新驼行。

那时候的鼎新驼行正在流行乏驼病，所有属于鼎新驼行的骆驼都乏了，乏得驮不动东西，走不出巴丹吉林沙漠了。每年都有乏驼，每一峰骆驼差不多都是四年一小乏七年一大乏，但是很少有所有的骆驼一起乏的，而且一乏就是连着三年。

骆驼一乏，接替死去的阿爸当上驼行掌柜才两年的嘎嘎一驼也乏得起不来了。没有人知道他得的是什么病，连医道精湛的江永活佛的前世也不知道。不知道的病是没办法治的，嘎嘎一驼就一天到晚躺在炕上，吃很少的饭，喝很少的水，差不多已经乏成瘫子了。

人蔫了，骆驼乏了，鼎新驼行眼看就要败了，没有了营生的骆驼客被嘎嘎一驼一个个撵走了:“去吧去吧，你们都去吧，鼎新驼行是一棵就要枯死的胡杨树，没有多少荫凉了。”嘎嘎一驼只对唐卡喇嘛说着挽留的话:“你别走啊，来了就别走，我死了还要靠你念经超度呢。”

边巴喇嘛说:“不走，不走，我就是冲着乏人乏驼才来的。”

唐卡喇嘛边巴就在这个病乏之秋开始了他向宏愿迈进的第一步。信奉佛法的嘎嘎一驼为他提供了所有的颜料和布帛。他埋头画着，画走了一千多个月落日出之后，突然直起腰来，问一直陪伴在他身边的自己的骑驼:“今天是什么日子?”看骑驼哞叫了几声，他就拍了拍自己长发披纷的脑袋说:“三年前来的日子就是三年后走的日子，不画了吧?我们回喇嘛湾去吧?”

他来到嘎嘎一驼的炕前，挂着一脸的伤别说:“把你的骆驼客都叫回来吧,一人一幅唐卡是拿不完的,剩下的就让他们送给亲戚朋友。”

嘎嘎一驼说:“你要走了吗?我还没死，你怎么就走了?”

唐卡喇嘛边巴说:“你怎么这么说，你不知道我圆寂的师父是一个御邪咒师吗?他用尖锐的无形钢锥早已把祛病法咒刻在了我手上，我画一幅唐卡就等于念了一千声祛病法咒，看看那些唐卡你就知道，三年来我一共念了多少声法咒。你有我师父的祛病法咒保佑，怎么会现在就死呢?你是信佛的，为善的，你要是这么年轻就死了，不光我师父没面子，连佛也没面子了。殃就要尽了，你资助我画唐卡的功德就要显灵了，我走以后你的病就会好了。”

唐卡喇嘛边巴的话不是谵语是预言，他走后的第二天，嘎嘎一驼就能站起来走路了。他来到驼行的院子里，看到无数阳光正在直立着从地上长出来，一些骆驼在阳光下踱步，驼峰饱满，被毛浓密，目光炯炯，鼻息响亮，一点儿乏倒的样子也没有了。他走向驼行门外，观望已经多日不见的沙漠，发现海海漫漫的丘波之上，黄灿灿的驼群正在慢跑，两峰青春激荡的美驼离开驼群激动地对驰而来，突然就拧在了一起，不知道为了哪峰可爱的母驼它们显示活力似的打起来了。嘎嘎一驼发呆地看着，禁不住呵呵呵笑起来：不乏了，不乏了，乏劲过去了，骆驼不乏了，人也不乏了，鼎新驼行又要好起来了。

嘎嘎一驼大步流星地往回走，径直走向了厨房，冲着呆坐在锅灶边唉声叹气的女人说："饿了，饿了，我今天饿了。"

女人吃了一惊，忽地站起来："佛祖保佑，你下炕了，你怎么不喊一声自己就下炕了？"说罢赶紧舀水挖面做饭。

等嘎嘎一驼饱饱地吃了饭，再次来到门外时，就见被他撵走的许多骆驼客都回来了。他惊讶地问道："你们怎么回来了？你们怎么知道我好了，骆驼不乏了？"

骆驼客们说："唐卡喇嘛见人就说，见人就说，五方佛的唐卡，骆驼客的贴身汗褟，该是你们回去的时候了，鼎新驼行病恹恹的日子已经结束了。"

嘎嘎一驼无比真诚地说："恩人啊，唐卡喇嘛是我的恩人，是骆驼和鼎新驼行的恩人，也是你们这些靠骆驼吃饭的骆驼客的恩人。"

现在恩人出事了。娜陵格勒琢磨着恩人老边巴这个时候来鼎新驼行的原因，突然感到十分庆幸：如果老边巴是精神矍铄的，如果阿爸没有去世，如果老边巴希望阿爸把响应喜马拉雅大招募看成是对恩人的报答，义重如山的阿爸该怎么办呢？幸亏他早早地去了，他去了就不用报答了。我们，鼎新驼行，就可以不管不顾地走向北方——蒙古高原的尽头——她的老家——额尔德尼布勒的狼山蒙古了。

18

走了，走了，连骆驼的鬃毛，连人的头发，都知道该是上路的时候了，它们随风齐刷刷地指着北方，着急地抖颤着似乎想脱身而去。

十八岁的娜陵格勒骑着香日德，走在驼队里。她不时地回头，恋恋不舍地看着：烧焦的驼行废墟还在冒着扭曲的青烟，胡杨林和芦苇丛的燃烧已经很远很远，远得连眼睛都关照不过来了。烧去吧，烧去吧，草树是沙漠的灵魂，灵魂一灭，沙漠就死寂了。毁于一旦的家园让她枯涩的眼睛就像被太阳蒸干了的水泉，无奈而忧伤。

突然她笑了，对自己说："我就是不哭，阿爸去了，驼行没了，我就要走了，永生永世地走了，但我就是不哭，我是一个没良心的女人我为什么要哭？"说罢还是笑，笑着笑着就流泪了。她咬扁了自己的嘴唇，不肯发出丝丝缕缕的哭声，只让眼泪悄然而孤独地流着。她知道驼道上的传言：女人哭，骆驼酥。有一些骆驼是见不得女人哭泣的，女人一哭它就不走了，就像得了软骨病一样，一瘫就是几天。为什么骆驼见不得女人的哭泣？谁也不知道，嘎嘎一驼不知道，所有的骆驼客都不知道。

走在香日德前面的是塌鼻梁的汉子。他是一个有经验也有阅历的骆驼客，最大的特点是忠实可靠。但是现在，他还像过去那样忠实可靠吗？谁也不知道，娜陵格勒不知道，骆驼们不知道，甚至连他自己也不知道，除了骆驼妈妈香日德。

香日德不喜欢这个阴冷的汉子，一直觉得他不是个好人。现在，它边走边望着塌鼻梁的背影，双眼皮不禁噌噌地惊跳起来，仿佛看见了他漆黑如墨的肚肠，它心说坏了，这个骆驼客阴飕飕的主意已经从肠子里头爬出来了。塌鼻梁知道香日德身后的五峰骆驼驮的都是银圆，所以就冒出了这样一个想法：杀掉这些人，包括在他眼里花骨朵般招人爱怜的娜陵格勒。

孩子马海一会儿跑到香日德身边，调皮地顶一顶妈妈的肚子，一会儿跑到小弟弟伊克雅乌身边，以一个大姐姐的身份呵护地朝它喷喷鼻息：怎么样，能走得动吧？你的小蹄子还软着呢，往高一点的地方走，高处的沙子是疏松的，低处的沙子是瓷实的。

小骆驼伊克雅乌并不在意大姐姐的呵护，它扬起小小的驼头，用湿汪汪的黑眼睛专注地盯着驼背上那个美丽女人的背影，那是它出生后第一眼看到的娜陵格勒，是它脱胎而出的时候依偎过的可靠温暖的怀抱和最希望靠近也最担心失去的妈妈。当然还有香日德腹下的奶头，那是多么美好的地方啊。

紧跟在小骆驼伊克雅乌后面的，就是驼队的主体，一列长长的骆驼，在黄昏来临的时候，组成了阳光的花边，颤颤巍巍地描画而去，似乎正是它们把主人娜陵格勒交给了跋涉中的寂寞与荒凉，交给了危险。

母驼香日德知道，危险就在前面，在黑夜的沙丘之上。

香日德还知道，所有的危险都隐藏在人的心里，所有的幸运也隐藏在人的心里。人和人的心有那么明显的差别，有那么跌宕的塄坎，比如后面，远远的地方，那些衣着简朴的骆驼客，看上去一个个都是那么善良。善良的人怎么还不跟上来，难道你们不知道塌鼻梁的汉子就要杀人了吗？

香日德没想到，危险会来得这么快。离前面的驿站还远着呢，塌鼻梁就开始动手了。是黑夜，星星比赛着明亮，沙漠在夜色中延伸出一片朦胧的起伏。娜陵格勒让驼队停下，准备休息一会儿，一路上都在谋划抢劫的塌鼻梁毅然从驼背上的褡裢里摸出一把刀子，大步走向了娜陵格勒。他告诫自己决不要手软，这是老天爷赐给他的一个千载难逢的机会：鼎新驼行蓄积的那么多银圆，就将属于他了。

别的骆驼客都在后面，他们是男人，不想靠过来，靠过来就不方便了。

百步之内只有两个人，塌鼻梁的汉子和娜陵格勒。

娜陵格勒不知道将要发生什么，她靠在驮子上，伸展双腿想睡一会儿，看到塌鼻梁朝她跑来，便大声说："还不赶快歇着，跑啥？"

塌鼻梁回应道："我来看看你。"话音刚落，就扑了过去。

娜陵格勒心里咯噔一下，首先想到的是自己的女人身子，腿一曲，身子一蜷，喊道："你是不是鼎新驼行的骆驼客？做一天掌柜就是做一天你的阿妈，你扑到你阿妈身上干啥，羞死你的祖先了。"

她哪里知道塌鼻梁是不要身子只要命的，只觉得腰肋有个地方突然一凉又突然一辣，惊叫一声不好，正要推开他，却见他飘然而起，升到了天上，又轰的一声掉了下来。

一峰骆驼从天而降，横挡在了她面前。她呆愣着，黑暗中没看清那骆驼是谁。

塌鼻梁怒冲冲地喊道："坏杂种香日德你要干啥？"

娜陵格勒这才明白过来，是母驼香日德从她身上叼起塌鼻梁，抛向了一边。她呻唤着："香日德，香日德。"

塌鼻梁辱骂着爬起来，借着月光找到失手的刀子，攥在手里再次扑了过去。

"走开，走开，香日德你给我走开。"塌鼻梁挥着刀子一脸暴怒地喊着，他已经刺了娜陵格勒一刀，再刺一刀她就死定了，银圆就都是他的了。

香日德哪里会听他的，毫不犹豫地走过去，忽地一下扬起身子，伸出自己硕大的前蹄，踢向了塌鼻梁的汉子。

娜陵格勒感到热乎乎的血正从伤口流淌着，疼痛挑衅似的抚摩着她的忍耐神经，她咬扁了嘴唇，习惯性地叫了几声“阿爸”，意识到“阿爸”已经不在了，又含含混混地叫起“察汗乌苏”来，叫着叫着声音小了，却似乎更加清楚了：“库尔雷克，库尔雷克。”她在心里打了个愣怔：怎么把“察汗乌苏”变成“库尔雷克”了？库尔雷克是谁啊？库尔雷克是丈夫的哥哥，连丈夫都不在身边，丈夫的哥哥又会在哪里呢？保护我们的四女驼神你想干啥？你让两个爱我的男人急急忙忙离开了我，又让身边的一个骆驼客变成了强盗，你这是成心要我的命啊。

仿佛四女驼神听到了她的责备，轻轻一挥手就让她听到了一声惨叫，是塌鼻梁的汉子被母驼香日德踢倒踢伤的声音。

她浑身抖了一下，再次叫了一声“香日德”，强挣着想站起来，却被回到自己身边的香日德歪过头来拦住了：不能啊不能，你已经流了很多血，站起来就会流得更多，我们骆驼都知道，星光照耀下的血是流得最快的。躺着吧，不要急，就会有人来照顾你了。

一阵驼蹄骤然响起，呼啦啦啦奔腾着。众骆驼直到这时才知道出事了，它们闻到了血腥的气息，跑过来围住了娜陵格勒，吃惊地咴咴直叫：人怎么是这样的，说变就变了，那个塌鼻梁的汉子，看上去挺好挺好的骆驼客，居然对他的主人娜陵格勒下毒手了。它们围成了圈，缓缓地走动着，突然就像得到了谁的号令，很有秩序地分成了三拨，一拨继续守护着娜陵格勒，一拨走过去围住了五峰驮着银圆的骆驼，还有一拨来到了塌鼻梁的汉子跟前，满怀狐疑地望着他：这个天天跟它们厮混的人，原来是个举着刀子杀人的魔鬼。

塌鼻梁的汉子龇牙咧嘴地仰躺在地上，衣服在肩膀上扯开了一个大口子，露出一片血淋淋的肌肤，那是被母驼香日德踢出的伤口。一峰额头有白斑的公驼抬了抬蹄子，似乎要踩向塌鼻梁的脖子。善良的香日德哞地叫了一声，跳过去用头顶住了白斑骆驼的胸脯，好像是说：你不能再踢他了，他已经被我惩罚过了。白斑骆驼后退了一步，挥着脖子打在了香日德的肩膀上，它这是争吵：这样的坏人你怎么还护着他？塌鼻梁的汉子趁机爬起来跑远了。

这时孩子马海带着小弟弟伊克雅乌走来了：别吵了，别吵了，小弟弟饿了，它要吃奶了。

马海的身后，小骆驼伊克雅乌呜呜地哭起来。

香日德把身子凑了过去：吃吧吃吧，饿了就吃吧。

娜陵格勒吃力地抬起手，抚摩着小骆驼小小的驼头，想说什么，又没说出来，头一歪，闭上了眼睛。

香日德弯过脖子去，急切地用鼻息吹拂着她的脸："死了吗死了吗，娜陵格勒你死了吗？"呜的一声它哭了。

星星淡远了，即将圆满的月亮变得又大又明亮。

格尔穆出现了。它吃力的奔跑在临近尾声的时候，突然加快了速度，然后就停下了，卧倒了，呼哧呼哧地喘着气。大柴旦和小柴旦跳了下来。

"娜陵格勒，娜陵格勒。"大柴旦和小柴旦穿行在驼群里，喊叫着。

香日德悲哀地哞叫了一声：娜陵格勒死了。它用白闪闪的泪光告诉冲它跑来的大柴旦和小柴旦。

大柴旦抢先来到娜陵格勒身边，望了一眼，突然跪下，把自己的脸贴到了她嘴上，然后喊起来："谁说她死了？你这峰骆驼怎么说她死了？"

香日德又哞叫了一声，哭着说：我实在是担心她死掉啊。

大柴旦说："我们来了，她就不会死了。"

小柴旦也说："她不会死了，我们来了。"

大柴旦喊来了几个骆驼客，把昏迷不醒的娜陵格勒放在了香日德的驼峰之间，然后自己骑了上去。香日德站了起来，按照大柴旦的愿望，也按照自己的愿望，走向了喇嘛湾的方向。孩子马海和小骆驼伊克雅乌首先跟在了后面。接着，小柴旦骑着格尔穆跟上了，所有的骆驼和骆驼客都跟上了，好像大柴旦一直就是他们的主人，主人走向哪里，他们就应该跟到哪里。

娜陵格勒睁开了眼睛，看到自己被大柴旦抱在怀里，就反手搂住了大柴旦。她望着身前身后的骆驼和跑来救命的大柴旦和小柴旦以及格尔穆，什么话也说不出来。这时她看到一骑驼影在前面的沙丘上晃动着，背衬着月亮好似一座白晃晃的佛塔。库尔雷克，那是背着杈子枪的库尔雷克。只有库尔雷克，才知道我不好了，有灾难了。一瞬间，娜陵格勒做出了一个重大决定：不去了，不去了，不去她的老家、蒙古高原的尽头、额尔德尼布勒的狼山蒙古了。就这样走吧，朝着前面，库尔雷克要去的地方。对一个女人来说，最重要的不是老家，是爱情。或者说哪儿有爱情，哪儿就是老家。

19

已经是傍晚了。柴达木荒原的北部，大戈壁上流淌着疏勒河，突然一个急转弯，波浪朝南奔跑而去，留下一些来不及带走的雪水，聚集在开阔的河湾里。一片静水把河湾变成了一座湖，太阳浸泡在水里像一个长了胡子的老人正在洗澡。

这就是太阳告诉大柴旦和小柴旦的：传说中胡子老人一出现，就一定会有不好的事情等待着他们。他们在驼背上眺望着，一会儿，看到远远地出现了一股烟尘，接着就是马蹄敲打大地的声音。大柴旦比有经验的阿爸还要敏锐，一看烟尘花朵般盛开的样子，就喊了起来：“土匪。”

库尔雷克严厉地瞪了一眼大柴旦，好像土匪是大柴旦喊来的。

“杈子枪，杈子枪。”大柴旦再次喊道。

库尔雷克本能地端起他的杈子枪，接着又放下了。一杆枪对付不了一群土匪，只能引火烧身。他像遇到野兽那样，把几十峰骆驼团成一堆，再把驮着大柴旦和小柴旦的美驼格尔穆和驮着娜陵格勒的香日德赶到驼群中央，自己和察汗乌苏骑驼站在驼群前面，望着黑压压一片的土匪朝他们奔驰而来。

土匪转眼就包围了库尔雷克一行。

这一行现在只有几十峰骆驼五个人，其他人和骆驼都到前面去了。是领队的募驼人要求这样做的。库尔雷克他们一到喇嘛湾，募驼人就把鼎新驼行的骆驼和骆驼客全部登记了一番，然后就让他们分开了，不论大小，都是五人一组。恰好遇到把唐卡喇嘛老边巴已经圆寂的法体送到喇嘛湾的察汗乌苏，库尔雷克就说：“那我们就一家人在一起吧。”本来他们也会走在前面，但分骆驼时突然不见了香日德的孩子马海和小骆驼伊克雅乌。娜陵格勒说:“马海不要紧，它已经会吃草了，走到哪里都能活。小骆驼伊克雅乌可不行，离开了香日德会饿死的。找，分头找，一定要找到。”但是他们没找到，等他们死了心准备出发时，大驼队早已经走到前面去了。他们掉队了，这是最不应该的掉队，一掉就掉到生命的危难中去了。

土匪骑什么的都有，马、牛、驴、骡，还有骆驼。包围圈高高低低的，很像锯齿，然后迅速缩小着。突然打马走出一个紫糖脸的人来，冷冷地打量着他们。大柴旦和小柴旦对视了一下，猜测这人一定是土匪头子。

紫糖脸的土匪头子杀气腾腾地呵斥道：“都给我听着，你们只能活一个。听清楚了吗？五口人中只能活一个。”

他说了好几遍大家才明白是什么意思。库尔雷克看看一家人，又看看远方。没有逃路，没有救星，远方一片迷蒙怆然。

小柴旦坐在大柴旦的前面，这时转过身去，紧紧搂住了哥哥。他在发抖，抖得很厉害，连带着哥哥和美驼格尔穆也都瑟瑟地抖起来。

不知道为什么土匪要下这样的命令。要是五口人中必死一个，那就好办多了，娜陵格勒一定会说：我死，我是女人，我不能落在土匪手里。现在是五口人中只能活一个，谁活？十几个大刀在握的土匪跳下坐骑，走出匪列，脚蹭着地面沙沙沙地靠过来。紫糖脸的土匪头子大声说：“赶快决定吧，谁活谁就要传扬我的名声，我是杀人如麻、谁也惹不起的冶子酩。”

冶子酩带着他的人马，从河西走廊流窜到柴达木荒原，先是和祁连大爷争夺地盘，后来又跟古尔德班玛率领的剿匪部队打，打来打去，折了一大半人马，这才意识到，已经跟从前大不一样，走到哪儿都不可能像过去那样占山为王了。他们面临的，似乎已不是选择如何生，而是选择如何死了。他给部下说："宁可扬名，不当善人。我们是死路一条的土匪，土匪是干啥的？杀，杀，杀，见人就杀，每人都给我杀。杀一群，放一个，记住，一定要放一个。"心说这一个是专门给我传扬名声的，这辈子想有个好名声已经不可能了，那就来个杀人如麻的坏名声，让满世界都知道，反正要死了。

仿佛一千年过去了。

全家人你瞪我、我瞪你，那是自己不想死的眼光，也是不想让任何亲人死的眼光。但谁都知道，选择是必须的，此时此刻土匪的命令就是老天爷的命令。最后库尔雷克黯郁的眼光落在了格尔穆的驼峰之间。驼峰间大柴旦和小柴旦依然抱在一起。

土匪头子冶子酩又在催了："快啊，莫非你们以为我是说话不算数的？要是你们决定不了，那就由我来决定：女人留下，男人全死。"

"不，女人不留下。"库尔雷克和娜陵格勒同时喊起来。

但是库尔雷克还在犹豫。他眼光在大柴旦和小柴旦身上扫来扫去，像是说都是我的命根根，叫谁活叫谁死呢？

突然大柴旦推开了弟弟，坚定地说："阿爸，小柴旦留下。"

小柴旦也想说阿爸，大柴旦留下。但话到嘴边又咽回去了。

似乎小柴旦的沉默让库尔雷克做出了最后的决定，他咬咬牙，蓦然丢开犹豫，上前拍了拍大柴旦的头："你，留下。"还有很多意思库尔雷克没说，但是大家都知道：我们就要去做鬼了，独把你留在世上。你比弟弟强悍懂事些，你活着，兴许能报仇，能延续嘎嘎一驼家的后代。

小柴旦害怕地哭起来。他求救地望着娜陵格勒，看她无声地同意了库尔雷克的决定，就哭得更响亮了。

库尔雷克扭头望着土匪头子冶子酩，吆吆地吸着忿气。

“别哭了，还是我去死吧。阿爸，把小柴旦留下。”大柴旦说。

但是就算大柴旦舍己为人，小柴旦也无法活着了。他们的叔叔、娜陵格勒的丈夫察汗乌苏这时突然冒出一丝对库尔雷克的怨恨来：“为什么留下的不是我呢，敢情做弟弟的不如儿子亲？”他望了一眼娜陵格勒，鞭策骆驼蹚进了河湾，想冲向疏勒河的对岸，看到水势浩大，又拐回来，跑向了土匪的包围圈。

“站住。”冶子酩吼了一声，“把骆驼留下。”

察汗乌苏勒驼停下，爬下驼背，朝前跑去。土匪没有开枪，反正可以活一个，活谁对他们都一样。娜陵格勒抬起手臂颤颤地指着怯懦的丈夫：“你、你、你，不顾我们死活了？”库尔雷克登时没有了在大柴旦和小柴旦之间选择死活的痛苦，长舒一口气，双手合十，朝亲兄弟逃命的背影沉重地晃了晃：“也好，察汗乌苏，拜托了，佛祖保佑你。”

都是命，人不能不认命，剩下的四个人都是死命。

十几把奋举的大刀遮掩了行凶土匪的面孔，白森森的光亮里隐藏着可怕的锋利。冶子酩过来，夺过库尔雷克手里的杈子枪扔到地上，揪住大柴旦，一把从驼背上扯下来，拉到自己怀里：“这么机灵的娃娃杀了可惜，做我的儿子吧。”

大柴旦愤声尖叫起来：“放开我，放开我。”

活命的希望就出现在大柴旦喊叫的时候。骆驼，我们的骆驼要来营救他们了。他们想到了自己的死，却没有想到骆驼，以为骆驼是不死的。但是骆驼知道它们也要死了，它们即使被土匪抢去好生喂养役使，也等于死了。它们天生就知道自己离不开主人，永永远远都不想离开主人。而骆驼的主人，直到骆驼出面营救他们，才意识到骆驼对嘎嘎一驼家的感情，要比他们对骆驼的感情，深远一百倍。

美驼格尔穆跳起来了。它跳向冶子酩，吓得冶子酩转身就跑，又跳向其他土匪，土匪们纷纷朝后退去。它就这样跳来跳去，驱赶着土匪。土匪们犹豫着，没有人举枪打死它，因为他们需要骆驼，尤其需要格尔穆这样健壮骁勇的美驼。

所有的骆驼都学着格尔穆的样子跳起来。驼蹄在地上嘭嘭嘭地响，沙尘弥扬起来，风也来凑热闹，裹挟着沙尘，呼呼地吹眯了人眼。

“小心啊，小柴旦。”娜陵格勒从香日德背上下来，扑了过去，这深情一扑把格尔穆扑得跪了下去。她想抱住就要被颠下驼背的小柴旦，却满怀抱住了格尔穆的屁股。

大柴旦挣脱匪头冶子酩的拉扯，解下缠在腰里的驼鞭，跳过去一鞭子打在格尔穆的腿上：“格尔穆快跑啊，去找你的乌图美仁。”

美驼格尔穆一听乌图美仁，站起来就跑，奔跑的样子如同疯骆驼，没有人不害怕，疯骆驼踢死牛马咬死人的事情年年都有。土匪的马牛驴骡和骆驼纷纷躲闪，包围圈豁开了一道口子。几个土匪举起了枪，看冶子酩不下命令，就没有射击。他们抢劫的是骆驼，不是骆驼的尸体。格尔穆奔突而出，用上了骆驼最快的速度。娜陵格勒趴在格尔穆的屁股上，死死地揪着驼毛不松手，等跑出了土匪的包围圈，便蹭过去，骑到驼峰之间，紧紧抱住了小柴旦。她迎着荒风叫起来：“我把大柴旦丢掉了，我把库尔雷克丢掉了，大柴旦，库尔雷克……”

放掉的不算，该死的四个人居然跑了两个，一个还是女人。妈的，沙漠里的一泉水，火焰山上的一块冰，就这样从眼皮子底下溜掉了。冶子酩的紫糖脸被气得煞白，看着手下，心说五十几号土匪哪一个不是野兽，怎么能让一个女人和一个娃娃跑了？冶子酩把愤怒发泄在唆使骆驼逃跑的大柴旦身上，一脚踹翻他，吼道："给我砍了。"立刻有土匪提了砍刀过去，一把拎起了大柴旦。

大柴旦扬起被太阳烤红的脸，天不怕地不怕地说："谁敢砍我，我是土匪的儿子。"

冶子酩奇怪了："哪个土匪的儿子？"

大柴旦指着冶子酩，奶声奶气地说："你，你刚才说了，'杀了可惜，做我儿子吧'。男人说话要算数。"

冶子酩吃惊道："你几岁了？"

"十岁了。"其实没有十岁，他把自己说大了。

"才十岁就敢激将我。男人做了土匪，说话就可以不算数。"

大柴旦说："你是说做了土匪就不是男人啦？不对，土匪也是男人。"

"说得好，土匪也是男人。"冶子酩惊叹道，然后面朝部下，"你们听见了没有，土匪也是男人？"这话问得隆重而严肃，像是首领在队伍前训话。土匪们齐声回答："听见了。"

冶子酩又转向大柴旦："但我还是要砍了你。"

大柴旦想了想，把手里的驼鞭在腰里缠好，说："那我要挑一个砍我的人。"

更奇怪了，冶子酩第一次遇到：一个临死的人，而且是娃娃，居然要挑选砍他的刽子手。他说："挑吧。"

大柴旦一个个巡视土匪，最后指着冶子酩："就是你。"

冶子酩冷笑一声说："我知道是我。"他要过手下的砍刀，忽地举了起来。大柴旦依然仰着脸，清透无畏的眼睛里，突然有了亮闪闪的水色。冶子酩停刀在空里，嘲问道："你不是不怕死吗，哭啥？"

大柴旦说："我哭我阿爸，我救不了阿爸，阿爸也要死了。"说着大哭起来，扑过去抱住了被土匪挟持起来的库尔雷克的腿。

冶子酩寻思：一个十岁的娃娃，危难之下一鞭子打跑骆驼救了一个女人一个娃娃是一奇，沉着冷静要做杀人土匪的儿子是二奇，大义凛然不惧死是三奇，不为自己只为救不了阿爸痛哭流涕是四奇。这样有勇有谋有情有义的娃娃，怎么不是我儿子？冶子酩扔掉砍刀，走过去把大柴旦拉到自己跟前，摁住他的头说："你真的要做我儿子？"

大柴旦忽闪着眼睛，望了一眼身后惊悚而愤怒的库尔雷克，乞求道："你不要杀了我阿爸，不要。你放了我阿爸，我就是你儿子。"

冶子酩点点头："行。"

"你说话算数？"

"当然算数，你不光要做我儿子，还要跟我相依为命。"

"啥叫相依为命？"大柴旦问。

"就是你救我的命，我救你的命，我走到哪里你跟到哪里。能做到吗？"

大柴旦以大人的口气说："做到哩，我们两个一条命。"

冶子酩拍了一下他的头："好，君子一言，驷马难追。"

大柴旦摇摇头。虽然鼎新驼行和驼道上的骆驼客多一半是汉人，但骆驼客们不常说的汉话他仍然听不懂："啥叫君子……难追？"

"就是说出来的话四匹马追不回，遵守到底，永不反悔。"

大柴旦想着阿爸有救了，高兴地说："别说四匹马，四峰骆驼也追不回。"

就这么定了。冶子酩想知道这个抢来的儿子从哪里来往哪里去，便向库尔雷克打听。库尔雷克简短地回答："巴丹吉林的，要去集结地。"

"什么集结地？"冶子酩警觉地追问。

"就是喜马拉雅大招募的集结地。全中国的骆驼都要去那里集中了，然后走西藏。"

"听起来好像有数不清的骆驼,得驮多少东西啊。集结地在哪里？"

"昆仑山下，一个河流像蜘蛛网一样的地方。"

"那是个什么地方？有人家吗？"冶子酩问着，一掌拍在自己脑门上，"走西藏？天爷，走西藏。"又朝库尔雷克挥挥手，"那就赶紧去吧，走你的西藏去吧。"

库尔雷克不忍就此离去，望着大柴旦。大柴旦也望着阿爸，感觉这样的分手跟阿爸将死一样难受,愣怔着,一丝丝机灵劲也没有了。

冶子酩靠近库尔雷克，小声道："不走我就杀了你。杀了你，你儿子就不会做我的儿子了，那他也得死。"

库尔雷克懂了，拾起自己的杈子枪，转身离去，悲苦地叫着："大柴旦，你救了全家。"

大柴旦扑通一声跪下："阿爸，我不是你儿子了。"一头磕下去，脸埋到土里，身子抖着半晌没起来。突然起来了，一脚抹平泪水渗湿的土窝窝，又用袖子紧抹了一把脸说："我没哭。"

冶子酩点点头："做我的儿子不能哭。"

大柴旦纠正道："男人立世不能哭。"

“谁说的？”

“我阿爸。”

“现在我是你阿爸。”

冶子酩的部下有一个叫奴亥的，大声说：“不能让他把枪带走，万一朝我们打冷枪呢。”他追过去，下了库尔雷克的枪，又匆匆回来。

大柴旦不干了，扑向奴亥抢夺阿爸的杈子枪。奴亥不给，一把推倒了大柴旦。

冶子酩说：“土匪的儿子怎么能没有枪呢？把枪给他。”

大柴旦爬起来，再次扑向了奴亥。奴亥任他把枪抢去，骂道：“小土匪崽子。”

一群人朝着集结地格尔穆的方向走去。

这是1951年的春天。正午的荒原上，阳光无遮无拦。

20

两个时辰后，娜陵格勒带着小柴旦和格尔穆再次来到疏勒河边的温泉湾里，上上下下找了找，活人和死人都没有。小柴旦哭了，一想到阿爸和哥哥不知死活，就坐到地上，再也不想走了。

娜陵格勒想起紫糖脸的匪头说了“杀了可惜，做我儿子”的话，便说：“大柴旦没有死，他就在前面，库尔雷克也没有，他也在前面，还有察汗乌苏……”她愤恨着自己的丈夫，心说这个挨刀吃宰的，啥事儿都慢慢腾腾，就逃命利索。

小柴旦一听，哭得更厉害了：“阿爸，阿爸。”

娜陵格勒坐到他身边说：“你们一胎两个一起出来，你怎么一丝丝不像大柴旦？大柴旦要是像你一样光会哭，能一鞭子抽得格尔穆跑起来？”

小柴旦咬着牙，使劲把眼泪往回吞。

格尔穆呼哧呼哧掀动着鼻子，它知道这里并没有发生死亡，把嘴凑过去，一舌头舔干净了小柴旦脸上的泪蛋蛋。

娜陵格勒仰头望着格尔穆，扑通一声跪下说："小柴旦，我们给格尔穆磕头，它现在就是我们的恩人了，要不是它跑得快，我们已经做了无头鬼。"

小柴旦在娜陵格勒的拉扯下，双膝着地，一头磕到了骆驼蹄子上。

格尔穆疑虑地弯下脖子，用兔唇蹭着小柴旦的头。蓦然它也跪下了，它理解主人的意思，不仅跪下了，还害羞地把驼脸埋进了沙土里。

娜陵格勒抱住了它的头："格尔穆，家里的骆驼就剩下你了。"

格尔穆明白这话的分量，亢奋地哞叫了一声。

然后是沉默，往死里沉默，娜陵格勒的主意就在沉默中拿定了：往前走，只能往前走，库尔雷克、察汗乌苏、土匪抢去的大柴旦，还有他们的骆驼，都应该在前面，参与喜马拉雅大招募的所有骆驼也应该在前面。她说："格尔穆啊，我的主意对不对？你的鼻子灵，你给我闻闻。"

格尔穆蓦然站了起来，扬起头，远远地看着前面。小柴旦说："娜陵格勒，格尔穆要我们走哩。"

娜陵格勒一把扇在小柴旦的脖颈上："娜陵格勒是你叫的吗？叫阿妈，是库尔雷克的儿子就得叫我阿妈。"

小柴旦抚摸着脖颈问道："为什么？"

娜陵格勒说："连骆驼都知道为什么。"

格尔穆上路了，它等待的就是这一刻。奔跑，方向是朝南而逆风的，坚定的步履让两个主人感觉到：所有失去的，主人和骆驼，都在前面。它现在还无法告诉驼背上的娜陵格勒和小柴旦，在它用灵敏的鼻子捕捉到的全部信息里，最重要的是乌图美仁的味道。青春激荡的美驼，在干净得没有异味的沙原上，逆风能闻到几十公里外跟自己交配过的母驼的味道，更何况乌图美仁的味道是那么浓烈，它因为同样思念格尔穆而散发出了不同寻常的超强信息。

小柴旦似乎有些明白了："阿妈，格尔穆要去相媳妇了。"

娜陵格勒问道："谁是它媳妇？"

小柴旦说："乌图美仁。格尔穆不停地撒尿，这是跑向乌图美仁的样子。"

娜陵格勒瞥了他一眼说："你懂个啥呀。"

的确，在很长时间里小柴旦都看不懂骆驼的爱情，每当格尔穆追逐乌图美仁，他就喊："阿爸快来看，它们又打仗了。"一次阿爸说："不是打仗，是相媳妇。"小柴旦一脸无知。哥哥大柴旦却两手叉腰，大人似的说："相媳妇就是生娃娃。"

大柴旦只比小柴旦大一两分钟，却像大了三五年，他神情严肃，眉宇间天生一副深沉思索的样子，说出的话仿佛都是思索的结果："让它们去生吧，我们要满地圈不下的骆驼。"小柴旦学着哥哥的样子，挥手嘻嘻哈哈说："满地圈不下的骆驼就是星星一样多的骆驼。"这嘻哈引来了大柴旦的不快，大柴旦不能容忍一个庄严无比的话题被小柴旦瓦解成玩笑。他说："我不跟你说了。"转身走开。

这曾是小柴旦最大的困惑：大柴旦不理他了。

大柴旦不理小柴旦时，小柴旦就费尽心机讨好。抓一只沙鼠，用绳子拴着从他面前经过："哥哥，给你。"或者唆使他的红嘴鸦落到大柴旦的肩膀上，或者把本该他喝的那碗驼奶端给大柴旦，再不就是骑着乌图美仁出现在旷野里，小声乞求："哥哥，我跟你比赛。"以往只要小柴旦骑上乌图美仁，大柴旦就会骑上格尔穆，每次都是大柴旦胜，大柴旦喜欢胜。不理小柴旦时，大柴旦总是拒绝比赛，但小柴旦知道在心里大柴旦已经跟他玩起来了，因为他是唯一愿意被大柴旦驱使的人。大柴旦会在某个瞬间跳起，指着空荡荡的原野说："前面有堆成山的财宝，快去抢来，老子是土匪。"小柴旦冲过去，满地打滚，胡吼乱叫着拔一些杂草过来，喘气不迭地复命："财宝抢来了，都是哥哥的。"大柴旦总是严肃地说："不对，是我们的，我们是兄弟，不分你我。"

最好的时光当然还是在驼背上。最早的驼背是两座毛茸茸的山，山坳里垫着羊皮褥子，一根木棍横过来挑着两只柳筐，柳筐用双股的牛毛绳兜肚固定在驼背两侧。小柴旦从这一侧的柳筐里，沿木棍望过去，能望见那一侧柳筐里的大柴旦。大柴旦也会望着小柴旦，咿呀咿呀说话。大柴旦的话大人们听不懂，但小柴旦懂，他和他在娘胎里共享一种温暖、一种脉跳时彼此就已经心照不宣了。三岁时柳筐不见了，大柴旦和小柴旦骑在了驼背上，常常是你抱着我，我抱着你。驼道枯燥而漫长，颠簸又容易让人瞌睡，但大柴旦从来不睡，他害怕小柴旦犯困从驼背上掉下来，就睁大眼睛撑着，一撑就是一天。小柴旦对大柴旦的依赖就在驼背上养成了，从此没有改变。

大柴旦说对了，相媳妇果然就是生娃娃。小公驼格尔穆迅速变成了一峰年轻矫健的大公驼，它身形伟岸，毛色红亮，在作为美驼履行生殖义务的三年中，成了几十峰母驼的丈夫，几十峰驼娃的父亲。作为父亲它是庄严的，作为丈夫它是坚定的。坚定是因为专一，在发情的日子之外，在为了繁衍健康壮实的驼群下一代而龙腾虎跃的激动时刻过去之后，它就专一而深情地爱着那一个，那一个就是跟它一起长大的美丽的母驼乌图美仁。

走一程，跑一程，几十公里过去了，也没看见任何人影和驼影。但格尔穆的执着却丝毫不变，依然朝南。这说明前面的人和骆驼也在快速向前移动。天擦黑时，格尔穆停了下来，还是逆风，但乌图美仁和主人的信息却再也捕捉不到了。它张大鼻孔，呼哧呼哧转着圈，像蒙了眼睛套在磨盘上的驴。

娜陵格勒知道前面的骆驼和人转了向，转到了风外。格尔穆靠不住了，要找到亲人只能靠打听靠冒碰了。

格尔穆的沮丧比人还要深沉，满地的枯草引不起它的兴趣，掰了干粮喂它，它扭头不吃。半夜里，它几次起身徘徊，又让小柴旦拉得卧下来。春寒料峭的荒原上，格尔穆温热的怀抱就是娜陵格勒和小柴旦的温床。

第二天，还是往南走。娜陵格勒知道，往南就是集结地。她想起了察汗乌苏，逃脱匪难的察汗乌苏一定去了那里，来招募的公家人说：有骆驼的拉自己的骆驼，没骆驼的拉公家的骆驼。出生在巴丹吉林沙漠的察汗乌苏，离开了骆驼就没法活了。那么库尔雷克和大柴旦呢，冶子酩的土匪呢，是不是也去了大柴旦？

一路上，格尔穆再也不主动跑起来了，消失了乌图美仁和主人味道的引诱，它把寻找的亢奋藏到骨子里头去了。直到一个星期后，大太阳的中午，它突然又跑起来，满鼻子都是哧哧哧的声音。

小柴旦听明白了，和格尔穆一样兴奋地喊起来："阿妈，格尔穆又闻到乌图美仁了。"

娜陵格勒说："问问它，闻没闻到库尔雷克和大柴旦，还有察汗乌苏？"

小柴旦大声问着，引来格尔穆一阵吙吙吙的回答。小柴旦说："闻到了，闻到了，它说闻到了。"

一个时辰后，他们看到了骆驼。娜陵格勒问一个拉骆驼的："这是什么地方？"那人说："我也不知道。"

再往前走，翻过一座大冈，他们惊呆了。起伏不平的原野里，骆驼站的站，卧的卧，走的走，褐茫茫一片。哞声四起，铺天盖地的涌动里，驼峰的波浪，海海漫漫地淹没了地面。小柴旦想起了大柴旦的话："我们要满地圈不下的骆驼。"这就是满地圈不下的骆驼，星星一样多。娜陵格勒说："呵哟哟，这么大的阵势，几辈子没见过。是不是这里就是集结地？"她问别的骆驼客，有人说："集结地还远着呢。"

如此震撼的骆驼潮，也让格尔穆怔忪得不敢迈步，娜陵格勒拽着它往前走，它却拽着她往后退。

娜陵格勒故意说："走啊格尔穆，你害怕个啥？一峰骆驼一座靠山，我看你成靠不住的山了。"

格尔穆低下头，抱歉自己成了靠不住的山，胆怯地望着走近自己的每一峰骆驼，一阵阵掀动鼻子呼哧着，那是试探和询问。小柴旦抱住它的前腿，脸贴过去，磨蹭着颤抖的肌肉。他知道肌肉关联骆驼的情绪，摩挲肌肉就能安慰情绪。格尔穆平静了些，看娜陵格勒走到了前面，便迈着小步子跟了过去。

娜陵格勒一路打听，知道来这里的骆驼客有阿拉善的，腾格里的，玉门的，安西的，红柳园的，雅布赖的，也有家乡巴丹吉林沙漠的，但巴丹吉林太大，虽说是乡亲，却没有认识的。娜陵格勒哀叹道："没有自己的骆驼就是没有骆驼，没有认识的人就是没有人，这么多堵眼的顶啥用呢。"

走着走着，格尔穆胆子就大了。它发现所有骆驼跟它一样都是外来的，都是怔忪的眼神、胆怯的举动，顿时消失了被欺生的担忧。它抬高蹄子，迈动美驼特有的独雄之步，昂首观察着一望无际的骆驼群，渐渐有了傲慢骄矜的样子。它眼光忽略着那些骟驼，只盯住公驼和母驼：没有骟掉的公驼尤其是美驼，那是可憎的敌手，必须勇敢面对；习惯于躲躲闪闪的母驼，那是永远的喜欢，应该极力靠近。但是它没看到乌图美仁，最最喜欢的乌图美仁在哪里呢？

小柴旦又问起了路上问过的话："格尔穆，是不是闻到乌图美仁了？还有哥哥、阿爸和叔叔，闻到了没有？"

格尔穆听着，以为是催促，本来不宁静的心顿时躁动起来。它跑向那些陌生的公驼，一副寻衅闹事的样子。意识里正是这些公驼尤其是美驼的存在让它找不到乌图美仁，只要把它们赶走，赶到天边地外，乌图美仁的身影自然就会赫然来临了。

娜陵格勒把缰绳缠在胳膊上，后倾着身子拽它："嘘——嘘——。"

小柴旦说："阿妈放开，它要去找乌图美仁。"

娜陵格勒说："这么多骆驼怎么找啊？它找不到的。"在她心里，重要的是库尔雷克和大柴旦，而不是乌图美仁。

小柴旦不相信娜陵格勒，只相信格尔穆——它跑向驼群不是没有理由的。他跳过去，抱着娜陵格勒的胳膊取下缰绳，抽在格尔穆身上说：“在哪里，乌图美仁在哪里？”格尔穆朝前跑去，小柴旦拽着缰绳跟着它跑，跑了几步，回头喊着：“阿妈，快跟上。”

娜陵格勒没有跟上，她这时正背对小柴旦惊望着一个人。那人不是别人，正是紫糖脸的土匪头子冶子酩。她扑了过去，一声尖叫，就像野兽的长啸：“把我的人还给我，把大柴旦和库尔雷克还给我。”

小柴旦也看到了冶子酩紫糖色的面影，大喊一声“阿妈”，想使劲拉住格尔穆，格尔穆却拽着他冲向了驼群。他一时不知怎么办：丢下格尔穆去阿妈身边，还是跟着格尔穆往前走？犹豫的瞬间，他已经被拽进了密密实实的驼群。

娜陵格勒不见了，他眼前只有骆驼，骆驼，一峰峰好奇地望着他的骆驼。很快缰绳脱手而去，格尔穆奔跑着，冲散了骆驼，转眼又被更多的骆驼淹没了。

小柴旦喊着：“格尔穆，格尔穆。”

骆驼的海洋里他去哪里寻找认识的一滴水。一瞬间的灭顶之灾，比在路途上遇到土匪、抢走亲人还要黑暗。他孤单了，不到十岁的他来到一个陌生地，突然发现，所有的亲人和亲驼都失去了。他站在那里喊娜陵格勒，喊格尔穆，喊了几声就觉得胸腔里满是刀锋般的寒凉和孤冷，割得他痛楚难忍。

小柴旦哭了。哭声引来了许多骆驼的关切，它们经过他时都放慢了脚步。一峰骆驼哞哞叫着，像是招呼，又像是安慰，靠近他，爱怜地用鼻子蹭蹭他的头发。主人拉它走，它不走。主人说：“咋了你，又不认识。”不认识它也不走。主人问小柴旦：“哭啥呢，找不到阿爸阿妈啦？”小柴旦用更加凄长的哭声回答着。人和骆驼听着，无奈摇摇头，走了。

离开小柴旦的格尔穆见公驼就咬，就撞，驼群骚动起来，报复似的朝这边涌荡着，很快就把小柴旦围住了。杂沓的蹄音，惊乱的哞叫，尘土飞扬。小柴旦伫立在奔跑的驼群里，惊恐无度，见那么多陌生骆驼的蹄子一只只踩踏过来，一个极其可怕的念头轰然出现在脑海里：疯群？千万不要疯群。

小柴旦的担忧不是没有道理的。骆驼一到陌生地方，一接触陌生驼群，就会紧张，很容易惊疯。现在又有了格尔穆的冲撞撕咬，发生疯群就像干柴上引火。而且惊疯还会传染，只要被格尔穆冲撞，或看到它疯魔，情绪和行为立刻会不由自主。真正是无法阻挡了，就像风吹一切驼毛，为了寻找心爱的乌图美仁，格尔穆变成了一峰疯骆驼，也让所有的骆驼变成了疯骆驼。疯群了，骆驼疯群了。

吓坏了的小柴旦转身要跑，一头撞到一只奔跑的骆驼腿上，霎时晕倒了。

那边，娜陵格勒扑过去，撕住冶子酩的衣服喊道："土匪，土匪，把我的人还给我。"

几个从动荡的驼群里逃命出来的骆驼客停下来看着。

娜陵格勒更不怕了，一把抓烂那张紫赯脸说："还有骆驼，我们的骆驼，还给我。"

冶子酩率领他的人刚刚到达，隐藏在旷野一头的沟谷里。不放心别人的他亲自来打探情况，没想到一来就触了霉头。冶子酩丢开拉在手里的骆驼缰绳，一把攥住娜陵格勒的胳膊，小声说："你给我一条命，我就还你大柴旦。"

娜陵格勒甩开他说："杀人的土匪，我要你的命，也要大柴旦。"

又喊道，“他是土匪，土匪，他杀人抢人抢骆驼，我认得他。”

冶子酩说：“我们没杀你的人。”

瘦兮兮却十分精干的公家人田野闻讯跑了过来。

冶子酩转身就走。田野追上去大吼一声：“站住不许动。”

冶子酩站住了，回身时掏出了一把手枪。田野只是个骆驼招募员，手里没有武器，瞪着黑洞洞的枪口说：“缴枪不杀。”

冶子酩开了一枪，撒腿就跑。

田野一愣，前走两步，后退三步，扑通一声倒在了地上。

紧随其后的娜陵格勒一步跨过田野，追了两步，看冶子酩慌忙拉起了他骑来的骆驼，便大喊一声：“香日德。”那骆驼等待的就是这一声呼唤，甩脱冶子酩的拉扯，掉过身来，激动地一头撞向娜陵格勒，差点撞翻她。她抱着骆驼的头：“香日德，香日德，我家的香日德。”

香日德用哧哧哧的喷气回答着，不停地用兔唇摩挲着别后重逢的主人，亲热得就像亲人与亲人。

冶子酩回头看了一眼，叫声“好骆驼”，迅速跑开，消失在奔走的驼群扬起的烟尘里。

娜陵格勒骑上香日德追了过去，才发现这里的骆驼已经疯群，怔住了，前后左右看看：小柴旦呢？声嘶力竭地喊起来：“小柴旦，小柴旦。”她放弃了冶子酩，想回到刚才和小柴旦分开的地方，发现到处都一样，一样的疤瘌稀草，一样的坎坷起伏，戈壁原野上，没有第二次到达的地方。她浑身无力地坐在驼背上，深吸一口气，双手捂着脸，恨声道：“丢掉的没找到，没丢的又丢了，佛祖，佛祖。”

香日德弯过脖子来，奇怪地看着她。

娜陵格勒欠身撕住它蓬松的脊毛："怎么办，怎么办，我把所有人都弄丢了。"

香日德的反应是转身就走，它似乎知道人在哪里。

香日德带着娜陵格勒来到冶子酩一伙土匪刚刚隐藏过的沟谷，发现已是踪影全无。它顺着沟掌走了几个来回，又往前去，看到别的骆驼都在跑，便也跑起来。娜陵格勒心焦如焚，知道身陷疯驼群意味着什么，横尸驼群的事情随时可能发生。她心里揪着，驱赶香日德靠近疯群的骆驼，又不敢进入，忽而躲开，忽而凑前。荒原上，风里，凄厉着她的喊叫："小柴旦，小柴旦，大柴旦，大柴旦，库尔雷克，察汗乌苏。"她把所有亲人都喊了一遍，忍不住哭了，好像这些亲人都陷入了疯群的骆驼。她哭着寻思：要想亲人平安，先得制服骆驼疯群，铺天盖地的疯骆驼，谁来制服？公家人，有招募的能力，也该有制服的办法。她驱驼跑起来：公家人，哪里有公家人？

这时她看到有人朝她走来，一边走一边招手，喊着："娜陵格勒，娜陵格勒。"

她一愣：啊，库尔雷克。

21

剿匪部队的队长古尔德班玛接到打伤募驼员田野的匪情报告后，火速赶到了这里。这里名叫夏日哈。

夏日哈不是一个预先确定聚集骆驼的地方。最先走到这里的驼群里，有一峰母驼生产，骆驼客便停下来伺候。接着走来的以为这就是目的地，便纷纷歇驼不走了。很快来了一队穿着黄制服的公家人，诧异他们怎么停在这个地方。

那个叫田野的募驼员揣测道：“骆驼停在啥地方，骆驼知道，它总是有道理的。”

那个叫谷子的募驼姑娘说：“那你去问问骆驼，看它有啥道理。”

为首的人叫马博，大家称他马博政委，说：“我们从事的是一项前所未有的事业，要学会调查研究，还是我亲自去问问吧。”他去了，问了一圈，找到了最先停下来的那个骆驼客。

骆驼客正在和他的骆驼说话：“夏日哈，夏日哈，你这是第几次把驼娃生在路上了？”

马博接上说：“你问问你的夏日哈，它为啥在这个地方生养？”

骆驼客笑道：“这还用问它？我都知道。蹄子都掉出来了，胎水哗啦啦往外淌，你说它为啥在这个地方生养？时候到了呗。”

马博叉起两手说：“好一个夏日哈，原来是它把骆驼聚集在了这个地方。那这里就叫夏日哈吧，算是前往集结地的中转站。”

于是在中转站夏日哈的南部台地上，升起了两顶白帆布的帐篷，算是进藏驼队的指挥部。

古尔德班玛让随来的剿匪部队九排和警卫排在台地下待命，自己驱马过去，跳下马背，一头扎进了指挥部，问马博政委：“怎么了？哪一股土匪？”

当时的柴达木荒原有三股土匪，除了从河西走廊流窜来的冶子酩，还有沙漠悍匪祁连大爷和本地土匪胡子蛮，干的都是杀人越货、半路剪径的勾当。尤其对响应喜马拉雅大招募的骆驼客，抢骆驼抢辎重不说，还扬言要对人拔舌挖眼、抽肠扒肚。土匪们意识到喜马拉雅大招募将严重威胁到他们的生存，希望用这种办法让对手望而却步。但是古尔德班玛说了："我就是佛菩萨派来收拾土匪的一道魔咒，土匪不灭我不走。"他率领剿匪部队辗转沙漠戈壁，已经全歼胡子蛮匪帮，活捉匪首胡子蛮，几次跟冶子酩交手，屡战屡胜，还追得祁连大爷满荒原乱跑。他觉得最多再有两个月，就能彻底剿除冶子酩和祁连大爷了。

指挥部的帐篷里四下都是地铺，中间有个石砌的台子，铺着一张地图。古尔德班玛坐下，拿起台子上的一个茶缸，咕嘟嘟嘟喝干了里面的水。

马博说："还不知道是哪一股土匪。不过，现在棘手的问题还不是土匪，而是骆驼。"

古尔德班玛说："骆驼？骆驼怎么了？"

马博说："上级决定，进藏日期提前了，班禅行辕很快就会到达。另外，西藏出现大饥荒，这次任务不仅是护送班禅，还要运送一批粮食去西藏。组织好驼队，管理好骆驼是当务之急。我们到达这里才半个月，就来了这么多骆驼，粗粗统计了一下，大约三万五千峰，一两个月内还会不断增加，最后到底能来多少骆驼，谁也不知道。骆驼和人都要吃要喝，中转站夏日哈山穷水瘦，承载不了这么多，所以要尽快走向集结地，听说那是个河流密集、牧草茂盛的地方。"说着停顿了一下，霍地起身，"但是现在，骆驼疯群了，不知道啥原因，必须立刻制止，否则后果比遭遇土匪抢劫还要严重。"

古尔德班玛不禁哆嗦了一下。他听说过疯群，知道那可不是一般的事件，紧问道："严重吗？"

马博说："你一看就知道了。"

古尔德班玛跟着马博走出帐篷，翻过台地前的山岗，立刻被眼前的景象惊呆了：深阔无际的原野上，轰轰隆隆一片响雷打鼓的声音。驼群忽南忽北，忽跑忽停，大面积动荡着，搅起弥天烟尘滚滚而来，天塌了。

马博说："幸亏还没有跑出夏日哈，再这样下去，就很难说了。"

古尔德班玛回身上马，跑向台地下待命的部队，命令几匹快马，通知散布在荒原各处的所有剿匪部队火速赶赴夏日哈。命令九排寻找驼群奔走的锋头，全力阻拦。自己带着警卫排，驰马跑向一群骆驼客。他知道中转站夏日哈现在只有三种人：公家人包括军人和募驼员、骆驼客、土匪。疯跑的驼群里不能藏身，土匪很可能混迹于骆驼客中。

骆驼客们看军人来了，七嘴八舌地哀告："骆驼一疯群，自家的骆驼就跑散了，到哪里去找啊？那可是百里挑一的好骆驼。"也有埋怨的："你们把这么多骆驼集合到一起，还有不疯群的？只要有一个不老实，稍微一捣蛋，驼群就能惊疯到天上去。"言外之意是大招募违背了骆驼生存的常识。

古尔德班玛说："土匪造反都不怕，还怕骆驼造反？我们已经出面了，很快就会把它们拦住。"说着便盯着一个个骆驼客，土匪的形貌已经深嵌在脑子里了，只要有就能认出来。他盯了一遍，没发现可疑的，打马就跑。

远远的，躲过疯驼群，几个骆驼客朝这边跑来，惊慌地说："土匪，土匪，那边，正在抢骆驼。"

古尔德班玛带人跑向出现土匪的地方，心说这骆驼疯群一定是土匪捣鬼，消灭土匪就能制止骆驼疯群，一举两得。

一交火，古尔德班玛就知道，面前的土匪是祁连大爷。祁连大爷人多，密密麻麻一溜儿，趴伏在大草冈后面，南边是旷野，北边是疯群的骆驼。古尔德班玛让警卫排的两个班从正面火力接触，自己带了一个班从南边包抄过去。祁连大爷早已看见，分出土匪跑向大草冈南头堵截，打了一阵，心里发怵，留下掩护的，撤到冈后，骑上骆驼准备跑。一扭头发现已经跑不了，更多的剿匪部队从后面驰来。原来九排到了，他们受命阻拦疯驼群的锋头，听到枪声后火速赶来支援。

已经是三面包围，另一面是密匝匝的骆驼。祁连大爷拉转驼头，带头跑进了疯驼群。土匪呼呼啦啦跟了过去，他们都骑着骆驼，眨眼成了疯驼群的一部分。古尔德班玛带人追过去，举枪瞄准匪影，却没有开枪，怕伤了骆驼。有个战士想驱马冲过去，马比人更知道进入疯驼群不是被撞死就是被踏死，惊跳起来不敢往前。剿匪部队骑的都是马，只能瞪眼看着土匪消失在快速移动的驼海里。

古尔德班玛吼起来，责怪九排不该放弃阻拦驼群锋头的任务前来支援，要是及时拦住疯群的骆驼，土匪就无处躲藏了。

有人诉苦道："队长，根本拦不住，骆驼不怕人，见人就冲，就像山倒过来。"

古尔德班玛说："别说山倒，就是天塌，也要顶住。"

已经有部队匆匆赶来了。古尔德班玛命令他们围堵骆驼，制止疯跑，绝对不能让它们跑散，跑出中转站夏日哈。制止疯群以后，立刻进入驼群搜寻土匪。"记住了，不能牺牲骆驼，一峰也不能。少了骆驼，怎么护送班禅、驮运粮食进藏？"

突然有人说："小心疯骆驼伤了你们，你们是生人。"

古尔德班玛一看，部下把五花大绑的胡子蛮押来了。

部下说："他有话要给队长说。"

古尔德班玛刀眼一横，等着他说。

胡子蛮说："制服了疯驼群能不能折罪？"

"你能制服疯驼群？"

"给我松绑。"

古尔德班玛哼了一声："你是想逃跑吧？"又命令部下，"看好他，很快我们就要大会公审，完了立刻枪毙他。还想折罪，你残害了多少生灵，想让我们忘记是不可能的。我就不信制服骆驼要靠胡子蛮土匪。"一挥手，"赶快行动。"

部下们去了。古尔德班玛率领警卫排迅速靠近疯群的骆驼，见一股疯骆驼横逸而出，大水一样向更野处漫漶过去，便催马拦挡在了前面。疯骆驼立刻让他明白，阻拦是不可能的。几十峰骆驼组成的前锋既不停下，也不拐弯，凶猛扑来，根本就没把人放在眼里。古尔德班玛急忙掉转马头，警卫排的人飞过来前后左右护住他。阻拦变成了逃跑。疯骆驼的速度出人意料，眨眼撞倒了两匹马，一个战士从马上栽下来，被驼蹄一带，飞到前面去了，另一个战士恰好栽向两匹倒马之间，靠了马体的保护，活了下来。古尔德班玛回头一看，勒马要去救命，马却不听他的，歪着身子往前跑，突然被草墩子一绊，古尔德班玛凌空腾起，摔向地面。他趴着，一时起不来，就等着被纷乱的驼蹄过来踩死。

一声呼哨，一股烟尘，接着是喊叫："你们这些骆驼，你们这些骆驼。"鞭子响起来：噼——噼——。炸响的声音里似有无数逼人的锐利，甩在半空里，就像甩在所有骆驼身上，骆驼们纷纷躲开，继续疯野着，却绕过了古尔德班玛和他的警卫排。

古尔德班玛惊惧地爬起来，看到自己前面五步远处，立着一峰骆驼，驼背上一个孩子把鞭子甩得山响：噼——噼——。寻思幸亏有人救了我，赶紧清点人马，发现自己的坐骑和另外两匹马都被踏死，人还好，似乎骆驼蹄下留情了，只是受了些伤。他吩咐部下把伤员抬往指挥部，过来感谢这个救命恩人。

“喂，谢谢啦，你叫什么？”

“我叫大柴旦。”大柴旦回答着，驱驼就走。

古尔德班玛奇怪地瞅着他，一瞅就瞅见不远处还有一些人。那些人一见他，掉转驼头就走。

古尔德班玛喊道：“留步，留步。”

那些人听到了喊声，反而跑起来。古尔德班玛感到蹊跷，从旁边的马上拉下一个战士，自己翻身上马，就像疯驼追人，玩命地追了过去。

原来冶子酩带着他的人打不远处经过，发现剿匪部队后正要躲藏起来，他身边的大柴旦却突然冲了出去。在数不清的骆驼里，大柴旦居然发现了一个熟悉的驼影。他喊起来：“乌图美仁，乌图美仁。”奔跑的乌图美仁一听到喊声，顿时调转方向朝他跑来。他驱赶自己的骆驼迎了上去，就在乌图美仁凑过嘴来问他见没见到格尔穆时，他从自己的驼背上跳起来，扑到了乌图美仁的驼峰上。大柴旦太高兴了，跟见到了阿爸、小柴旦和娜陵格勒一样高兴。他骑着乌图美仁，牵着自己的骆驼，正要回到冶子酩身边，就碰到疯狂的驼群冲撞剿匪部队。他没多想就开始救人，救了人才想到，自己给冶子酩招来祸害了。

冶子酩带人跑进了一道地壑，没想到地壑那头也是疯驼群的边缘，一群剿匪部队正在被疯驼追撵，眼看就要追上了。大柴旦立刻甩响了驼鞭：噼——噼——。

地壑里，鞭响传来巨大的回声，神力出现了，疯驼们就像遇到了岛礁的水，放弃剿匪部队朝两边泻去。剿匪部队停在壑口，余悸未消地回望大潮奔腾的疯骆驼，倏然扭过头来：谁救了我们？那个小孩？恁响的鞭子？

局势更不利了，壑口出不去，古尔德班玛从后面鸣枪追来，冶子酩和他的人霎时成了瓮中之鳖。

冶子酩指着大柴旦吼道：“谁让你去救他们的？你救了他们，我们怎么办？小崽子，别忘了你是我儿子，我们都要完蛋了。”

大柴旦又是委屈又是着急：“我也不知道谁让我去救的。”胯下的乌图美仁咴咴叫起来。他又改口说，“是乌图美仁让我去救的，现在怎么办？”

冶子酩说：“你说怎么办？等死吧。”

大柴旦噼噼地甩响了驼鞭，觉得既然鞭响能唬退疯群的骆驼，也能唬退剿匪部队。剿匪部队却来得更快，眨眼就到了跟前。

奴亥说：“这小畜生是故意的，毙了这个叛徒。”说着举枪瞄准了大柴旦。

冶子酩瞪着奴亥：“放下枪。”看奴亥不放，又说：“你毙了他，我就毙了你。”

奴亥愤怒地朝天打了一枪：“等不到你毙，毙我们的人来了。”

古尔德班玛已经站到十步之外，身后的警卫排的几十杆枪都对着冶子酩和他的人，一片“举起手来”的喊声。

冶子酩四下看看，到处都是剿匪部队，绝望地举起了手。所有土匪都举起了手。大柴旦却从背上取下杈子枪端在了怀里。

古尔德班玛惊怪道："咦，你这个小土匪，放下武器。"

大柴旦不知道土匪和剿匪部队有着天高海深的仇恨，更不知道他为了说话算数，已经成为当灭该亡的一个匪徒，不仅没放下武器，还对剿匪部队奶声奶气地吼起来："放下你们的武器。"

本来剿匪部队早就开枪了，看他是个孩子，就饶了他。古尔德班玛厉声命令冶子酩："让他把枪放下，我们的子弹可不分大土匪小土匪。"

冶子酩欣赏地望着大柴旦："放下吧，你跟我们不一样。"

大柴旦说："他们放下我就放下。"

冶子酩说："这不是要闹。"

大柴旦说："我也不是要闹。"说着，驱驼前走几步，望着古尔德班玛说出了一番话，谁也没想到，竟是这番话让整个事态顿时起了变化。

22

小柴旦在骆驼腿上撞晕了自己，却没有倒下。弥扬的尘烟裹缠着他和他的哭声，奔走的骆驼看不见这里有人，却听得见这里有哭声，一峰峰绕开了。也有挤挤蹭蹭绕不开的，一擦身把他蹭倒在地，他赶紧爬起来，几乎惊死过去，连哭都哭不出来了。驼蹄，驼蹄，驼蹄，到处都是打算踩扁他的驼蹄。他听阿爸说过，疯群的骆驼好比掀天的昏沙，见啥毁啥。

小柴旦惊慌失措，正不知是死是活，突然听到一声熟悉的驼叫，雄壮得如同滚雷，格尔穆又回来了。它听到哭声，知道主人危险，便跑来用巨大的身体挡住你挤我撞的骆驼，然后朝小柴旦脸上大喷了一口气。小柴旦惊喜地“噢呀”一声，四肢一伸，圈住它的脖子翻了上去。等格尔穆又开始发威奔跑时，他已经稳稳地骑在驼峰之间了。

小柴旦控制着缰绳，想让格尔穆离开驼群，去找娜陵格勒。

格尔穆哪里会听他的，刚才它把主人丢了，还有些牵挂，不能肆无忌惮，现在主人找回来了，它就只惦记着自己的事情了。这是规律，是一峰美驼的必然举动。它记得每次都是打败所有没有骟掉的公驼后，母驼才会青睐自己，主动跑来的、突然现形的、用尿液发散味道引而诱之的，年轻美丽的乌图美仁，曾经见它就跑、就去找妈妈的乌图美仁，就在这个时候朝它扭捏而来，睫毛撩起，驼眼大睁着，钦佩里有着迷恋和冲动，那是格尔穆最得意的瞬间。多少次都是这样，今天一定也是这样：乌图美仁，等它打败所有公驼后，才会显现身影的乌图美仁。

格尔穆抖擞着蓬松的鬣毛，横冲直撞，有撞跑的，也有吓跑的，一跑周围的许多骆驼就都会跟着跑，它们是骟驼和母驼。骟驼胆子最小，人类一刀割去的不光是生殖能力，还有生灵的骄傲和勇气。羞惭和自甘衰败占据了上风，尤其是遇到美驼，哪里敢直面作对。母驼则是天然小心，再健硕的美驼，没有战胜所有公驼之前，母驼都不许它靠近，心理和生理都在排拒。为了避免强迫，母驼敏感而疯狂，来自美驼的一眼秋波、一口粗气、一声搭讪，都会让它们大惊小怪地跑起来，疯群的首先是它们。也有撞不跑的，那就是名副其实的公驼。所有没有骟掉的公驼，都以为自己将是美驼或已经是美驼，都是天生的争强好胜者，好比国王，一定不允许国中再有一个国王，必打无疑，且是你死我活的。

打起来了，格尔穆一连撞翻了好几峰公驼，喘口气，哼叫着，又冲向另一峰公驼。

小柴旦吓坏了，颠起来，落下去，五次三番，几乎颠落在地上。

公驼打仗先是头顶：低伏着头颅，伸向对方前腿之间或肚腹之下，靠着脖子的力量，一顶而起，有时掀翻，有时推倒。然后是蹄子踩踏，牙齿撕咬，激烈如同虎豹龙狮。格尔穆是抢先伸头的能手，几乎每次都是不等对方做好准备，它就已经开始仰脖顶撞了，力量之大，令人惊羡。翻了，翻了，一峰峰公驼都叫它撞倒掀翻了。

但这次，面对它的老冤家那峰跟它同样胖大伟岸的长鬣公驼，格尔穆慢了一步，原因是它想跟对方打声招呼，毕竟不是初次相斗。长鬣公驼却没有这份闲心，它不像其他公驼那样，打斗之前必须仰头显示一下自己的高大威武，而是低着头，匍匐似的跑来，脖子就像尖刀，一下插进了格尔穆的腿间，差一点掀翻了它。格尔穆一连退了几步，站稳后再次冲过去，用脖子打歪了对方的脖子。对方还是不抬头，格尔穆左一下右一下，无法伸进头去，暴躁得跳了起来。

小柴旦害怕得捶打驼背："别打了，别打了。"拽紧缰绳，拽偏了驼头。

格尔穆生气得一甩头，拉得小柴旦歪斜了身子，眼看就要掉下来。小柴旦急忙放长缰绳，伏卧在驼背上，再也不敢干涉打斗了。

只见格尔穆跳到一边，似乎要逃跑，却绕到对方后面，把头伸向后腿之间，奋力一举，长鬣公驼顿时有些趔趄。格尔穆奋然扬起前蹄，踏向对方的屁股。长鬣公驼倒下去了，小柴旦也倒下去了。

打斗的颠簸如此剧烈，小柴旦根本无法坐稳。格尔穆斜眼一看，扑通一声跪下，一下降低了小柴旦倒向地面的高度。

小柴旦摸着摔疼的头爬了起来。格尔穆跪着不动，它在等待小柴旦爬上驼背。小柴旦不敢再上驼背了，但又不想离开格尔穆，死揪着驼毛。格尔穆着急得扭头看他，几次想起来，又怕纷乱的驼蹄踩了主人。

长髯公驼起身望着这边，以为对方已经受伤，立刻冲过来，一蹄子一蹄子地踩踏着。格尔穆忧急地弯过脖子，把一股湿气喷到小柴旦脸上。小柴旦明白了，自己不上去，格尔穆就会一直跪着，直到被对方踩死。他扑向驼峰，格尔穆猛然一晃，起身的同时头伸向了长髯公驼的下面。长髯公驼没想到对方速度这么快，正要躲闪，就已经被掀翻在地了。

格尔穆不跟手下败将纠缠，丢弃长髯公驼，朝着另一峰觊觎已久的公驼冲去。那公驼返身就逃，却没有逃脱，翻了。又是一连几次冲撞，一连几峰公驼翻倒。

小柴旦撕着驼毛，抱着驼峰，经历着一次比一次剧烈的颠簸，竟没掉下来。已经适应了，就像牢牢地粘在上面，小柴旦成了骆驼的一部分，一片驼毛，或者一个驼峰。他本来就在驼背上长大，早已是一副随着颠簸而柔软的身体，只要心稳、胆大，颠天扑地也不怕。他喊起来："噢呀，噢呀。"似乎跟格尔穆一样兴奋，每一声"噢呀"都意味着一峰公驼的翻倒。

打败的公驼都会疯跑，像是耻辱难当，像是乞求安慰，尽往母驼那里跑。母驼们更加紧张，带动周围的骟驼，让惊疯的程度一次次加码。骆驼的疯群渐渐盛大着，已不是忽跑忽停，而是长跑不停，不是忽南忽北，而是朝着一个方向奔跑。速度加快了，似乎刹那间天底下所有的神经质都集中在了骆驼身上，不拘公驼母驼、大驼小驼都开始癫狂。驼蹄敲打荒原的声音，惊天动地。

“噢呀，噢呀。”小柴旦不断叫唤着。

翻了，又翻了。每一峰公驼的挑衅和翻倒都是一次刺激，格尔穆愈战愈勇，直扑公驼稠密的地方。

小柴旦喊道：“这样驽的公驼也不骟掉，留下来顶啥用哩。”

对天性贪婪的格尔穆来说，不管驼群多大，不管母驼多少，它都应该是唯一的美驼。

小柴旦理解它，立刻喊了出来：“星星多的骆驼里，格尔穆就是王。”他舞着缰绳，揪着驼毛，吆喝着，不仅不怕了，还止不住地怂恿起来，仿佛格尔穆的疯野是他指挥的结果。

侧翼里又出现了长髯公驼，它已经翻倒一次，却还要再来，没见过这么赖皮的公驼。

小柴旦喊道：“它还不服哩，格尔穆，翻了它。”

有了主人与它同仇敌忾，格尔穆更是气冲斗牛了，直扑过去，看长髯公驼还是原来的战术：低头匍匐，遮掩着自己的腿间，尖刀一样插入对方的腿间，它便乘势张嘴，一口咬在了对方鼻子上。长髯公驼疼得倏然扬起脖子，顿时暴露了腿间，格尔穆迅速伸头，大力仰脖顶撞。长髯公驼歪斜了，但没有倒下，跳到一边，昂昂不服地后退着。

小柴旦高兴了：“噢呀，噢呀。”

格尔穆冲过去，绕开长髯公驼，顶翻了另一峰公驼。公驼起来就跑，气急败坏地撞向一峰母驼。母驼叫着，跑着。夏日哈开阔的原野上，所有的母驼和骟驼，都叫着，跑着。席卷而去的一片骆驼潮，再也不可能回到原地了。

小柴旦驾驭着美驼格尔穆，在疯群的骆驼里冲撞，撕咬，打斗。他忘记了失去娜陵格勒、大柴旦和阿爸的悲伤，只让孩子天性的玩闹陪伴着自己，一再高兴地“噢呀”着。但格尔穆却不是玩闹，它一刻也没忘记自己的目的：找到乌图美仁。可是顶翻打败了这么多公驼，乌图美仁怎么还不出现呢？唯一的可能是，有更加迷人的美驼吸引着它，它不想青睐格尔穆了，至少不想立刻青睐了。

格尔穆停下来，焦忧难忍地在奔跑的驼群里搜寻着，嘴张得海大，呼呼哈着粗气。突然，它跳了起来，直线跑去，遇到母驼不留恋，遇到公驼不挑战，好像目标就在前面，就在前面。

小柴旦立刻感觉到了，急慌慌地问：“乌图美仁？你发现乌图美仁了？”他极目远眺，似乎看见了，看见了乌图美仁，还看见了驼背上的一个小人，那小人是谁？莫非是哥哥大柴旦？啊，大柴旦跟乌图美仁在一起。好啊好啊，他们两个在一起。他用拳头打鼓一样捣着驼背，喊起来：“噢呀，噢呀。”

格尔穆知道这是催促，撞开，撞开，蛮横地撞开所有挡道的骆驼。骆驼们吓惨了，扬起四蹄，鼎沸而奔，疯群骤然升级。

面对剿匪部队，大柴旦指着身后的冶子酩和他的部下说：“他是我阿爸，他们都是我叔叔。”

古尔德班玛诧异道：“说这些干啥？”

大柴旦说：“我救了你的命，救了你们好多人的命。我因为救你们，才让你们追上了我们。要是你们毙了我阿爸我叔叔，就是我毙了我阿爸我叔叔，那你们先毙了我。但是你们毙了我，也就是毙了你们的阿爸。剿匪部队为啥要毙阿爸？我以后再也不救你们了，把我救的命还给我。我救了你们的命,你们就要救我们的命。阿爸说，一命抵一命，一恩还一恩，这叫人。”他的话虽然啰里啰唆，却理直气壮。

冶子酩首先听明白了，大声说：“滴水之恩当涌泉相报，何况是救命之恩，那就是再生父母。我的儿子救了你们，你们却要害死他阿爸和他的叔叔们，他有什么脸面活下去，只求一死了。”

古尔德班玛沉吟着，他是个恩怨分明的人，有恨不可不雪，有恩不可不报。他看看四周幸免于驼难的战士，说出了一个既报仇又报恩的办法:“放你们走,就算扯平了,还和过去一样,彼此有仇无恩。一个时辰后，追击开始，要是再碰上，绝不留情。”他朝身后的警卫排挥挥手。一道豁口出现了。

大柴旦扬鞭一甩,鞭声未落,冶子酩带着他的人从豁口鱼贯而出。

古尔德班玛挥手拦住大柴旦，问道：“啥做的鞭子，能发出这样的声音，神了。”

大柴旦说：“我说了你不信，一百峰母驼的一百根肠子，沙漠王用一百条蛇的冷血泡了一百年，一甩就是一百种声音、一百次抽打,人听不出来,骆驼听得出来。我爷爷救了沙漠王的命,沙漠王说:‘送给你吧，你就是天下骆驼的王。’”

古尔德班玛大感兴趣：“谁是沙漠王？”

“谁能让骆驼听话，谁就是沙漠王。”大柴旦甩着驼鞭炫耀出一声爆响，骑着乌图美仁奋跑过去，追上了冶子酩。

冶子酩正在琢磨：刚才在地壑里，是小瓮之鳖，现在是大瓮之鳖，已经跑不出这个地方了，四面八方都会有埋伏，不过是把死期延长了一个时辰。他勒驼停下说："不跑是死，跑也是死，最后挣扎一下，你们说往哪个方向突围？"

奴亥说："你往哪里领，我们就往哪里跑。"

冶子酩苦笑一声说："我大概只能往死路上领。"

大柴旦尖着嗓子说："你们为啥不让我领？"说罢就走。

冶子酩望着他，突然明白了，对大家说："跟上。"

一阵驼鞭的噼噼声之后，大柴旦带领冶子酩的人跑进了疯群的骆驼。大驼群里立刻有了一道犁开的沟渠。顿时疯症魔住了他们座下的骆驼，他们的坐骑一个个腾起蹄子狂奔起来。驼群裹挟了他们，他们又驱赶了驼群。蹄音轰鸣，滚荡的烟尘朝西延伸着，几万峰骆驼没有一峰停下，停下就意味着被踏倒踩死。

冶子酩朝着自己的人吼着："跟上声音，跟上声音。"

前面，大柴旦一直噼噼噼地甩着驼鞭，越来越响亮。鞭声避免了其他骆驼的堵挡断撞，也让座下的乌图美仁在疯野中保留着服从。乌图美仁没有跑出最快的速度，它照大柴旦的心愿控制着自己，大柴旦是为了让后面的冶子酩和他的人不要掉队。

冶子酩寻思，古尔德班玛无力阻拦疯群的骆驼，这样跑下去，一定能跑出剿匪部队的伏击。要是往南就好了，越往南就越靠近昆仑山，要是因为喜马拉雅大招募而让他们在柴达木失去立足之地，昆仑山倒是个可以藏身的地方。他拍打着座下的骆驼，紧赶几步，喊道："能不能改变方向，往南，往南，左首是南。"

大柴旦说："我不知道，试试看。"驼鞭甩得更响更急了：噼——噼——。

乌图美仁的速度加快了，不断超越着身边的疯骆驼。冶子酩看着大柴旦，扭头招呼手下："跟上，跟上。"

骤急的鞭响仿佛是巨力的推搡，疯驼群中间很快有了一条通道。冶子酩的人一个跟一个奔驰在通道上，他们一过，通道就弥合了，依然是浩荡无边的疯驼群。

狂奔了大约半个时辰，冶子酩发现，大柴旦和乌图美仁已经跑在整个疯驼群的最前面了，他们俨然成了奔跑的锋头。就在这时，方向改变了，大柴旦指挥乌图美仁转向了南方，带动疯驼群大面积扭动着,缓缓地转弯,朝着昆仑山的方向流泻而去。冶子酩大喜过望，哈哈哈笑起来。

大柴旦扭头一看，得意地甩响驼鞭，高兴地呼唤着:"乌图美仁，乌图美仁。"他要把领跑的荣誉献给它。

乌图美仁明白了，咴咴直叫，奔跑的姿影迅速而优雅。似乎它也明白，只要它跑向哪里，疯群的骆驼就会跟向哪里。

几乎在同时，大柴旦和乌图美仁都意识到，有骆驼正在追逐乌图美仁，是谁呢？是别的公驼还是格尔穆？格尔穆，格尔穆，大柴旦和乌图美仁都希望是格尔穆。

风从迎面吹来，已经闻到乌图美仁的味道了，就在前面。好像所有的骆驼，尤其那些可恶的公驼，都是跑向乌图美仁的。格尔穆嫉妒地大叫，几次扑向身边的公驼，又毅然放弃了顶撞。要紧的是快跑，超过所有的公驼，第一个到达乌图美仁跟前。

小柴旦似乎比格尔穆还要着急，因为他不仅想着乌图美仁，也想着大柴旦："快啊，快啊。"他用缰绳抽打着格尔穆，一会儿趴下，一会儿坐起。

格尔穆又是喷气又是咴叫，不停地高跳起来，用四蹄使劲跺打坚硬的戈壁滩，发出咚咚咚的擂鼓声。

小柴旦明白它这是驱赶，替它喊起来："让开，让开。"

惊跑中的疯骆驼纷纷让开。格尔穆恰似一道闪电划破尘烟，飞逝而去。

23

大招募指挥部前的山岗上，马博政委焦急地踱步，忽见面前的原野上已经没有多少骆驼了，大吃一惊，最担忧的事情发生了：疯驼群的奔跑已不是来回折腾，而是朝着一个方向，这样很容易跑出中转站夏日哈。偌大的荒原，吃掉几万峰骆驼就像天空吃掉流星。他大喊一声："警卫员。"大步走下了山岗。

马博带着警卫员骑马跑向原野，朝着疯驼群追了一阵，看到地平线上烟尘的弯道就像耸起的大山，西走的驼群又南奔而去了。他跑向一座高岗眺望，看到古尔德班玛就在不远处，便会合而去。

古尔德班玛传令部队四面八方埋伏好，绝对不能让土匪冶子酩和祁连大爷跑出夏日哈。但很快发现这个办法不灵，土匪都藏进了疯群的骆驼，骆驼不停下，土匪就会跟着跑，很快就会跑没了。关键是要让疯驼群停下。怎么停？又不能朝骆驼开枪。难了，这跟打仗不一样。他着急上火地大声问左右："你们谁有办法？"没有人回答。正在无计可施，就见库尔雷克和娜陵格勒骑着骆驼快速走来。恰好马博也到了，两个人打马过去拦住了骆驼，问道："都疯了，你们的骆驼为啥不疯？”

娜陵格勒似乎不想让人看见她跟库尔雷克骑着一峰骆驼，迅速跳下驼背说：“骆驼要人骑哩，骑上就不疯了。”

古尔德班玛说：“那么多骆驼，谁骑得过来。”

库尔雷克也从驼背上下来，拍着香日德说：“还得要骑惯，马认人一闪，驼认人一年。”意思说马是烈性子，一蹶一跳，闪不下你，它就认你是主人了。骆驼是慢性子，耳鬓厮磨一年才会认你，但这一认便是以命相许的。“你们得管一管，公家人，我的两个娃娃被卷到驼群里头去了，疯骆驼是会要命的。”

古尔德班玛说：“想堵堵不住，怎么管？”

库尔雷克说：“得找到疯引子。”

疯引子就是疯源，断了疯源，驼群自然就不疯了。可疯源在哪里？古尔德班玛焦躁地踱步：“土匪，比魔鬼还要坏的土匪。”

库尔雷克摇头说：“土匪不是疯引子，美驼才是。”他说的是格尔穆。他听娜陵格勒说，格尔穆一到这里不久就出现了疯群。他知道格尔穆一定会闻到乌图美仁的味道，也一定会满腔嫉妒地跟其他有关联没关联的公驼打起来。“格尔穆，格尔穆。”他念叨着，揪了一把香日德的肚毛。香日德忽地扬起弯下啃草的脖子，歪头盯着主人，等待着驱使。

古尔德班玛沉思着：看来就一个办法了，进入驼群，找到疯引子。马根本不敢靠近，就得骑骆驼。他打眼望去，远远近近只有二三十峰骆驼，那是刚刚进入夏日哈，还没有来得及传染上疯症的。

马博知道他在想什么，问：“你的兵谁会骑骆驼？”

古尔德班玛说：“除了我，没有人会骑。我带几个骆驼客进去。”

库尔雷克恐惧地说："生人制不了疯引子，去就是送死。"

古尔德班玛说："我就不信制不了，疯引子要是土匪，就打死土匪，要是美驼，就打死美驼。"

马博说："非得打死骆驼？"

古尔德班玛说："美驼自作自受，由不得我们。"说罢，命令部下去拉骆驼和召集骆驼客，自己拿出手枪，推弹上膛，又挎了一杆冲锋枪，立等着要冲进疯驼群。

娜陵格勒望着古尔德班玛冷飕飕的眼睛，断然说："不能打死美驼。"她弹着舌头让香日德跪下，迅速跨上了驼背。

库尔雷克跳过去说："我也去。"

娜陵格勒在香日德起身的同时推开了库尔雷克，嫌恶地瞪他一眼说："你不要跟着我。"然后两脚一踢，驱赶着香日德，追撵疯驼群去了。

数万峰骆驼的驰骋，转眼就是几十公里。骆驼是耐力之最，没有动物比得过，疯野正在走向极端，狂妄只能越来越厉害。作为锋头的还是冶子酩和他的手下，准确地说是大柴旦座下的母驼乌图美仁。乌图美仁意识到正是自己带动了一望无边的疯驼群，自豪得圆眼睛比平时睁大了一倍：来吧来吧，快来追我吧，格尔穆你快来追我吧。

大柴旦一看乌图美仁的神情就明白它在想什么，不禁跟它一样亢奋起来，好像他也是一峰母驼，他也有一峰对他死追不舍的高大俊朗的美驼："来吧来吧，格尔穆快来追我吧。"

紧跟其后的冶子酩问道："格尔穆？谁是格尔穆？"

大柴旦比乌图美仁还要自豪地说："巴丹吉林最好的美驼就叫格尔穆。它就在后面，只要它不放弃乌图美仁，大驼群就会一直跟着我们。"

冶子酩"哦"了一声，若有所思地朝大驼群看了一眼。

噼——噼——。大柴旦的鞭声成了鼓动乌图美仁也鼓动大驼群的号角。冶子酩带劲地拍打着驼背,恨不得飞起来。已经不怕埋伏了，剿匪部队不敢向驼群开枪，就算敢，也打不着，恁快的速度，跑上三天三夜，等到骆驼困乏停下时，剿匪部队会在哪里？早就甩到天边地角去了。

冶子酩想着一回头，本来是要关照身后的几个弟兄，却见驼丛里又升起了一伙人，没穿黄制服却带着枪，个个都是骑惯了骆驼能打善跑的样子，幸亏横亘着一片密不透风的骆驼，不然早追上来了。

那伙人见冶子酩回了头，便喊着什么，砰砰开了两枪。冶子酩一惊，掏枪回射，警告那伙人不要过来。那伙人不舍，子弹打得更密，尽在头顶上飞，像是有意的。冶子酩寻思：莫非遇上了祁连大爷？

正是沙漠悍匪祁连大爷，有百十号人马，都是打散了骨头从头来的强人硬汉。和冶子酩不一样，他们可不想往昆仑山里躲，来夏日哈就是为了阻止人驼进藏。为什么要阻止？祁连大爷的爷爷也叫祁连大爷，也是一代悍匪，光绪皇帝亲命追拿，逃亡时曾在柴达木的丹雪寺躲命。大难不死之后，祁连大爷给丹雪寺捐了不少金银珠宝用于修建庙宇。后来祁连大爷的父亲子承父业还做了悍匪，因打劫马步芳的官家商队，遭到马家军的追杀。丹雪寺向来不服马家军的盘剥敲诈，你杀的就是我救的，那儿就成了祁连大爷的躲命地。

现在，丹雪寺有求于祁连大爷了。住持喇嘛无坚对他说："我们丹雪寺是西藏鹿嘎活佛的属寺，鹿嘎的前世和班禅的前世为了权势利益水火不容，活佛不想在西藏看到班禅，希望你们务必阻止他。”祁连大爷说：“感谢丹雪寺给了我一个报恩的机会，那我就抓住不放啦。其实也是为了我自己。大驼队来了，我们就得放弃柴达木，可是一旦放弃，我们哪里还有活路？拼了，坚决拼了。”祁连大爷原想干掉剿匪部队就能阻止班禅进藏，发现根本干不过，便把目标对准了骆驼。他想让疯群的骆驼调转方向往北跑，跑上几天几夜，跑过柴达木和祁连山，就会散向巴丹吉林沙漠和腾格里沙漠，再要集结起来，那得等到猴年马月了。但是祁连大爷很快发现，大驼群的锋头不是自发向南，而是靠人领引，以为是公家人或者骆驼客，杀气腾腾地过来阻拦，却发现也是土匪。

祁连大爷认识冶子酩。从河西走廊流窜来的冶子酩一出现在柴达木荒原，就试图跟他争夺地盘，小打大打已经几回了。祁连大爷恨得咬牙切齿，要不是担心死伤骆驼，早就命令手下一排子枪打过去了。土匪骑骆驼，抢骆驼，也算是干着驼背上的营生，骆驼就是祖宗，像俗话说的：“身子是父母造的，日子是骆驼给的。”还有：“拉骆驼的进香，土匪拜掌。”掌就是驼掌。所以祁连大爷尽管凶悍，对骆驼倒还是仁慈的。

祁连大爷朝后吆喝一声，让他的人赶紧靠过来，又用枪柄捣了一下座下的骆驼，加速冲过去，立时在面前密不透风的驼群里撕开了一道口子。

距离倏然缩短，祁连大爷举枪瞄准冶子酩，正要射击，就听一声鞭响，有个娃娃喊道：“祁连大爷，名扬三界，蚂蚁爹爹，曲蟮姐姐。”这是驼道上的儿歌，怎么传到冶子酩的队伍里来了？稍一犹豫，见冶子酩伏下了身子，再打就打不着了。

对冶子酩来说，作为地头蛇的祁连大爷跟剿匪部队一样可怕，抗衡是不可能的，自己人少，武器也不如人家，唯一能做的就是逃跑。

“大柴旦，大柴旦。”冶子酩叫着，紫糖脸有些苍白了。

大柴旦知道冶子酩想说什么，回头笑道：“仇家来了，阿爸的仇家来了。”好像对他不过一场游戏，噼噼噼地甩了几驼鞭之后，高兴地喊一声：“我走了。”缰绳一紧，乌图美仁顿时改变方向，面东而去。

锋头转向了，整个疯驼群迅速拐动，把冶子酩一伙甩出了驼群。

冶子酩要跟过去，就见大柴旦急急地挥手喊道：“别来，别来，去前面等着我。”他明白过来，拽着缰绳，驱赶坐骑继续向南，身后几个兄弟很快跟了过来。

一阵狂奔后，冶子酩带着他的人停下了。他看到疯群的骆驼向东滚荡而去，祁连大爷一伙裹在里面，就像大浪卷走的水花，身不由己地远了，看不见了。

冶子酩呆望着疯驼群，竟有些恋恋不舍。

奴亥说：“走吧，连夜往前赶一程，鬼知道我们去了哪里。”

冶子酩摇头，指着右首山坡上一座孤零零的寺院说：“去那里，等着我儿子。”

奴亥冷笑道：“我敢和你打赌，这小畜生是故意甩掉我们的。”

冶子酩剜了奴亥一眼：“他说了来就一定会来，我答应了等就一定要等。老子是守信的。你要赌，咱就赌命。”

其他几个弟兄都说，这儿太不隐蔽了，祁连大爷或者剿匪部队会很快抄上来。冶子酩不听，带头朝寺院走去。

疯群的骆驼覆盖了东方，荒原像是跷跷板，驼群太重，把西沉的太阳跷出云层，又升高了。

小柴旦和座下的格尔穆对疯驼群转向十分不满，一转向挡道的又多了，母驼、骟驼、公驼都来挡道。更糟糕的是风不再从前面吹来，乌图美仁的味道突然减淡了。格尔穆疑惑地慢了下来。

小柴旦着急地问："咋了，咋了，不找乌图美仁了？你不找我找，我找哥哥大柴旦。"他双拳打驼，喊着："乌图美仁，前面是乌图美仁。"

格尔穆早已习惯了这样的驱策，再次奋威而起，肆力顶撞着骆驼，一连撞得好几峰公驼东倒西歪。正要迅跑，就见生性倔强的长髯公驼又来挑衅了。

长髯公驼一直跟着格尔穆，死也要逞强报复。它超过格尔穆，调转胖大伟岸的身躯，竟像骡马一样尥起蹶子，踢在了格尔穆的脖颈上。格尔穆大怒，直接把头伸进对方的屁股底下，狠劲一扬。翻了，长髯公驼又翻了。

小柴旦"噢呀噢呀"地叫起来，用拳头激励着格尔穆。

长髯公驼翻身起来，宣泄似的扑过去，撞翻了前面另 峰猝不及防的公驼。那公驼急了，跑起来见谁顶谁，不曾想撞到了格尔穆身上。格尔穆势猛异常，几乎把它顶得飞起来。更强烈的惊恐蔓延开去，疯驼群继续轰隆隆地奔驰着，就像决堤的洪水一下又冲毁了一道堤坝。

哪里才是疯引子？剿匪部队的队长古尔德班玛带着四个胆大的骆驼客进入疯驼群东找西找。骆驼客靠的是经验，但如此庞大的疯驼群却让经验瞬间失效了，他们吃不准疯引子在哪儿，骑着骆驼穿隙过缝，一会儿这，一会儿那，遍寻不见，只好顺着驼流奔跑。跑着跑着，就见一峰雄壮非凡的骆驼突然追了上来，驼背上贴着一个娃娃。那娃娃见了他们便用双拳打驼："噢呀，噢呀。"

有个骆驼客惊呼道："美驼，快走。"

呼声未已，美驼格尔穆冲过来就要顶撞，四个骆驼客急忙驱驼闪开。古尔德班玛不知深浅，慢了一步，被格尔穆一头插到坐骑的两腿间，顶翻在地上。

古尔德班玛仓皇爬起。小柴旦"噢呀噢呀"地喊叫着。格尔穆用鼻子哧哧哧地回应着，横扑过去，顶翻了一峰，撞倒了一峰，两个骆驼客立刻翻下了驼背。

恰在这时，转向后的疯驼群把巨大的后部拉了过来，几个人的出现就像大水突然遇到了阻遏，骆驼们你挤我撞，互相踩踏着。两个骆驼客爬起来就跑，一溜烟跑向了疯驼群的边缘。另外两个骆驼客指着格尔穆喊起来："疯引子，疯引子，这美驼就是疯引子。"

古尔德班玛端起胸前的冲锋枪，又不敢射击，寻思这骑着疯引子的娃娃怎么像救过我命的冶子酩的儿子？那娃娃是甩着驼鞭背着杈子枪的，这娃娃却没有。他带着两个骆驼客追了上去，告诉自己：疯引子已经发现，就决不能放过。但疯引子可以横冲直撞，他们却不能，坐骑都是骟驼，性格绵弱得像羊。

转眼疯引子消失了，驼群掩护着疯引子，疯引子又让驼群愈加疯狂。

古尔德班玛鞭策着坐骑，想跑到前面去，忽见一伙人裹在湍急的驼流中心漂荡而过，仔细一瞅是祁连大爷，便又恨又憋气地诅咒着。枪又打不得，追又追不上，焦躁中想到的还是老问题：必须制服骆驼的疯群，多大的代价都行。他招呼两个骆驼客，奋力跑向疯驼群的外面，一见部下就喊道 :“把胡子蛮给我押来。”

片刻，古尔德班玛依然带着两个骆驼客，押着匪首胡子蛮驰进了疯驼群。胡子蛮骑在骆驼上，已经松绑，攥着一把寒森森的长刀。

古尔德班玛给他的命令是 :“找到疯引子的美驼，一刀攮死它。”胡子蛮问 :“攮死了就能折我的罪？”

古尔德班玛说:“能，推迟公审，让你多活一个月。要是找不到、攮不死，立刻毙了你。”

胡子蛮冷笑着 :“行。”

胡子蛮是漠地里的枭雄，驼道上的蛟龙，进入疯驼群就像鱼进了水。他一边顺势奔跑，一边仰头观望，突然挥起鞭子，从侧翼朝中心插去。古尔德班玛紧随其后，端枪对着他，但有逃跑的嫌疑，绝不客气。他们绕来绕去冲突了很久。古尔德班玛正怀疑胡子蛮是胡乱奔走，突然看到前面的烟尘帷幕一样分开了，不远处又出现了那娃娃。他不得不佩服这老土匪 : 就像鹰抓老鼠，那是天上的眼睛。

小柴旦依然“噢呀”着，好像在通知胡子蛮 : 座下便是疯引子。他和美驼格尔穆哪里知道，死神正在迅速靠近。

24

风大了。土尘涂抹着娜陵格勒，两绺红唇格外鲜艳，明亮的眸子愈加黑深了。到处都是迷蒙的灰烟。天地被骆驼的奔跑覆盖着，一个疯子的世界。此刻，她恨死了骆驼，咋这么多呀？“小柴旦，小柴旦。”她知道喊声一出口就被驼蹄的音浪淹没了，但还是不懈地喊叫着，因为至少座下的香日德是能听见的。

对香日德，这喊声就是鞭子，驱策它跑向目标。风断风来，目标忽隐忽现，香日德闻到了大柴旦，也闻到了小柴旦，但味道更浓的还是格尔穆，由于近了，更由于敏感，敏感于亲情的味道。谁不知道，美驼格尔穆是香日德的孩子。香日德在家乡巴丹吉林沙漠很出名，人总说："看啊，那就是格尔穆的阿妈。"如今阿妈正在寻找孩子，一个是人的阿妈，一个是骆驼的阿妈，一样的忧心如焚。

是的，虽然娜陵格勒执拗地回避着库尔雷克，却下意识地觉得他的孩子就是自己的孩子。

香日德的奔跑突然加快，风不再间断了，格尔穆的味道烈烈刺鼻。娜陵格勒理解香日德，喊声高起来，但再高也是哑的，嗓子已经扯破了。风扫尘雾的瞬间，小柴旦和格尔穆突然飞入眼帘。娜陵格勒一愣,激动得连连拍打香日德。香日德早就看到了,已经飞起来，它的心和浑身的驼毛都飞起来了。

老骆驼妈妈香日德使出了年轻时的力量，发力夯撞着，让周围所有的驼眼都惊得溜圆：怎么了，老母驼也要寻衅了？香日德冲向了同性：让开，让开。不让开的被它顶翻了。冲向了骟驼、公驼甚至美驼，不让开的，也被它顶翻了。

娜陵格勒想，好啊好啊，你都成母老虎了。

距离缩短着，尘雾稀薄了。前面，小柴旦和格尔穆再次出现了，要不是疯驼群狂奔的蹄音遮掩，一喊就能听见。年老的驼妈妈和年轻的人妈妈同样激动，恨不得挡道的骆驼全死掉，也同样诧异：怎么挡道的还有人呢？

娜陵格勒一望便知：那个端着冲锋枪的是公家人古尔德班玛，他要打死疯引子格尔穆。那个攥着一把长刀的，她不认识，但目的显而易见:想一刀攮死格尔穆。枪打刀刺，都来了，格尔穆，小柴旦，快跑啊。

格尔穆却慢下来了。它一回眸看到了娜陵格勒和香日德就突然刹住了蹄子，毕竟是熟悉的女主人和阿妈，纵有扑向乌图美仁的强烈冲动，也由不得自己地要过去打招呼了。

小柴旦见格尔穆慢下来，就使劲用双拳打驼："快啊快啊，快去找乌图美仁，快去找哥哥大柴旦。噢呀，噢呀。"

这次格尔穆没有听他的，扭动着脖子停了下来。

小柴旦觉得不对劲，一摆头看到娜陵格勒了，惊叫一声:"阿妈。"才想起这半天自己失去了阿妈和所有亲人，是孤独可怜的，便哇哇大哭。又想要不是格尔穆救了他又带着他奔跑，他已经被疯驼群挤死踏死了，就哭得更伤心了。

胡子蛮举起长刀迅速靠近着。小柴旦和格尔穆望着他，愣是不明白他冲过来要干什么。

娜陵格勒瞪着胡子蛮，却无能为力，相隔三四十步，又有一片疯骆驼阻隔，只能嘶哑地大喊:"快跑，快跑，格尔穆，他要杀了你。"

风把喊声吹走了，只有老骆驼妈妈香日德听见了。香日德呼啸而去。怒放的神情、雷霆的奔姿吓坏了那些母驼、骟驼、公驼，它们纷纷让开，东倒西歪。香日德撞倒了一片骆驼，蹦到胡子蛮身边，驼头使劲一摆，把他从驼背上扫了下来，再弯下脖子奋力一顶，便把他的坐骑顶翻了。在老骆驼妈妈的意识里，试图杀害格尔穆和小柴旦的，不光是人，更有人骑的骆驼。下来就是对付古尔德班玛了。

古尔德班玛大惊失色，不忍心打死这峰不是疯引子的骆驼，一梭子扫向了天空。

枪声让香日德大怒，扑过去一头顶翻了古尔德班玛的坐骑，用牙撕住他的衣服，拖起就走。

香日德身后，胡子蛮爬起来，报复性地一刀攮了过去，哧的一声，整个刀身没入了它柔软的肚子，拔刀的同时，一股滚热的驼血激射而出。

香日德似乎没感觉到疼痛，知道格尔穆和小柴旦已经没有危险，便丢开古尔德班玛，跑向了娜陵格勒。娜陵格勒早已从驼背上颠下来躺在地上，随时都会被疯奔的驼群踩扁。香日德四腿叉开，把娜陵格勒保护在自己的肚腹底下，朝着格尔穆咴咴直叫。

格尔穆依然躁动着，跑出去又跑回来，似乎拿不定主意：是立刻去追踪乌图美仁，还是在阿妈香日德身边待一会儿？

香日德伤口冒血，滴沥到娜陵格勒脸上。娜陵格勒抹了一把，爬出它的保护，望着香日德肚子上的血洞，惊叫着抱住了它。

香日德浑身颤抖，呜然一声哭了。

小柴旦想去阿妈身边，拍打着格尔穆：“停下，停下。”

格尔穆没有停，左冲右突，腾挪跌宕，继续作为疯引子煽动着驼群的疯魔。

古尔德班玛跪在地上，冲锋枪瞄准了格尔穆。格尔穆知道枪是最大的威胁，迎面而上，想顶翻古尔德班玛。

“格尔穆。”娜陵格勒惨烈地叫一声，扑向了格尔穆。一峰疯骆驼狂奔过来，把她蹭倒在地上。

香日德也朝着格尔穆扑了过去，没有什么能阻拦它，这是母亲为了孩子的最后一扑。

轰然倒下了，老骆驼妈妈香日德哪里来的这么大力气，竟然扑倒了高硕伟岸的孩子——美驼格尔穆。接着又是轰然一倒，这次是香日德，老骆驼妈妈香日德倒下了。

谁也没有起来，格尔穆是不想起来，香日德是不能起来。

古尔德班玛依然跪姿端着枪，手指却已离开扳机。

娜陵格勒爬起来又跪下，抚摸着香日德，眼睛是干涩的，一丝晶莹也没有，肚子却鼓鼓的，蓄满了悲痛之泪。

小柴旦站在格尔穆和香日德之间，想哭，看了阿妈一眼，又忍住了。

香日德死了，老骆驼妈妈死了。

格尔穆贴着老骆驼妈妈的身子，伤心欲绝地掀动鼻子，把气息铺洒在阿妈身上，仿佛这样阿妈就能活过来。它丢开了乌图美仁，放弃了寻找，用一峰美驼沉重深挚的感情，哭唤着老骆驼妈妈：妈妈，妈妈，你怎么了，妈妈？

哭唤是安静的，格尔穆安静了。

安静迅速传染着，就像辐射的电波，失去了疯引子的大驼群顿然安静了。眨眼之间，数万骆驼的奔跑、蹄音、嘶叫、疯群消失在柴达木荒原广袤的叹息里。烟尘正在升高散去，太阳出来了，马上又落山了。

古尔德班玛和身后两个骆驼客低头望着香日德，不断地感叹着，没想到最后制止骆驼疯群的竟还是骆驼。他问道：“它有名字吗？”

小柴旦尖声回答：“香日德。”

古尔德班玛自语着：“香日德，香日德。”抬头到处寻找，发现杀死香日德的土匪胡子蛮已经跑了。

很多公家人和骆驼客朝这边簇拥而来。

马博从马上跳下来，看了看香日德说："驼群离开中转站夏日哈已经有六十公里，怎么办？"

古尔德班玛说："这里比夏日哈开阔，牧草也多，就算是新的中转站吧。"

马博沉吟着："也成，就叫香日德。"他已经听说骆驼的疯群是香日德制止的，这位老骆驼妈妈已经死了。又说，"疯群死伤了好几峰骆驼，我们不能就这样算了，应该惩罚罪魁祸首。"

古尔德班玛说："罪魁就是疯引子。"说着，过去一把从小柴旦手里夺过了格尔穆的缰绳，"它就是疯引子。我们遭受了多大的损失啊，不仅损失了骆驼，土匪胡子蛮也趁机逃跑了。"

小柴旦不知道古尔德班玛要干什么，愣愣地望着。娜陵格勒过去，夺回缰绳，拉上格尔穆就走。几个骆驼客上前拦住了娜陵格勒，为首的竟然是二道眉。

二道眉觉得自己加入了喜马拉雅大招募，就不属于库尔雷克以及鼎新驼行了，大声朗气地说："妹子，你是知道规矩的，要是不惩罚，骆驼还会疯群。再说我们的骆驼不能白白死掉。"说着，为他们死去的骆驼哭起来。

娜陵格勒拉长了脸低头不语。规矩就是法律，是驼道上人老几辈共同遵守的规约，不可能违背。小柴旦有点明白了，攀着驼脖爬到了格尔穆的脊背上，打驼就走。

古尔德班玛早有防备，纵身一跳，拦住了格尔穆和小柴旦，厉声道："下来。"又对娜陵格勒和几个仇视疯引子的骆驼客说，"我一定亲自毙了它。"

马博说："等天亮，多叫一些人过来，让大家知道我们是有罪必罚的，不管是人还是骆驼。"说罢，让以二道眉为首的几个骆驼客守住格尔穆不要让它跑了。

格尔穆卧了下来，它似乎知道自己的命运，叹息着闭上了眼睛。它跑累了,想睡了。小柴旦依偎在格尔穆的怀抱里,开始还有些抽搐,听到格尔穆发出了均匀的鼾息，便也趴在它身上呼呼地睡着了。

娜陵格勒抚摸着格尔穆，凄惨地想：千里挑一的美驼格尔穆啊，这是你的最后一个晚上了。

山坡上孤零零的寺院叫丹雪寺，用汉话说就是平安寺。丹雪寺有一座三层高的赭色经堂，两边是白碉房，后面有山洞。没有院墙没有门，经堂平台前，壁障似的摞着十几道作为燃料的干牛粪。

冶子酩带着他的人，见了住持喇嘛无坚，谎说是骆驼客，要借住一宿。

无坚喇嘛说："要住只能住山洞。"

冶子酩朝山洞看了看说："再好不过。"

山洞地势高，能望到山坡下。冶子酩从经堂里端了一盏酥油灯放在洞口，又让人把骆驼一溜儿拴在灯影里，告诉手下："要是大柴旦从下面路过，一眼就能看到我们。"

奴亥说："剿匪部队和祁连大爷也会看到，你就不怕？"

冶子酩不回答，他相信不等剿匪部队和祁连大爷出现，大柴旦就会回来。

山洞里有苦修僧留下的地铺，他们朝无坚喇嘛要了奶茶，胡乱吃了些自带的干粮就睡了。冶子酩没有睡，他靠着骆驼坐在洞外，一是放哨，二是守候。自己有些奇怪：一个捡来的儿子，居然让他如此牵肠挂肚，老担心不来。担心是因为盼望心切，这大柴旦太像他儿子了，理想中的儿子。他坐着打盹，忽听下面有声音，打起精神一看，从山下走来几个人，都牵着骆驼，骆驼呼哧呼哧喷着气，显然一直在奔跑。无坚喇嘛从白碉房出来，迎到马厩前，恭敬地弯弯腰，无话，只有沙沙的脚步声，诡诡的，气氛有些森然。这时从白碉房又出来一个人，披着僧衣，但显然不是僧人，也无话，只是神秘地摆手，进去说的意思。来人拴好骆驼，都进了白碉房。

借着月光，冶子酩一眼认出，从山下走来的，是祁连大爷；从白碉房出来的，是胡子蛮。他们都跟他因为抢占地盘交过手。

冶子酩起身，悄悄摸过去。白碉房是两层，进门就是楼梯，人都在楼上说话。他踏上楼梯，躲在廊柱后面朝里看，就见祁连大爷坐在卡垫上，正端着银碗大口喝奶茶。胡子蛮坐在他对面，阴冷地望着他。无坚喇嘛从贴身胸兜里拿出一函信，恭敬地用额头碰了碰，双手捧给了祁连大爷。

祁连大爷展开看了看，又叠起来说："不用给我看这个，鹿嘎的信和你的话，对我都是一样的。"然后盯着胡子蛮说，"你有什么办法，快说。"

胡子蛮说："剿匪部队你们打不过，这么大的驼群又挡不住，还不对我胡子蛮客气点。"

祁连大爷冷笑道："为啥要对你客气？你现在就一个人，我们还有很多人，就算拼命也能拼一阵子。等班禅来了，我们还要打一仗，这次专门打班禅。"

胡子蛮愤怒地说："你以为人家没有防备，就等着你去打呢？"

祁连大爷看了一眼无坚喇嘛说：“就是有防备，我们也要去打。”

胡子蛮说：“好，我等着，但愿你活着回来。说真的，我的人多数是叫你和冶子酩打死的，如果你们不来柴达木和我争抢，剿匪部队算什么？我来十个打八个，剩下两个撒花椒。”

祁连大爷说：“这些没用的账以后再算吧，快说你的办法。”

胡子蛮说：“听说过毒辣滩吗？如果我们把大驼群引到毒辣滩，枪打蛇咬，没有人驼能活得了。”

祁连大爷说：“毒辣滩在哪里？”

胡子蛮诡谲地说：“说了你也不知道，我带你们去就是了。关键是怎么样才能把大驼群引过去。你有办法吗？”

祁连大爷不耐烦地挥了一下手：“你有你就赶快说。”

胡子蛮说：“这要看冶子酩的本事，他居然把疯群的骆驼从北到南引了六十公里。”接着便大吼一声，“冶子酩，别藏着啦，我知道你在外头。”

冶子酩浑身一抖，正要扭头，就觉得有好几只手从后面抓住了他。

25

早晨，几个骆驼客又为他们死去的骆驼哭起来，燥风把湿漉漉的悲切吹得很远，像是召唤，阔原上的大驼群里，走出来许多骆驼客。

古尔德班玛和马博也带警卫排出现了，他们进入驼群连夜搜寻土匪，一无所获，有些烦躁。看到聚集了一片骆驼客，古尔德班玛便把格尔穆拉过来，向大家简单说明了处决的理由，拔枪瞄准了它。

哇的一声，小柴旦哭了。哞的一声，格尔穆也哭了，伸长脖子仰起头，张嘴哀号。没见过骆驼会像人一样哭，连娜陵格勒也吃惊：格尔穆是从哪里学来的？人们看呆了，这骆驼是咋调教的，跟这娃娃真是心心相印。

古尔德班玛不忍心下手，叹息着把枪从右手换到左手。

小柴旦过去，抱住格尔穆的腿，鼻涕一把眼泪一把地抹在驼腿上。格尔穆弯下脖子，用湿漉漉的舌头舔着小主人的头，算是告别。但小柴旦不愿意告别，他仰头望着那几个要求偿命的骆驼客，突然跪下了。二道眉不理他，脸扭向了一边。

娜陵格勒瞪了二道眉一眼，给了小柴旦一脚："起来，不要给这个忘恩负义的人下跪，男人的膝盖不能这么软。"

小柴旦哭着站起来，突然看到从人群里走来了库尔雷克。他惊讶地叫了一声"阿爸"，跑过去喊道："阿爸，你救救格尔穆，救救格尔穆。"

库尔雷克摇摇头。他知道驼道上的规矩就是这样，就算自己是格尔穆的主人也不能阻止。他深深地叹口气，用无限疲惫的眼神呆望着格尔穆。

小柴旦看阿爸无用，立刻又跑向了格尔穆。他觉得这个时候格尔穆比阿爸更需要自己。可是他能干什么呢？只能乞求，乞求，抱着格尔穆，向所有人乞求。他冲着围观的骆驼客一口一个"叔叔"地叫起来。他是小孩，他可不在乎什么驼道上的规矩。他哭着说："叔叔们，救救我的骆驼吧，多好的骆驼啊。"说着走过去，扑通一声跪下，给这个磕一个头，给那个磕一个头。

都是些爱驼如命的骆驼客，这娃娃一求一哭，心里马上就不是滋味了。他们互相看看，用眼神一招呼，便都给那几个要求偿命的骆驼客跪下了。

古尔德班玛和马博互相看看：怎么办?

古尔德班玛说：“这骆驼是这娃娃的命，跪。”

队长和政委一跪，身后的警卫排全体跪下了。

几个要求偿命的骆驼客万分惶恐，赶紧也朝对方跪下：怎么能叫公家人和这么多骆驼客给自己下跪呢。唯独二道眉伫立着，娜陵格勒伫立着。

二道眉盯着娜陵格勒，似乎在告诉对方：自己已经不是一个唯唯诺诺的奴才、鼎新驼行的骆驼客了，娜陵格勒不跪，他就不能用下跪来回拜。二道眉怒眼竖起来：跪啊，你为啥不跪?娜陵格勒装作没看见，凄苦而刚毅地仰着头。

小柴旦跪着挪到格尔穆跟前，推着它的腿说：“格尔穆，你也跪下,你给这位叔叔跪下,跪下呀。”谁也没想到,格尔穆真的跪下了,朝着坚决要求偿命的二道眉，号哭着，前腿一弯，跪下了，后腿却直直地立着，像是请罪。

二道眉看着，突然长吁一声：“罢了，罢了，驼道上的规矩就叫我们坏掉了。”

格尔穆听懂了他的话，后腿抖了几下，浑身一软，扑通一声卧在了地上。

二道眉走到格尔穆跟前，一拳打在它身上，吼一声：“好骆驼，不骟它还得疯。”这似乎是提醒，也是最低的要求了。

古尔德班玛点点头：是得骟掉它了，再做了疯引子怎么办?他起身拉住二道眉，问道：“谁会骟?”

二道眉说：“我就是个骟匠，不信?骟匠的骟具都是随身带的。”

一地下跪的人纷纷起来，都知道：不毙了，要骟了。

马博政委也同意，骟掉是最好的，既不影响一峰健驼五百斤的驮重，还能乖乖的不惹麻烦。

二道眉迅速支好三石灶，安上锅，烧起热水，又从行囊里拿出骟刀和镊子丢进了锅里。

格尔穆早就见识过这种事情，顿时不安起来，对一峰美驼也就是种驼来说，骟掉比死了还难受。它站起来，转身要离开，发现已经被人团团围住。围住它的是那几个要求偿命的骆驼客和古尔德班玛的警卫排。它赶紧寻找小柴旦，发现他就在自己脖子底下，立刻放心了。格尔穆完全信赖主人小柴旦，只要他在，自己就不会有难。

这次库尔雷克不干了，正在和古尔德班玛交涉："美驼不能骟，千万不能骟。"

古尔德班玛说："咋不能骟，那么多公驼都骟了。"

娜陵格勒也说："已经做了美驼，再骟掉的话就会叫别的公驼、骟驼咬死。"

古尔德班玛说："让它离开你们，跟别的骆驼客和骆驼在一起，谁知道它过去是美驼。能保住它的命就不错了，你们不能再要求别的，必须骟。班禅进藏，西藏饥荒，形势逼得紧，再要是引起疯群，天就塌了，谁负责？"看他们一脸懵懂，又说，"这些你们不懂，你们老百姓就听公家人的吧。"

库尔雷克和娜陵格勒的确不懂，他们就懂一点：决不能让一峰美驼没有尊严地活着，尊严是美驼的一切。库尔雷克恳求道："那还是杀了吧。"

古尔德班玛说："不能杀，驼运需要它。"

库尔雷克愤懑地大声说："那就等你们骟了，我再杀，快骟，快骟。"说罢，不忍看地走到一边去了。

二道眉绑住了格尔穆的四肢，几十个人一声吆喝，把它推倒在地。围观的人和骆驼越来越多，不断有人叹息："百年不遇的好美驼，可惜了，可惜了。"

古尔德班玛和马博装作没听见，只催促快点动刀。

二道眉从沸腾着水的锅里捞起骟刀，咬到嘴上，蹲在格尔穆肚腹前，摸了摸那不勃也雄的根器，忽觉一股热尿淋头浇来，抬眼一看是小柴旦，回头喊道："快把这娃娃抱走。"

小柴旦把裤子抹到腿脖子上，亮出他的小鸡鸡，滋着尿，奶气十足地尖叫："要割一起割，我不要我的鸡鸡了。"

所有人和骆驼都惊望着他，惊讶于他的话，更惊讶于他的鸡鸡，小娃娃的小鸡鸡在这个荒原清冷的早晨居然是硬邦邦奓起的，像一根冲天翘立的白棍儿。

小柴旦继续尖叫："快割呀，先割我的，不割我自己割。"叫着，从二道眉嘴上夺过骟刀，攥在了手里。骟刀的白铁刀柄只有一寸，只能用拇指和食指捏着，不能满把攥起。小柴旦手上顿时鲜血滴沥。他怯惧地望着血，又毫无怯惧地举刀割向了自己的小鸡鸡。

娜陵格勒惊叫一声扑了过去，但离得远了点，来不及阻拦了。

这时二道眉突然抱住小柴旦，把他的小鸡鸡贴到自己怀里："娃娃，娃娃。"他夺过骟刀，扔到地上，又说，"谁忍心割掉你的小鸡鸡，你的鸡鸡不割，美驼的鸡鸡也不割。"

绑缚在地的美驼格尔穆歪头望着小柴旦，眼泪夺眶而出，半个脸湿了，一片地湿了。

娜陵格勒过来，从二道眉怀里拉出小柴旦，爱怜地在脑后拍了一巴掌说："小柴旦你大了，疯群的骆驼里裹了一阵就大了，快赶上你哥哥大柴旦了。"

小柴旦望着满手掌的血，嘴唇朝上一弯，笑了："阿妈我流血了，我不疼。"说着嘴又朝下一咧，抽搭了一下，看看娜陵格勒，想哭却没有哭出声来。

这时马蹄声疾，有人大喊"首长"，拿着一封电报翻身下马。马博挤出人群迎过去，片刻回来，小声对古尔德班玛说："上级紧急通知，班禅就要到了。"

娜陵格勒和小柴旦拉着格尔穆走向不远处的香日德。他们蹲下来，摩挲着香日德，仿佛它一动不动躺够了，就能活过来。摩挲了一会儿，便开始用手挖坑。

库尔雷克远远看着，从近旁的骆驼客那里借了扎帐篷的镐头，走过来说："你们歇着吧，我来。"

娜陵格勒夺过镐头说："你不要过来。我说了我跟小柴旦在一起时，你离我们远点。我不想让人家说闲话。"说着，警觉地四下看了看。

库尔雷克瞅瞅不远处的骆驼客说："谁认识我们，他们会说什么？"

"叫你离开你就离开。"娜陵格勒生气了。

库尔雷克怅然而去。小柴旦不解地望望他，又望望娜陵格勒：为啥要把阿爸赶走？

这时二道眉带着几个骆驼客过来帮忙，转眼就把墓坑挖好了。人们把香日德推了下去，轰的一声。然后便是沉默。

娜陵格勒一把抹干小柴旦的眼泪说:“千万别哭，这时候不能哭。香日德的灵魂就要走了，投生到好人家去了。”

小柴旦抑制着恸哭，小肩膀一抖一抖的。坟头堆起来了，这是柴达木荒原升起的第一座骆驼坟墓。忘不了坟墓的主人香日德，它用生命制止了骆驼疯群，挽救了整个喜马拉雅大招募。娜陵格勒和小柴旦跪下，一人磕了三个头。

二道眉说：“愣着干啥，骆驼是人家的，伤心是大家的。”

帮忙挖坑的骆驼客们纷纷跪下磕了头。

这时人们发现格尔穆一直跪趴在地上，眼睛闭着，浑身瘫了。娜陵格勒和小柴旦过去摇了摇，看摇不起它，慌了，一个拽缰绳，一个抱头：“起来，起来。”

格尔穆扬起头，眼睛扑闪着，想站起来，却使不上劲，痛苦地划拉了几下蹄子，再次瘫了下去。

“格尔穆，你这是咋了呀，格尔穆？”娜陵格勒急红了脸。

小柴旦哇的一声哭了：“格尔穆，格尔穆……”

26

冶子酩从白硐房回到山洞时，大柴旦已经回来了。他使劲摸摸大柴旦的头说：“我知道你会回来的。大驼群这会儿在干啥？是不是正在往这里移动？”

大柴旦说：“停下了，停下不走了。”

冶子酩说：“我需要大驼群往前面走，跟我们一起走到毒辣滩。”

大柴旦说：“毒辣滩？为啥？”

冶子酩当然不能告诉大柴旦，他们要去的毒辣滩是个极其险恶的地方，更不能提到他跟祁连大爷和胡子蛮的商定：如果等班禅来了，祁连大爷的最后一仗不能阻止大驼队进藏，他们就离开这里，往前埋伏在进出毒辣滩的山口。办法是把大驼群引进毒辣滩，然后堵住退路，不让一个人一峰骆驼跑出来。埋伏是祁连大爷和胡子蛮的事情，引诱大驼群是他冶子酩的事情。

冶子酩说：“为啥你别问，你就说现在能不能让大驼群跟着往前走？”

大柴旦说：“这我得问问乌图美仁。”

当大柴旦拉着乌图美仁往前走时，乌图美仁用摇摆不定的走姿告诉他：现在不能走，走了白走，根本不可能带动后面的驼群，风是往前吹的。也就是说乌图美仁能闻到后面骆驼的味道，后面的骆驼却闻不到它的味道。乌图美仁忧伤地说：格尔穆，你闻不到我的味道了，那就让我闻闻你的味道吧。

乌图美仁朝着有大驼群的地方走去。大柴旦知道它的意思，拽直了缰绳说：“歇歇吧，我们不是刚从大驼群出来吗？格尔穆累了，要休息了，睡一觉才能追你。”

冶子酩略感失望，又不放心地问：“格尔穆不会放弃乌图美仁吧？”

大柴旦毫不怀疑地说：“不会。”

冶子酩放心了。他相信这孩子，如同这孩子相信骆驼。

香日德原野一片安静，安静得有些可怕。

最早安静下来的是娜陵格勒和小柴旦，格尔穆病了，瘫卧着再也起不来了。他们呼喊着，越喊它越瘫，最后连眼睛也闭上了。都知道离死不远——老骆驼妈妈香日德死了，它的儿子美驼格尔穆也要死了。到底是为啥呀，为啥一来这里就要疯，疯完了就要死？

小柴旦哽咽着说："格尔穆你不能死，你找到乌图美仁你再死，你连乌图美仁都没找到，你为啥要死？"

格尔穆动了一下眼皮，露出一丝光亮。

小柴旦说："阿妈，格尔穆说话呢。"

"说啥？"

"它说由不得我，由不得我。"

"唉，命归天管，格尔穆，我知道你难过，你比人难过。"

一群公家人来到第一座骆驼坟墓旁搭起了帐篷，说是马博政委说了，那个老骆驼妈妈香日德埋在哪里，指挥部就设在哪里。这是看重和不忘老骆驼妈妈的意思，娜陵格勒和小柴旦很是感激，又求救道："如今香日德的儿子也要死了，能不能救它一命，公家人神通广大。"

公家人找来了一个姑娘，说这是女医生谷子。其实谷子姑娘只是个培训过两个月的护士，进藏驼队里没有医生，就把她当医生使了。

谷子戴着听诊器在格尔穆的肚子和胸脯上到处听，然后说："咋跟人不一样？"

小柴旦问："人啥样？"

谷子说："我给你说不明白，你自己听。"

谷子把听诊器挂到小柴旦耳朵上，让他听了自己，又听了格尔穆。

小柴旦说："一样啊，我的轰隆隆，它的也轰隆隆。"

谷子说："一样？那就吃一样的药吧，阿司匹林。"她从药箱里拿出瓶子，倒出几片跟谷子姑娘一样秀气的小白药。

小柴旦虔诚得不敢接，娜陵格勒接了，让小柴旦哄开格尔穆的嘴，满怀希望地喂了进去。

不过是女医生谷子的安慰，当然不见好转。

这时那个二道眉号哭着跑来，跑到了指挥部的帐篷前，喊道："公家人，管一管吧，我拉的骆驼趴下起不来了。"

从这一声哭号开始，整个中转站香日德便笼罩起了一片阴霾：病，病，病，传染病。

公家人和骆驼客忙乱起来。古尔德班玛跟着二道眉看了他的骆驼，问道："啥病？"二道眉摇头。

古尔德班玛又问身后的人："咋治？"听谷子说不知道，质问道："你为啥不是兽医？"

谷子委屈地申辩："选我来时没说还要给骆驼看病。"

古尔德班玛派人火速去各处调查，回复道：瘫倒的骆驼已经有七八十峰了。

他正在垂头丧气，突然听到有人埋怨道："驼运还没开始，骆驼就病倒一大片，公家人还不快想办法。"

古尔德班玛一看是库尔雷克，叹气道："有啥办法。"

库尔雷克说："为啥不问人呢？"

古尔德班玛瞪大眼睛道："都十万火急了，你还卖关子，有办法快说。"

库尔雷克说，这病叫三日活，是说得病的骆驼活不过三日，也叫衰病。骆驼疯过之后，气血耗尽，适应不了生水生土，很容易得病，传染起来挡不住，旦夕就会死光。治病的办法是，灌饮得了同类病的骆驼的血，立即见效。

古尔德班玛说：“也就是病驼之间互相吃血？”

库尔雷克点点头：“杀一峰病驼，把驼肺驼心焙干揉碎，和在血酒里灌进去。”

古尔德班玛有点不相信，又没别的办法，只好说：“只能杀骆驼了，杀掉最先病倒的，或者病最重的。”他说着要带人去驼群里寻找最先病倒或病最重的。

谷子指了指说：“这个我知道，就在那儿。”

一群人来到格尔穆身边，只见它斜躺着，脖子软塌塌平伸在地上，口鼻流痰，闭实的眼睛挂着泪，驼峰耷拉着，四肢绷起，要不是软肚子还在忽闪忽闪吸气，一定当它死了。

库尔雷克没想到自己出的主意变成了自己的祸害，挡在前面说：“不能杀了格尔穆，不能。”

古尔德班玛说：“那你说杀谁的？杀谁的谁都心疼。”说着推开了他，又喊道，“把那个骗匠给我找来。”

库尔雷克觉得公家人的意志不可违拗，俯身仔细看了看格尔穆，一屁股坐在地上，哀叹道：“可惜了我的美驼，做疯引子没毙了它，却让‘三日活’撂倒了，看来不死魔鬼放不过了。”

娜陵格勒悲愤地说：“你们杀，我看着你们杀。”她跪下来再次抚摸巴丹吉林最好的美驼，又征询地望望库尔雷克，看他一脸绝望，知道已是无可救药，便恳求道，“不能不杀吗？让它自己慢慢死。”

古尔德班玛说：“还有七八十峰病驼等着吃它的驼肺驼心驼血呢，等它自己死要等到啥时候？再说它也难受，不如给个痛快。”

娜陵格勒寻思公家人也是为了格尔穆早一点解脱，喟叹一声，没话了。

小柴旦却不这么想，哭着说，格尔穆正在用忽闪忽闪吸气的肚子给他说，它不死，它会好起来。

娜陵格勒起身抱住小柴旦，一边给他擦泪一边拖着他："走，我们走，我们的骆驼死的死丢的丢，一峰也没有了，还参加大招募干啥，走，回我们巴丹吉林老家去。"

谷子赶紧上前安慰她："你不会没有骆驼，我们可以给你们分派别的骆驼。"

小柴旦回头喊着："格尔穆，格尔穆。"

格尔穆听到了，想回答，动了一下嘴，啥声音也没发出来。小柴旦挣出娜陵格勒的怀抱，扑过去，趴在格尔穆身上，撕住它的驼毛，就是不起来。

骟匠二道眉来了，远远地就拿出了刀。杀骆驼跟骟骆驼不一样，用不着煮刀消毒，手一挥，眨眼就得。"躲开，躲开。快拿接血的家什来。"二道眉气堂堂地喊着。

有人端着一只铁锅凑过来。二道眉蹲下，一手举刀，一手扒拉开脖子上的驼毛寻找粗大的动脉。

小柴旦扑向他："不能杀，不能杀。"

二道眉把刀子藏到背后，摸着小柴旦的脸："我也不想杀呀，谁不心疼自己的骆驼，你看它还能活几个时辰？快让它走吧，它心里比人还难受。"说着，示意公家人把这娃娃抱走。

古尔德班玛亲自过来，抱起小柴旦，擦着他的眼泪哄道："我们有这么多的骆驼，我带你去挑，你看准哪一峰，我保证给你哪一峰。"

小柴旦不哭了，甚至笑了，指着前面一峰惊慌失措的小骆驼说：

“我就要它，你去给我拉来，就去，就去。”

古尔德班玛放下小柴旦，快步过去抓那峰小骆驼。

就在这个瞬间，小柴旦奋身扑过去，从二道眉手里夺过了刀子，奶声奶气地大叫：“谁杀我的骆驼，我就杀谁的骆驼。”又指着二道眉说，“我知道你的骆驼在哪里，我先杀了你的骆驼。”说着，举着刀子朝前走去。

二道眉浑身一软，坐在了地上。娜陵格勒跑过去，拦住了小柴旦。

格尔穆知道发生的一切，吸气的肚子忽闪的幅度显然大了，没有力气抬头睁眼，只是流着泪，默默的。

这时围观的骆驼客中突然传出一阵惊呼。有人倒下了。几个骆驼客把倒下的人抬向了指挥部的帐篷。

娜陵格勒扫了一眼，便喊起来：“察汗乌苏，察汗乌苏。”她终于看到察汗乌苏了。凭着女人的直觉，她早就猜想察汗乌苏就在近处，一直陪伴着她。你为啥不露面呢？你觉得自己没脸见人是不是？可你再没脸见人，我也是你的人。但更大的可能是他在暗中窥伺她，看她如何跟库尔雷克相处。察汗乌苏，你为什么不放心我？她走过去说：“放下，放下，你们把他放下，就放到这里。不要紧的，你们去吧。”察汗乌苏有见血晕的毛病，但这次还没见血他就晕了。

库尔雷克走过去看了看兄弟，心情很复杂，觉得自己应该高兴，可怎么也高兴不起来。一种幻想泯灭的晦暗笼罩在他本该光明灿烂的心里。但他毕竟是清醒的，没有忘记这应该是保护格尔穆的一个机会。他指着察汗乌苏说：“你看，你看，你把我们的人吓死了。”

二道眉扭头望着古尔德班玛，痛苦地说：“那就杀我的吧，我也有一峰病重起不来的骆驼，就算是最先病倒的吧。佛祖保佑，就让诺木洪的命去治好七八十峰骆驼的病吧。”说着起身走去。

几分钟后，传来二道眉的一声大哭：“我把我的诺木洪杀掉了，诺木洪，诺木洪，我的诺木洪走了。”其实诺木洪不是他的，诺木洪也是鼎新驼行的，他从巴丹吉林沙漠拉到了这里，有了感情，就觉得已经是他的了。

很快把诺木洪的驼肺驼心焙干揉碎，搅和到掺了酒的驼血里，一一灌给了包括格尔穆在内的其他病驼。库尔雷克再次证明他所言不虚，所有病驼都从死亡线上走了回来。

小柴旦泪渍未干的脸上露出了笑容：“我说了格尔穆不会死。”

娜陵格勒严肃地纠正道：“不是你说的，是格尔穆忽闪忽闪的肚子说的。你看看，它现在说啥？”

格尔穆还是卧着，但已经可以睁眼抬头正常呼吸了。

小柴旦说：“格尔穆眼睛看谁就是对谁说话，它看的不是我们，是阿爸。阿爸走了，阿爸为什么离开我们走了？”

一会儿，在娜陵格勒的请求下，二道眉带人把献身的骆驼拖过来，埋在了香日德旁边。二道眉和他的伙伴跪下磕头时，娜陵格勒也过去磕了头。格尔穆知道它是替自己而死的，打起精神，一直瞩望着新生的土堆。这是柴达木荒原升起的第二座骆驼坟墓，坟墓的主人叫诺木洪，它用自己的心肺和鲜血救了七八十峰骆驼的命。不久，进藏驼队的马博政委用“诺木洪”命名了离开香日德后的第一站。

27

小柴旦比谁都兴奋，不时地跑出去，又跑回来，喊着："阿妈，又来了。"

娜陵格勒也看见了，一辆辆汽车来了又走，在指挥部一侧的坦地上，堆起了数不清的进藏物资。

迅速恢复着身体的格尔穆跟人一样兴奋，每次跟着小柴旦跑去，都会用亮晶晶的驼眼把所有物资巡视一遍，还会凑过去闻闻：啥呀？

小柴旦就给它解释："这是面，这是米，这是……"常常他也不认识。

瘦兮兮十分精干的公家人田野笑道："没见过吧？都过来，我给你们说说。"这才注意到跑来跑去的不止他一个娃娃。田野对围拢过来的十几个娃娃说："这是运往西藏救荒的小麦、大米、青稞、银圆，这是驼运路上的口粮杂面粉、粉条、干海带、代食粉和蛋黄蜡。""啥叫代食粉？""就是把面粉、黄豆粉和油盐混起来，冲糊糊喝的，别咽口水，以后有你们吃的。蛋黄蜡嘛，就是鸡蛋做的蜡烛，不是点的是吃的。又咽口水啦？好吧，我自作主张给你们开小灶，一人先发一支。"

他从麻袋里拿出两盒蛋黄蜡，一盒十支，每支半两。娃娃们拿着有一口咬断的，有放在嘴里抿的，有捏在手里看的。

田野接着又介绍："这些你们都见过，牲口的食料，草秸、黄豆、黑豆，那边是炊具和木柴，还有皮大衣、皮袄、皮靴、皮手套、帽子、风镜、帐篷、冻伤膏，人人有份。这个嘛……"田野有点卡壳。

小柴旦道："骆驼的鞍子、鞯子、架子、绳子。"

“对，骆驼的东西你们见得比我多。那些是专门供应班禅行辕的，有酥油、糌粑、风干肉、茶叶、糖、酱油、辣椒干，还有行军床、地毡、氆氇、器皿。好了，要去吧。”

娃娃们散了。格尔穆不想走，不时地用鼻子碰碰装黄豆和黑豆的麻袋。

田野拍拍它说：“到时候有你的。”

小柴旦看格尔穆流出了口水，赶紧拉它离开，埋怨道：“你丢死人了格尔穆。”掰了三分之一的蛋黄蜡喂给它，它不客气地一嘴吞了进去。

很快兴奋转了向，小柴旦发现，不知啥时候，陆续来了数不清的藏民。他们带来了更加数不清的牛羊，还升起了帐房和炊烟。牛羊在近处没草吃，就牧放到远处去。中转站扩大了，望不到边，走不到头。小柴旦来来去去，回回路过一顶烟熏火燎的破旧帐房，常看到门口立着一个比自己大点儿的穿褐色氆氇袍的小藏民，就想我哥哥大柴旦在哪里啊？一想眼睛就热热的潮潮的。

小藏民也注意到他了，一次突然说：“你好。”

小柴旦立刻从高高的驼背上溜下来，吸溜着鼻子说：“你好。”

小藏民吃惊道：“骆驼不跪下你也能下来啊？能上去吗？”

小柴旦立刻表演似的吊着驼脖攀上了驼背。

小藏民仰头说：“你的骆驼是我见过最高的。”

小柴旦再次溜下来，自豪地说：“它叫格尔穆，我们巴丹吉林的美驼。你叫啥？”

小藏民说：“你先说你叫啥。”

小柴旦说了。小藏民才说：“你是柴旦，我是才旦，我们两个的名字差不多。我能骑你的骆驼吗？”

小柴旦立刻让格尔穆跪下，扶着才旦哥哥上了骆驼。

先两天是小柴旦牵着格尔穆在帐房前溜达，让才旦习惯骆驼的颠簸摇晃，后几天小柴旦便也骑上，抱着才旦，打驼奔跑。只要跑得稍远，立刻会有一个藏族老人骑马追过来，喊着：“才旦，回来，小心遇到土匪。”小柴旦说：“遇不到土匪，格尔穆知道远处的人是好人还是坏人。”作为教会自己骑骆驼的报答，才旦常常把小柴旦让进帐房，请他喝奶茶，吃糌粑。格尔穆知道糌粑也有自己的份，就把头伸进帐房，先是小柴旦喂它，后来就是才旦喂它，乐此不疲。

一次才旦问：“你知道骆驼是啥？”

小柴旦说：“阿妈说骆驼是兄弟姐妹。”

才旦说：“骆驼是传法的使者，天上的神，叫驼神爷。”

小柴旦嘻哈道：“驼神爷？沙漠王才是驼神爷。”

认识了才旦哥哥，小柴旦才知道，数不清的藏民是来朝拜班禅、接受摸顶的。回去就喊：“阿妈，班禅要来了。”

从此传开：班禅要来了。

不断有骆驼客来指挥部打听：啥时候到？

马博政委直皱眉头：“快了快了。”本来是要严格保密的，现在难了。四面八方的藏民，也不知从哪里得到了消息。关键是绝对要保证班禅的安全。上级的命令是：不管代价多大，确保万无一失。班禅绝对不能出事。

古尔德班玛派部队把守住香日德四周的各个山头，决不让土匪或别的可疑人等靠近，自己带领一部分人马前往百里之外迎候。

大风啸叫着：班禅，班禅。每一个土坷垃都在等待，包括土匪。

为了丧心病狂的最后一仗，祁连大爷带人沿途抢劫了一伙藏民的行囊衣袍，然后乔装成藏民，大大方方来到了香日德。

祁连大爷给手下重申了自己的想法：柴达木是我们最后的立足之地，要是让班禅进了藏，他们从此就会进进出出把柴达木当成他们的地方。那时候就没有我们的活路啦。一定要拦住班禅，打死是最好的。惜命的，现在可以走。

祁连大爷的人一个个都是亡命徒，没有一个走的。他们支起帐房，混杂在朝拜的藏民里，等待班禅的到来和摸顶的日子。

冶子酩带着他的人却远远地藏了起来，只派大柴旦前来香日德打探消息：班禅行辕到了没有，大驼群什么时候启程。他对三伙土匪商定的计划深信不疑：让乌图美仁把大驼群引进前面的毒辣滩，看着骆驼一峰峰死去、人一个个挺硬。然后跟祁连大爷和胡子蛮三分柴达木，继续啸聚荒漠、强梁霸道地做土匪。所以在他心里，现在最最重要的是乌图美仁了，它是引诱大驼群的唯一力量。

为了防止万一，冶子酩把乌图美仁留在了自己身边，让前往打探消息的大柴旦骑了一峰别的骆驼。

下午，天晴得没有了底，湛蓝把一切吃掉了，也吃掉了太阳。地上流淌着金光，阔野如洗。先是古尔德班玛带人出现了，他在百里之外迎候到了班禅行辕，布置了沿途警戒，疾驰回来，安排中转站香日德的保卫。突然他“哎呀”一声不走了，惊望着连绵如城的帐房和丛丛叠叠的朝拜藏民，心说完了完了，土匪肯定混进来了。怎么才能把土匪清理出去，满天星的人畜，却不能满天星布兵搜查。

他命令手下：“欢欢喜喜告诉大家，十世班禅就要到了，就在这里夹道欢迎。”又调兵过来，一部分在夹道之外严密布防，一部分乔装成百姓混杂在朝拜者之中密切监视。然后他掉转马头狂奔而去。

消息传来时，小柴旦和才旦哥哥在一起。他想跟娜陵格勒去接受摸顶，才旦一手拉着格尔穆一手拽着他说：“不要去，今天不要去。”

小柴旦看那个藏族老人也不去，奇怪道：“你们不去朝拜，来这里干啥？”

才旦淡然地说：“还不到时候嘛。”

小柴旦说：“那我就在这里看。”他站到格尔穆挺硬的驼峰上，痴望着前面。

朝拜的人簇拥而去，万人空帐。旷野里的夹道也跟闹市一样，里三层外三层的，摩肩接踵。

祁连大爷的人都穿着皮袍，裹着长枪短枪，既不靠前，也不落后。站了一个时辰，就见前面尘土卷起，马队驰来，当先是剿匪部队，嗣后是汉藏俗人，更后是红衣喇嘛。马队后面，一辆四马大车走得不急不躁，车上是一乘黄绫大轿，关闭着红门帘、蓝窗盖。轿顶飘荡着白黄蓝三色哈达，轿前是无量光佛的金身唐卡。班禅是无量光佛的转世，藏民一看就知道这便是班佛銮舆，纷然跪下，磕头念经。

祁匪也都跪下了，不过是跪姿瞄准。

霎时枪声大作，都朝黄绫大轿打去，稀里哗啦黄绫烂飞。马车飞驰起来。人群麻乱，四散奔跑。祁匪暴露了，布防在夹道外的部队抄过来，却不敢开枪，怕伤了百姓。乔装成朝拜者的剿匪部队瞅准祁匪扑了过去，一个个摁住了。但祁连大爷留了一手，他在自己身边布置了一些没有开枪暴露的土匪，看到对方早已准备，知道这最后一仗已经失败了，骑上骆驼带着人，惶急地往香日德外面跑去。

古尔德班玛带人追了过去，没追上，愤怒地发誓道："祁连大爷你等着，干不掉你，我一头撞死。"

不幸发生了，那么多人悲痛得以头捣地。原野里到处都是哭声，都说班禅升天了，信民们失去依靠了。小柴旦吓坏了，觉得大人都在哭，娃娃更应该哭，便哇哇地哭着从挺硬的驼峰上摔了下来。

才旦满怀抱住他："咋了兄弟？"

小柴旦哽咽着说："土匪把班禅……"格尔穆知道主人伤心了，伸头朝他脸上吹了一口热气。

才旦看出这是安慰，欢喜地说："传法的驼神爷，你比人知道得多。"

马博骑马路过小柴旦和才旦，紧紧张张跑向古尔德班玛："我去看了，马车上没有人，烂轿子是空的，班禅呢？"

古尔德班玛喘口气说："一定是藏起来了。四五百个穿戴一样的喇嘛，谁是班禅我也分不清。"

他们走向班禅行辕，一片红艳艳的喇嘛正在扎营。

有个中年喇嘛迎上来，恭恭敬敬笑道："班禅佛爷的意思是明天赐福摸顶。"

马博听出这话是商量又不是商量，试探道："不摸顶不行？"

中年喇嘛摇头道："这么多人，都是远路上来的，不赐福的佛爷，自己也不会有福。"

古尔德班玛想了想说："今天打了一仗，土匪一时半会儿不敢来。不过要听我们的，排成一排不能挤成一堆。"

喇嘛说："这好办，信民们都是听话的。"

"还要保密，不能提前泄露。"马博叮嘱道。

可是怎么能保密呢？班禅佛爷不忍心他的信民彻夜啼哭，让人传话，无量寿佛说隐就隐，说现就现，岂是几个草野土匪能够打死的，放心祈祷吧，明天太阳升起的时候，班禅佛爷就来摸顶了。消息迅速传开，许多人一夜未睡。

早晨，太阳还没出来，信民们就已经排好了长队。剿匪部队五步一岗地守卫着，古尔德班玛带领巡逻的人不断扫视人群，看有没有行为异样的人。班禅活佛出现了，就在黄垫黄背的高椅之上、祥龙腾跃的金红华盖之下。喇嘛们前呼后拥，摸顶开始了。

娜陵格勒领着小柴旦，排在后面。小柴旦人小，看不到前面，便牵来格尔穆骑了上去，突然惊叫起来："阿妈，阿妈，班禅是我才旦哥哥。"

娜陵格勒不信："眼睛睁大，别看错了。"

小柴旦就喊："才旦哥哥，才旦哥哥。"

穿着红黄两色法衣的班禅佛爷抬头望望他，一脸"没想到吧"的孩子的喜容。

小柴旦高兴得从驼背上站起来，转着圈向周围的人宣布："班禅是我才旦哥哥。"

28

十世班禅赐福摸顶的仪式进行了两天。结束后班禅佛爷仍然回到原来的帐房里居住。他稍事休息，就让掌管自己衣食的老喇嘛嘉阳去把小柴旦找来。

嘉阳喇嘛老眼昏花，难以在人群驼群里寻见一个娃娃，却很容易找到雄奇高大的格尔穆，当下就把小柴旦领来了。

小柴旦有些奇怪：天神一样的班禅活佛怎么就住一顶烟熏火燎的破旧帐房，就只有一个牧人装束的老人为伴？摸顶时黄锦铺设的高椅、祥龙腾跃的华盖、前呼后拥的喇嘛、鲜艳夺目的法衣哪里去了？疑问加上局促，他有些不敢上前了。

班禅佛爷欠身一把拉他过来，捶了他一拳说：“吃了没？”

小柴旦立刻鼻子一吸溜：“吃了。”

拘束顿然消失了。两个人又叽叽喳喳说起来。

班禅佛爷突然仰起头，问嘉阳喇嘛：“就要出发了，要是土匪埋伏在前面，你说怎么办？”

嘉阳喇嘛说：“佛爷，有剿匪部队，我们不用怕土匪。”

班禅佛爷说：“剿匪部队看不见土匪，土匪却能看得见我们。小柴旦，你说我们怎么办？”

小柴旦似乎奇怪这样简单的问题班禅和老喇嘛还要说来说去。他说：“我们往没有土匪的地方走。”

班禅佛爷说：“我们怎么知道哪里没有土匪呢？”

小柴旦说：“格尔穆知道。”

班禅佛爷点点头：“我问你就是想问出这个意思来，你不是说过，格尔穆知道远处的人是好人还是坏人吗？虽说荒原上到处都是路，土匪却只能埋伏在一个地方，他们人数有限嘛。我们绕来绕去，他们就找不着我们了。”

小柴旦笑着说：“我对格尔穆说，绕开，绕开，它就绕开了。”

似乎就这样决定了。班禅佛爷虽然是个孩子，但所有人包括他自己和老喇嘛嘉阳都相信，他是神的再现，有着与生俱来的超人智慧，他的一举一动有着天然的成熟和正确。他决定把前进的路线交给美驼格尔穆，那就是神的决定，谁也不能说个不字。嘉阳喇嘛匆匆走出帐房，传达神意去了。

大概神意让有些人迷惑，这天下午，有人在班禅佛爷的帐房外轻声喊道:“嘉阳，嘉阳。”嘉阳喇嘛出去，一会儿又进来，小声说:“喇嘛湾的江永活佛带着一群喇嘛求见班禅佛爷，我看就算了吧，这个时候不能随便见人。”

班禅佛爷把氆氇袍的袖子一甩道：“既然不见，还来告诉我干啥？你们就会自作主张，这个不见，那个不见，就让我天天见你们？江永是大活佛，怎么能这样怠慢。你们不让他见我，我就去见他。”说着起身就走，没忘了拉上小柴旦。

嘉阳喇嘛赶紧拦住说：“一定要见的话，也不能在这里，更不能让他们靠近你。”

班禅佛爷道：“难道还要绑了他们来见我？”

嘉阳喇嘛说：“不可不防，来人中万一有坏人呢？要是扑过来，挡也挡不住。”

小柴旦突然笑了：“扑过来只能扑到骆驼蹄子上。”

班禅佛爷问:“啥？你说啥？”一琢磨，明白了，推了小柴旦一把，“那就快去吧。”

两个心领神会的娃娃开始忙乎。老喇嘛嘉阳跟在他们屁股后面转来转去，催促班禅佛爷换上袈裟，穿了黄披风和新靴子，别的事儿就插不上手了。

一个时辰后，班禅佛爷骑着格尔穆，出现在帐房前的草地上。

小柴旦拉着格尔穆前走几步，就见嘉阳喇嘛引着江永活佛和一群喇嘛快步走来。江永见了班禅佛爷，两手朝上，趴伏在地，声音哑哑地祈祷着。其他喇嘛也都跪下了。

格尔穆立刻意识到骑着自己的这个人非同一般，便也高傲地直起脖子翘起了头，前蹄捯动着，把那威风气势格外显赫地表现了出来。

班禅佛爷说："快把老活佛扶起来。"

嘉阳连忙扶起江永活佛。

班禅佛爷说："我知道你是喇嘛湾的法台，那么远的地方，来这里走累了吧？"

江永仰望班禅佛爷说："为了拜见尊者，几百里路不算啥。"心说世间竟有这么高的骆驼，伟岸得就像须弥山，便道，"我想行叩脚之礼，现在看来够不着了。"

班禅佛爷说："免了吧，我现在是骆驼上吃，骆驼上睡，要的就是谁也够不着。有人说，我是树倒无处落的鸟儿，那我就落在骆驼上吧。"

江永一听，仰头笑了："佛爷，你说小儿语，不做小儿事，已经骑在了骆驼上，就再下不来了。我知道了，驼神爷保护着你呢。我今天来，是想告诉佛爷，进藏的路在哪里。"

班禅佛爷说："这个不用你操心，你只需跟在后面走就是了。"

江永打了个愣怔，咬着牙，瓷瓷实实地说："听说前面有个地方叫毒辣滩，万万去不得。"

班禅佛爷望着依然匍匐在地的一群喇嘛，脸上肌肉微微一颤，笑道："你们都快起来，好好念你们的经去吧。毒辣滩去得去不得我知道。小柴旦，上来吧，打飞骆驼，我们上天去，看看毒辣滩上有什么。"

小柴旦猴子一样从驼脖攀缘上去，还没坐稳，格尔穆就跑起来。它知道该是表现自己的时候了，真的飞起来，晃眼不见了。

“啊，聪明的神王，神圣的佛宝，我们终生依靠的怙主啊，这么小就这么有主见。”江永活佛望着空荡荡的天，露出一丝幸福的微笑。

班禅佛爷和小柴旦骑着骆驼走遍了香日德。格尔穆高高的峰脊就像空中的法座，让班禅佛爷如此喜欢。法座是起伏而游动的，习惯了如同船行舟走，班禅佛爷坐得稳看得远。每次都是班禅佛爷在前，小柴旦在后。小柴旦张开双臂，抱住班禅佛爷，再握住缰绳，算是保护。但是今天，班禅佛爷非要坐在后面，他感觉自己已经熟练了骑驼，可以去保护别人了。就在第一次抱着小柴旦时，班禅佛爷说起了他的过去。

他原名叫官保慈丹，出生在青海循化县的文都乡。三岁被选定为九世班禅的转世灵童之一。五岁时迎任青海塔尔寺供养。十一岁时在塔尔寺普观文殊殿前，举行了隆重的坐床大典。

班禅佛爷说：“我出生在青海，但我的前世都生活在西藏日喀则的扎什伦布寺。扎什伦布寺是我的老家，如今我要回去了。”

小柴旦说：“我们是来送你回老家的吧，这么多骆驼都是来送你回老家的吧？”

班禅佛爷抚摸着朝他伸过来的驼头说：“就要上路了，一上路我跟格尔穆就不能在一起了。”看小柴旦不理解，又说，“格尔穆要走在驼队最前面。可是我不能，他们不会让我走在最前面。”

小柴旦想了想，伤心地说：“那我只能跟着格尔穆了。”

29

出发总是早晨。天不晴不阴，太阳似有似无。风停下了，像是打着愣怔。云彩上挂起了祝福的哈达，悠然飘荡，到处都是吉祥的空行母，仔细谛听，能听到天上有仙乐袅袅飘行。很安静，人和骆驼以及马匹，都意识到这是一个非同寻常的日子。驼队的排列前一天就确定好了，古尔德班玛走在前面，中间是各地来的骆驼客，最后是马博。古尔德班玛和马博都带着一支剿匪部队。但最重要的是对格尔穆的安排，按照班禅佛爷的旨意，它走在最前面，是整个大驼队的眼睛。

小柴旦和格尔穆跑来向班禅佛爷告别。

对小柴旦来说，快乐的日子里总有哥哥，先前是大柴旦，这些日子是班禅佛爷。他跟班禅佛爷，似乎已是亲兄弟了。他们天天粘连着，形影不离，你是我的胳膊我是你的腿，不舍的感情让他心里空落落的。班禅佛爷的感觉似乎更强烈，因为他告别的不仅是小柴旦，还有格尔穆。他远远看到了格尔穆和小柴旦，丢开那些跟随自己的喇嘛，拎起一个缎面口袋跑过来。

小柴旦在驼背上喊着："才旦哥哥。"

格尔穆也看见他了，发出一声亲切的哞叫。

班禅佛爷跑着，兜风的袈裟让他像个大胖鸟。嘉阳喇嘛忙不迭地紧跟在后面。

小柴旦从驼背上溜了下来。他们抱在一起，碰了碰头。

班禅佛爷把缎面口袋塞给小柴旦："风干肉和糌粑，你拿去吃吧。"

小柴旦："我慢慢吃，一天吃半口，吃完了，我们就能见面了。"

班禅佛爷说："别忘了给格尔穆喂一点。"

小柴旦说："忘不了。"

格尔穆知道是在说它呢，眯起眼睛，把头伸向班禅佛爷。班禅佛爷跳起来，两手圈住它的脖子，荡了几下，站到地上："嘿，驼神爷，舍不得你啊。我要是能骑着你回到西藏，那就威风了。"说着，从怀里掏出一尊小铜佛说："这是无量光佛，送给你吧，想我的时候你就看看它，也让格尔穆看看。我跟你们有多好，无量光佛就跟你们有多好。它会保佑你们的。"

嘉阳喇嘛催促着："回去吧佛爷，上路的时间到了。"

小柴旦抱着小铜佛，不禁浑身抖了一下，孤单的手立刻抓住了班禅佛爷。班禅佛爷再次抱住小柴旦，碰了碰头。

班禅佛爷走了。格尔穆跟了过去，小柴旦没拉它的缰绳，它就一直跟着。突然它停下了，哞哞地叫着，冲班禅佛爷叫一声，又冲小柴旦叫一声。班禅佛爷边走边回望，一再回望，不舍的眼睛里，已是泪光闪闪了。

小柴旦跑过去，拉起格尔穆的缰绳，追上了班禅佛爷："才旦哥哥。"

班禅佛爷愣住了，不知道小柴旦要干什么。还是格尔穆有灵性，它从小柴旦头上叼起他的翻毛羊皮帽，戴在了班禅佛爷头上。

班禅佛爷立刻明白了，抬手扶正帽子说："这帽子我天天戴着，我就能天天想到你们了。我天天给你们念经，天天祈祷你们平安。"说罢，心一横，走了。

小柴旦望着班禅佛爷的背影，眼泪夺眶而出。

人影层层叠叠，经声激浪般响起来，喇嘛们合唱队似的祈祷让旷野显得更加凝重而神圣。先行开路的很快给骆驼上了驮架。骤然响起了驼叫和马嘶，还有哭声。十几峰骆驼因为体弱和生病不能前往，分别的时候，骆驼客和骆驼都哭了。大驼运一开始就溢荡着悲壮的哭声。

有人竟嚎起来："娃，不带你去是怕你有个三长两短，要是我回不来，你就自己回红柳园，你说你是矬子王的儿，没有人不关照。"

小柴旦正好路过，插嘴道："留下有留下的好处，公家人会关照的。"

女医生谷子走来说："对，我们会好好关照留守孩子。"

矬子王睃了一眼小柴旦，对自己的孩子说："那次在帕米尔，有个蓝眼睛的乌孜别克人对我说，人小的时候，老子是老子，人大了，娃娃是老子……"他挥泪打断自己的话，叮嘱道，"把饭吃饱，一顿也不要落下，蹄子，我走了。"

这时另有一个骆驼客走来，把怀里的娃娃在谷子面前一蹾说："公家人，交给你们啦。"转身就走。娃娃尖叫一声哭了。

那骆驼客回头道："还哭，还哭，再哭就把你带走，进藏的路上尽是狼虫虎豹不是没给你说过。"

谷子赶紧过来，蹲下抱住了那娃娃。骆驼客趁机大步走去。

娃娃尖叫着："阿爸，阿爸。"

小柴旦看那娃娃比自己小，丢开格尔穆，一蹦一跳地过去，叉着腰说："你的鸡鸡硬过没有？硬过鸡鸡的人，就不能在女人怀里哭了。"

谷子吃惊地望着小柴旦："这是啥道理？"突然理解了，不禁松开了那娃娃。

小柴旦问那娃娃:“你叫啥？啥？你也叫小柴旦？我才是小柴旦。”

谷子对那娃娃说：“那你就是小小柴旦。”

小柴旦立刻喊起来：“小小柴旦娃，嘴巴比马大，吃上尕尕屙不下，屙下一个尕牛娃。嘻嘻，小小柴旦。”

那娃娃嘿嘿嘿笑起来，并不在乎给他改了名字。小柴旦拉起他的手，朝一群小骆驼走去。

哭得最凶的是这些小骆驼。进藏的路残酷又残酷，大骆驼都死活难测，没长熟的小骆驼是不能走的。指挥部有了一个新决定：把所有不能驮运的小骆驼都留下。小骆驼们是另一种伤别：蓦然之间，阿妈不见了。惊恐、凄恻、哀哀鸣叫，挣扎着想跑出去，又一次次被缰绳拽回来，缰绳拴在地桩上。它们不知道为什么自己离开了阿妈，离开了驼群和熟悉的主人，一再把小鼻子翘起，呼呼地吹：要吃奶，要吃奶。人类喜欢孩子找孩子，它们不然，这么多小骆驼聚集在一块儿，反而加剧了孤独和疑惧。谁也不理谁，碰一下就跳，也回避着跑来抚慰它们的小柴旦。

小柴旦是知道小骆驼的，天生就知道，偏要摸，要抱，身后的小小柴旦学着他的样子，也是摸了这个抱那个。

小柴旦说：“抱上一百次，生骆驼就会是一张熟皮贴着你。”

突然一峰小骆驼挣断缰绳跑走了。谷子追过去，越追离得越远。

小柴旦大声说：“别追啦，你是追不上的。”

谷子喘着气停下来，不是不追了，是追不动了。

小骆驼东一蹿西一跳，这儿张张，那儿望望，见到处都是准备启动的骆驼，便又哭起来：妈妈呀，你在哪里呢？

小柴旦慢慢靠近，发出一阵“噗噜噗噜”的声音。这是骆驼妈妈呼唤孩子的声音，小骆驼不动了，好奇地望着他。

他坐下来，还是“噗噜噗噜”叫着，一点点往前蹭，突然一伸手，抓住了拖拉在地上的半截缰绳，往前一滚把小骆驼的腿抱在了怀里。

谷子看着，赞叹道：“这娃娃，能干。”

小柴旦把小骆驼牵回去重新拴好，正要走开，突然愣住了。他看到不远处一峰小骆驼那么专注地望着他，不由得朝它走去。小骆驼也谨慎地朝他走来。突然他和小骆驼抱在一起了。他说：“马海，你怎么在这里？我们都以为你不在了。”马海眼睛湿润了，哞哞地叫着：小柴旦，小柴旦。

小柴旦又问：“小骆驼伊克雅乌呢？你没跟它在一起啊？”他问着，突然看到一峰浑身雪白的小骆驼拼命朝他扑着，扑一次就被绳子拽回去一次。他望了一眼就喊起来：“小哈勒腾，你是小哈勒腾。”他跑向了小哈勒腾，抱住它，“你好吗，你好吗，你怎么也在这里？”

谷子过来了，拍了拍小柴旦的脑袋说：“你好像认识它们？”

小柴旦说：“小哈勒腾是我阿爸的骆驼，马海是我阿妈的骆驼。”

正说着，就见从大驼群里跑来一峰奶水饱满的母驼，直扑到小骆驼群里。

小骆驼炸群了，却又被缰绳拴着跑不远，你撞我挤，一时间歪倒了好几峰。母驼跑来跑去，绊住了缰绳自己也只好趴倒在地上，片刻又忽地站起，烦躁得又是甩头又是扬蹄，突然不动了，就见一峰小骆驼出现在腹下，激动地噙住它的奶头，吱吱地咂起来。母驼顿时微闭了眼睛安静下来：孩子啊，孩子啊，谁把你们拴在这里了？白花花的奶水滋出来，打湿了小骆驼的整个脸。小骆驼享受着奶浴，幸福得喷鼻吐舌。

察汗乌苏追踪而来，拾起缰绳狠狠抽了母驼一下："谁叫你把驮架掀掉了？"拉起来就走。

母驼不走，把脖子直直地伸过去。奶水还在滋，小骆驼还在吃。

察汗乌苏呵斥道："再不走就把鼻子拉穿了。"

大概鼻楔子弄疼了母驼，它迈动步子，一点一点往前挪，奶头从小骆驼嘴里滑了出来，小骆驼够着，够着，够不着就往前扑，一扑就被缰绳拽回去了。

小骆驼哞哞地叫，母驼呜呜地哭，眼泪出来了，跟奶水一样多。

察汗乌苏使劲拉着，母驼突然朝前一跳，把他弄了个仰绊。他爬起来，抡起缰绳就抽。这母驼是公家人分给他们的，他一不留神，惦记孩子的母驼就跑了。

小柴旦说："叔叔，你怎么打骆驼？"

察汗乌苏不讲理地说："它是母驼。"

小柴旦追问道："为啥母驼就该打？"

察汗乌苏说："不听话的母驼，就该打。"

小柴旦说："可是，可是，叔叔，你没认出来吗？吃奶的小骆驼是伊克雅乌。"

察汗乌苏看了一眼哀哀哭泣的小骆驼："对啊，这不是小骆驼伊克雅乌吗？它没有妈妈，这个母驼怎么会给它喂奶呢？"

小柴旦想解释，意识到自己根本就解释不清楚，就把张开的嘴闭上了。但是他一直在猜测，一直在心里创造着它们的经历：流浪的孤儿小骆驼伊克雅乌如何饿得哭泣？如何得到了一峰陌生母驼的照顾？还有大姐姐马海，它是如何在孤独可怜的流浪路上呵护了小骆驼伊克雅乌？还有小哈勒腾，它是被土匪祁连大爷带走的，后来如何逃脱了，或者失散了，又被公家人收留在这里了？

小柴旦说：“叔叔，把母驼留下吧，小骆驼要吃奶。”

察汗乌苏说：“这怎么能行，这是分给我们的骆驼，公家人要是问起来怎么办？”

小柴旦眼眶里的泪水在打转，固执地拉着他说：“叔叔，你还是把母驼留下吧，小骆驼伊克雅乌哭了，你看它一直在哭，它一哭，人也要哭了。”说着，上前硬是从察汗乌苏手里夺下了缰绳。他拉着母驼，回到小骆驼群里，拴在了小骆驼伊克雅乌身边。小骆驼立刻不哭了，扑过去，噙住了奶头。

谷子过来了。小柴旦说：“母驼一定得留下，不留下，这小骆驼就要饿死了。”

谷子说：“我听你的，它是妈妈就应该留下。”

察汗乌苏叹口气说：“那就留下吧。”又恍然喊起来，“咦，小柴旦你怎么在这里？快走快走，娜陵格勒正找你呢。”

小柴旦过去，拉起格尔穆，跟着察汗乌苏离开了那里。

风突然大起来，日儿日儿地荒喊着，云先是厚了，再是低了，像是巨压把松散的气流浓缩到了天地狭窄的空间里，风头如撞，劲力十足地堵挡着即将启程的大驼队。骆驼们溜圆的眼睛都变成了柳叶的形状，脖子尽量收缩着，毛发飒飒响。人和骆驼的眼界骤然缩小，迷障迅速增厚了。

库尔雷克一家又到了一起，这是公家人的安排，也是库尔雷克的要求。他觉得既然察汗乌苏已经出现，娜陵格勒就没有必要回避自己了。娜陵格勒用不满的表情驱赶着他，却没有吭声。骆驼都是临时分给他们的，驼跟人生，驼跟驼也生。互相都十分警惕，随时准备跑掉。一家人紧着跟生骆驼套近乎。

风沙就在这个时候疯魔起来。刚才脚下还是硬邦邦的戈壁，转眼就软乎乎的了，显见沙子是从别处吹来的，很快就变成了沙漠，沙丘高高地堆起来，仿佛从来就是这样。所有骆驼和骆驼客都没见过这阵势，惊呆了。风太大，太大，小柴旦被吹起来，抛向了空中，幸亏手里攥着缰绳，格尔穆脖子一扭把他拽了回来。他抱住格尔穆的腿，脸埋在蓬起的驼毛里，擦掉眼睛、鼻子、嘴里的沙子。

骆驼自动排成一排，面迎风沙保护着人。风是刀，沙是箭，让它们头晕脑涨，从来没经历过的猛烈，就像大棒迎头敲打。骆驼有动物中最漂亮的双眼皮，都闭上了一层，浓密细长的睫毛苫下来，护住了眼睛，鼻道和耳朵也都关闭了，沙子打不进去。人却没有天然防沙的能力，库尔雷克转身避过风头，想把一家人都喊到身边来。风沙却绕过脖子拐进嘴里，呛得他眼里喷泪。

隐隐传来一阵喊叫，好像有人被埋住了。库尔雷克正要过去，就见旋来一根粗大的烟柱，高可触天，轰然塌下来，便是一座弯月形的沙丘。粗大的烟柱纷至沓来，近处远处都在倒塌，铺排出一片沙丘，滚滚地起伏。风在沙丘之间跳蹿，呜呜地鬼叫着。库尔雷克大惊失色，发现眼界之内，只有自己和几峰靠近的骆驼，别的人和骆驼都不见了。他大喊："小柴旦，小柴旦，娜陵格勒，娜陵格勒。"喊着扑了过去。

库尔雷克趴在沙丘上，又刨又挖，挖出一只胳膊，撴出人来一看，竟是女医生谷子。他刚才看见女医生在那边，啥时候跑到这边来了？

谷子四下里看着，想起了交给自己的那些娃娃和小骆驼，呼喊着朝前跑去。她跑进了一群伫立不动的大骆驼，吃惊地发现，在围成圈的大骆驼中间，是所有的小骆驼和所有的娃娃，包括小柴旦认识的小哈勒腾、马海和小骆驼伊克雅乌，以及那峰留下来给小骆驼喂奶的母驼，一个个都安然无恙。谷子感激得一把一把揪着大骆驼们的毛。

这边，库尔雷克再刨再挖，挖出来的都是骆驼。连骆驼也被埋掉了。他举目四望，还是烟柱的倒塌和沙丘的铺排，不见亲人，一个亲人的影子也没有了。他跑起来，一跑一个跟头，风有拽的，有推的，转眼把他塞进了沙子洞。他抗拒着掩埋，呼喊着往前爬："娜陵格勒，娜陵格勒。"他喊出了他最大的牵挂。

突然看见了，看见女人的发辫如同地上长出来的草在风中摇曳。他扑过去，拼命刨起来："娜陵格勒，娜陵格勒，佛祖保佑，终于找到你了。"

娜陵格勒七窍塞沙，两手摸索着，摸到库尔雷克后就死死抱住了："我死了吗？我是不是死了？"

库尔雷克用袖子擦着她眼睛里的沙子，告诉她："你活着，活着。"

娜陵格勒突然推开他，问道："小柴旦呢？"

库尔雷克噌地跳了起来，又被风沙推倒在地。他看到格尔穆站在另一座山丘前，便拼命朝那里爬去。还好，小柴旦一直跟格尔穆在一起，格尔穆就像保护自己的孩子一样保护着小柴旦。这时，它用蹄子刨着脚下，看到一股大沙扑来，便跳过去挡在了小柴旦前面。但蹄子的刨动没有停，越来越使劲。小柴旦看懂了，喊起来："阿爸，阿爸，下面有人。"

库尔雷克和跟过来的娜陵格勒跪倒在地，奋力刨起来。

人被刨出来了，是察汗乌苏。大家长松一口气，侥幸全家都还活着。

察汗乌苏吐着唾沫，擦着眼睛，突然发出一声号哭：“库尔雷克，你是我哥哥，我看见你了，在我还没有埋住的时候我看见你了。我就在你脚下，你不救我，你喊人的时候就没喊我的名字。你光喊娜陵格勒，娜陵格勒，娜陵格勒是我的老婆，你光喊我的老婆。哥哥，你不是人，我不跟你们在一起了，我走，我走。”

库尔雷克愣怔着，看他要走，跳过去一把拉住他：“兄弟你不能走。我不知道你就在我脚下,风沙那么大,我没看见。我当时急了，我也不知道我喊的是谁。”

察汗乌苏甩开他的手：“你的心我是知道的，我走了，我走了。”渐渐缓慢的风沙推搡着他，他很快消失了，只有悲哀的歌声若断似连地传来：

黄风吹来凉透了，
黑风吹来冻冰了，
端起木碗想起你了，
糌粑放不到嘴里了。

库尔雷克追了过去，但是没追上，又回来了。

娜陵格勒瞪他一眼说：“这下逞了你的心吧？”

“风小了。”库尔雷克仰头望着天空说。

娜陵格勒起初决定跟小柴旦在一起，架不住库尔雷克三番五次地劝说:“你是女人，女人不能走在前面，前面危险，男人承担危险，女人受人保护，驼道上的习惯历来如此。”

娜陵格勒咬咬牙说：“那就让小柴旦一个人去吧，大柴旦不知去向，小柴旦又要走了。”她突然变得格外忧伤，“驼道上是死是活难以保证，我们把娃娃搭上了。”

库尔雷克说：“小柴旦再小也是男人，男人这么小就能离开阿爸阿妈拉骆驼，那是男人的运气。所有的骆驼客都在后面，唯独小柴旦跟着公家人在前面，多光彩的事情啊。”

娜陵格勒说：“但是要说好，我留在后面也不是留给你，我不跟你拉一群骆驼。”她牢牢惦记着自己的身份——察汗乌苏的老婆。她只能跟察汗乌苏在一起。漫长的驼道上，拉一群骆驼就要一起吃喝拉撒，一个家里发生的所有事情，在驼道上都能发生。

库尔雷克说：“每天上驮子卸驮子，你一个女人家干不了。”

娜陵格勒说:“已经上了驼道，干不了也得干。我等着察汗乌苏，他一定还会回来的，我知道他。”

库尔雷克看着她严肃的面孔，失望地摇摇头，又对小柴旦挥挥手：“去吧，别给巴丹吉林的骆驼客丢脸。”

小柴旦眼窝湿湿的，拉转了格尔穆。娜陵格勒上前一步，抱住小柴旦，撩起帮典（围裙）要给他揩眼泪。

库尔雷克厉声说：“不要这样，没出息的女人，巴丹吉林骆驼客的眼泪不能让别人擦干。”

娜陵格勒一把推开小柴旦，激愤得涨红了脸：“你小看我娜陵格勒了，巴丹吉林的女人也是男人，小柴旦，不要哭，一个人大马金刀往前走。”看小柴旦还是泪流不止，抡起胳膊一掌扇红了他的脸，大声说，“小柴旦，记住谁扇了你一个耳光，好好活着，像个男人那样，到了西藏，我就去找你。”

小柴旦点点头，用衣袖擦干了眼泪。

这时古尔德班玛过来说：“风沙过了，先头驼队就要出发，我们赶紧走吧。”又对娜陵格勒和库尔雷克说，“放心吧，我们会像对待亲弟弟一样对待他。”

娜陵格勒突然扑通一声跪下：“那就拜托了公家人，你们关照好我的娃娃，我豁出命来把粮食运到西藏。”

起步了。这么大的驼队，从起步到全部离开香日德，至少要半个月。今天起步的，主要是先头驼队。

到处都是骆驼，接受摸顶之后又来送行的藏民们把哈达挂在所有骆驼客的脖子上，也一视同仁地挂在所有骆驼的脖子上。而作为领头驼的格尔穆，它脖子上的哈达至少有十条，其中一条是象征权威和尊贵的金黄色。

格尔穆知道自己有多么了不起，亢奋得昂扬着头，把鬃毛尽量抖得蓬松起来，眼睛一闪一闪的，那里有庄严和喜悦的光芒。它沉稳有力地迈动步子，大大的驼蹄坚实地踏在被沙丘瞬间掩埋的大戈壁上，敏感地捕捉着风中的信息。

风不知不觉变向了，往前吹的风变成了往后吹的风。格尔穆激动得逆风而上，不由得加快了步伐。它喜欢逆风，逆风可以闻到前面的味道，乌图美仁的味道，还有大柴旦的味道，开始是若有若无的，渐渐清晰了，清晰了。

30

是个大晴天，天地间涌动着从来没有过的透彻的光明。空气柔情得有些虚伪，阳光的沐浴里，吸一口气就有一种清净舒适的感觉。骆驼们把眼睛睁得溜圆，尽量撑起双眼皮，好奇地盯视着远山的走动、荒原的起伏，仿佛它们从来没见过这样的景观。

冶子酩拉着乌图美仁，这让乌图美仁很不舒服。它天生不喜欢陌生人的拉扯和骑乘，一次次地把头扭向大柴旦。大柴旦骑在另一峰骆驼上，也不时地看看它。他们在无声地交流，彼此的语言里蕴含着说不尽的疑惑和无奈。

乌图美仁说：为什么你要让冶子酩拉着我呢？我讨厌这个土匪。

大柴旦说：不是我让他拉着你，是他不让我拉着你。他要拉你到毒辣滩，你知道毒辣滩在哪里？

乌图美仁打了个冷战，它听到了大柴旦的心音，不禁又是磨牙又是咬唇：毒辣滩，毒辣滩。它不知道毒辣滩在哪里，却知道毒辣滩是个危险异常的地方。骆驼们早有传说：在那个地方，遍地都是百步金钱豹和比之更阴恶的黄金七步倒。骆驼虽然力气大，跟对方单打独斗决不吃亏，但毒蛇是不讲规矩的，它们奇多无比，防不胜防，藏在沙子里、石头下、草丛中，利箭一样从四面八方射出来咬你，咬一口你就完了，再大的骆驼也会瞬间倒下。骆驼们，那些在毒辣滩的传说中不寒而栗的骆驼们，谁也不会走到毒辣滩去。要是人不知道，它们就一定会千方百计提醒他们。

可是现在，骆驼还不知道，拉骆驼的人就已经知道毒辣滩在哪里了。他们不仅不回避，反而执意要把它们拉到毒辣滩去。死了，死了，这个人要把我拉到非死不可的地方去了。乌图美仁一边走一边发抖，不断翘起鼻子闻着前面的空气。风从前面徐徐吹来，似乎已经有了，有了毒辣滩诡异阴冷的味道。它停了下来。可是拉它的土匪不想让它停下，把缰绳拉得笔直，拉得它鼻子都疼了。它只好往前紧趱几步。

这一天就这样结束了。第二天上路的时候，冶子酩说：“儿子，你再去后面看看，大驼队跟上来了没有？领头的是不是格尔穆？”

大柴旦说：“噢呀，我要骑着乌图美仁去。”

冶子酩说：“我不想让你骑着乌图美仁，我生怕你骑上它就不会回来了。”他说出了自己的担忧，“这一路少了你我会伤心的，更不能少了乌图美仁，少了它后面的大驼队就不会跟着我们了。”

大柴旦说：“为什么非要让大驼队跟着我们呢？”

冶子酩说：“这个不能说，说了你就不会老老实实跟我们去毒辣滩了。当然你不去也不要紧，只要乌图美仁跟着我们大事就坏不了。但是大柴旦，你是我儿子，我心疼你，也需要你，我到哪里你就必须跟我到哪里。”

大柴旦没再说什么，背好杈子枪，调转自己的骑驼，朝后跑去。

又一次看清了，大驼队的影子，走在首驼位置的是格尔穆高拔的身影，似乎还有小柴旦，格尔穆驼峰上的那个小人影，不是小柴旦是谁？但是大柴旦没有靠近大驼队，从他的天性出发他要绝对遵守他给冶子酩的承诺：“你放了我阿爸，我就是你儿子。你走到哪里我跟到哪里。”他知道要是让小柴旦看到自己，不仅会坏了自己的承诺，连冶子酩也完了，剿匪部队会追上来，消灭这股土匪。

可是，可是……为什么呢？非要用乌图美仁把大驼队引到毒辣滩呢？

乌图美仁看到大柴旦回来了，便不断扭头，那是询问的意思：你看到什么了，看到格尔穆了吗？它虽然这样问，却意识不到自己正在通过引诱格尔穆，把大驼队引向必死无疑的毒辣滩。

大柴旦把他看到的告诉了冶子酩，也就等于告诉了乌图美仁。乌图美仁和冶子酩听了都很兴奋。乌图美仁抖了抖鬃毛，扭转脖子朝后闻了闻，突然想到风从前面吹来，怎么可能闻到后面的味道呢？哦，风从前面吹来，已经吹来了，清晰地吹来了毒辣滩的味道。它警惕地哞叫一声，甩头拽了拽缰绳，想冲着看不见的格尔穆走去，立刻意识到这是不可能的，便喷出一个失望的鼻息，接着便是担忧。

大驼队就要到了，格尔穆走在最前面。乌图美仁本来是想自豪一番的，但内心不期而至的却是担忧。它在担忧什么？它想着，使劲想着。

冶子酩说："他们走得很快，格尔穆恨不得今天晚上就赶上乌图美仁。我们得快一点，尽量保持距离。"

乌图美仁听话地加快脚步往前走去，慢慢地一个想法清晰起来：死了，死了，这个人要把我拉到非死不可的毒辣滩去了。但更重要的不是它死，而是它要把后面的格尔穆引向死路。格尔穆是大驼群的首驼，首驼一进入毒辣滩，所有的骆驼就都得进入毒辣滩，即使它们闻出毒蛇的气息，也会毫不犹豫地走去，因为在骆驼的生命中，跟着首驼走，是渗透在遗传基因里的法律。

死了，死了，格尔穆就要死了，大驼群就要死了。这个想法一出现，乌图美仁就显得极度不安。但它还是往前走着，因为它觉得骆驼不该有别的想法，随着人的心意跋山涉水就是了，所有的骆驼不都是这样的吗？

仿佛是为了引逗乌图美仁继续行走，风突然停了。但很快又吹起来，还是从前面吹来，不过强劲了许多。从前面吹来的强劲之风变成了诡异的阴风，森森地冷凉着。毒辣滩的味道转眼就浓烈了，那是百步金钱豹和黄金七步倒喷吐出的气息，是预知了大批骆驼即将来临时的高涨的情绪，毒液就在嘴边，润湿了蛇牙。乌图美仁知道，已经不远了，五十里，甚至二十里之外就是毒辣滩。

但是乌图美仁知道，现在最最可怕的，并不是毒辣滩的存在，而是自己。自己的味道会比此前任何时候更加强烈地进入格尔穆的鼻子。能够想见格尔穆的样子：高昂着头颅，加快了脚步，甚至都会不顾大驼队的秩序跑起来，跑向它的乌图美仁。

乌图美仁停下了。等着冶子酩使劲拉它的时候，它倔强地扭转脖子，开始掴动蹄子，一掴就把缰绳拉直了。现在，它跟冶子酩较上了劲，一个往前拉，一个往后拽，就像拔河那样。平时总是骆驼拔不过人，因为人是霸道的，使的是全力，骆驼是顺从的，不过是闹闹情绪，用了一点点力气。但是现在，乌图美仁也要使出全力了，脖子一横，就把冶子酩拉了个趔趄。

“咦？”冶子酩奇怪地叫一声，一巴掌拍在乌图美仁的肩膀上，“你还这样，到底是你拉我，还是我拉你？你是骆驼，还是我是骆驼？”转身拉起它就走。但是他没有拉动。他感觉就像拉着一座山，结果不是把自己拉趴下，就是把缰绳拉断。冶子酩吼起来：“走不走？不走我打死你。”

大柴旦在一边看着，也有些奇怪：只要一上驼道，骆驼，尤其是像乌图美仁这样成熟的骆驼，从来不刁难人。他从自己的骑驼上溜下来，挡在冶子酩面前，不让他打，然后问乌图美仁:“你怎么了？为什么不想走了？你忘了你是骆驼吧？阿爸说了，骆驼不走，就是河水不流山不立，那怎么可以呢？乌图美仁，走吧。”

乌图美仁似乎想让大柴旦明白到底为什么，朝后一跳，奋力一拽，就把缰绳拽离了冶子酩的手。

大柴旦愣了，他看到乌图美仁的背后，云彩变成了一个胡子老人，蓦然想起那个古老的传说：胡子老人一出现，就会有不幸发生。他从腰里解下驼鞭在手里晃了晃，想打在乌图美仁身上却打在了自己身上。这一鞭打出一个闪念来，突然让他有些清醒：乌图美仁一定闻到了什么，而能让它如此执拗不前的，除了殃及生命的危险，还能是什么呢？风从前面来，危险就从前面出，乌图美仁正在用极端的方法告诉他：不能再走了，绝对不能再走了。他把驼鞭拎在手里，问冶子酩：“前面是什么？是毒辣滩吗？毒辣滩到底是个什么地方？”

冶子酩盯着乌图美仁，想把缰绳重新抓到手。乌图美仁连连后退，就是不让他得逞。

大柴旦明白了：毒辣滩一定不是个好地方。他大声问：“到底为啥要去毒辣滩？”

冶子酩不说话，还是盯着乌图美仁。他生怕它跑了。

大柴旦说：“你不说我也知道了，毒辣滩一定是个十分毒辣的地方，你想让乌图美仁把整个大驼群引到毒辣滩，你要害死大驼群。”至于冶子酩为什么要毁掉大驼群，他并不想知道，只觉得冶子酩既然是土匪，那就什么残酷的事情都干得出来。

大柴旦走向乌图美仁，想从地上捡起缰绳，乌图美仁还是后退着躲开了。他说："阿爸冶子酪，我不走了，乌图美仁不走了。"这么一说，再去接近乌图美仁时，它没有躲闪。大柴旦一手握着缰绳，一手握着驼鞭。

冶子酪朝前摆摆手说："走吧儿子，听我的话，赶紧走吧。"

大柴旦说："我说了不走了。我不走，乌图美仁也不走。"

冶子酪说："已经由不得你们了。"说着掏出了手枪。

大柴旦说："打死也不走了。我们不去毒辣滩，后面的格尔穆，还有大驼队，也不去毒辣滩。"

冶子酪扑了过来，要抢大柴旦手里的缰绳。大柴旦立刻把缰绳丢开了。乌图美仁跳向一边。冶子酪气急败坏地喊起来："想不听我的话，已经晚啦。谁不听我就打死谁。"

好像这话起了作用，乌图美仁走起来，朝着前面冶子酪希望的方向，却又躲闪着冶子酪和其他土匪的靠近。冶子酪心说我们没有拉它，它自动往前走，方向一点也不错，这样也好啊。冶子酪招呼土匪跟在了后面。

荒原突然下沉了，前面是个大洼地。大洼地边缘是一道断崖，断崖下面很深很深，云烟遮挡，望不到底，那是一道大裂隙一样的沟谷。但是并不影响前去的路，绕过断崖，就是进入大洼地的一抹缓坡。然而乌图美仁没有绕，它其实早已闻到了从沟谷底下翻上来的地下水的气息，它似乎就是冲着断崖走来的。它站在断崖边上，忧伤地回望着大柴旦。

冶子酪走了过去，他觉得这是一个拽住缰绳的好机会，乌图美仁不可能再往前逃离他了。但是大柴旦知道，这时候绝对不能过去，除非改变主意：放弃毒辣滩，朝着别处走去。

大柴旦喊道:“回来，回来。”是让冶子酩回来，也是让乌图美仁回来。

冶子酩和乌图美仁都没有听他的。他跑向了冶子酩，从后面抱住了对方。冶子酩立刻甩开了他,继续往前走,眼看就要拽住缰绳了。大柴旦突然从背上取下杈子枪，对准了冶子酩:“回来，不回来我就打死你。”

冶子酩停下了，回头望着大柴旦，也望着自己的土匪部下。土匪们都瞪着大柴旦。奴亥说:“我早知道这驼崽子会背叛我们。”

大柴旦警觉地朝旁边跨了几步，好让自己也能看到冶子酩的部下。他把枪支在土堆上，看冶子酩一动不动，便从枪袋里拿出火石，又从腰里摘下了火镰。现在，只要使劲一打，就能点燃插在枪药上的火绳了。

冶子酩似乎有点害怕了，离开乌图美仁一步，冷笑着说:“想一想吧，你可以打死我，但打死我又有啥用呢？我还有这么多手下，前面不远处还埋伏着祁连大爷和胡子蛮，他们还是能让乌图美仁把格尔穆和大驼队引到毒辣滩去。”

这也正是大柴旦担忧的。他无奈地望了一眼乌图美仁，看到它眼中飘浮着一股梦幻的忧郁的温柔，就像一丝悄悄话走进了他心里:我要走了，走了，可是我不敢，我依然惦记着格尔穆我怎么也不敢，下面太深太深了。大柴旦浑身一颤，毅然用火石和火镰打着了火绳。

大柴旦趴在土堆上，抱住枪对准了前面。火绳噗噗噗地冒着火星，一秒钟，两秒钟，立刻就要打响了。无处躲闪的冶子酩扑通一声趴卧在地上。但是大柴旦瞄准的不是他，而是乌图美仁。枪响了。与此同时，乌图美仁响亮地哞叫了一声，然后晃了晃沉重的身子，翻倒在地，半个身子在断崖边上待了一会儿，就哗地掉了下去。

乌图美仁不见了，消失在断崖下面了。消失的时候，什么声音也没有。

大柴旦知道，乌图美仁也知道，重要的不是乌图美仁消失了，而是乌图美仁的味道消失了。风从前面吹来，已不再裹挟乌图美仁的味道了。它的死亡结束了它的情爱，那种能够产生母驼气味的整个身体的细胞律动已经自动停止，空气里再也不会有乌图美仁的引诱了。只有人都能觉察到的毒辣滩的阴恶气息，从很近的前面飘来，飘到后面去了。后面是追撵而来的格尔穆，是格尔穆率领的大驼队。

丢开枪的大柴旦呆愣着。爬起来的冶子酩也呆愣着。所有的土匪和骆驼都呆愣着。突然，冶子酩扑向了大柴旦：“毁了，毁了，你把一切都毁了，我要掐死你。”

大柴旦转身就跑，边跑边喊：“乌图美仁，乌图美仁，是我打死了你。”他没有跑远，绕开冶子酩，跑到了断崖边，扑通一声跪下，朝着断崖下面喊着：“乌图美仁，乌图美仁，是我打死了你啊。”喊着，不停地撕扯自己的胸脯，仿佛这样就能把无尽的悔恨释放出来。可他同时又明白，悔恨的另一面，是乌图美仁必须死亡的全部理由。死、死、死，你死了我也死。大柴旦号啕大哭。

冶子酩追了过去，咬牙切齿地喊着：“掐死你，掐死你。”

大柴旦听不见乌图美仁的回音，看到冶子酩已经扑过来，便一头磕了下去。他知道自己会一头磕在虚空里，再翻一个跟头，然后去乌图美仁身边继续磕头：“乌图美仁，乌图美仁，我为啥要打死你呢？”

大柴旦就这样消失了，他知道乌图美仁在那儿等着他，他要去跟它待在一起了。断崖下面的云烟一阵翻滚，翻滚出了乌图美仁的形状。它在奔驰，它驮着大柴旦奔驰在深深的沟谷里，引来凄厉的风声，呜呜而恸。

冶子酩戛然止步，愣望着突然不见了大柴旦的断崖，悲惨地叫了一声："儿子……"

31

格尔穆身后是连成线的骆驼，漫长得一望无际。想想这几万峰骆驼一望无际的延伸是从天边走向地角，小柴旦就激动得满脸光彩。他因为格尔穆而成了大驼队的首位，他领着这么多骆驼这么多人正在走向西藏，他心情愉快，啥也不想，就惦记着自己的荣耀。骆驼客们说了，驼首驼首，八百金酬。意思是能在大驼队里做驼首的人和骆驼，八百大洋才能雇到。

方向和速度都是由格尔穆掌握的。它鼻子里灌满了乌图美仁的气息，恨不得即刻就能见到它。但是它没有奔跑，它懂得大驼队的规矩，更懂得作为首驼应有的责任，它熟练而有效地判断着方向，每一步都不偏不倚地踏在应该延伸的地方上。步幅那么宽大，身躯那么沉稳，速度那么均匀，身后能看到它的所有骆驼和骆驼客都在赞美它。赞美的同时，都发现速度比原来预想的要快，快多了。

这一天走下来，紧跟在格尔穆后面的古尔德班玛说："很好，就这样走。"

第二天，格尔穆走得更快了，但它自己觉得慢了下来，一再地说：我怎么走得这么慢呀。快一点，快一点。不不，不能再快了，再快后面就跟不上了。乌图美仁我知道你着急了，对不起我走得这么慢。可是没办法呀，谁让我是骆驼呢。可如果我不是骆驼，怎么会遇到你呢，乌图美仁？

格尔穆一路都在感叹：太慢了，太慢了，脚步一阵阵地加紧了。近了，近了，乌图美仁的味道越来越浓了。可是突然，一切都没有了，乌图美仁和整个世界都没有了。风向没有变，还是从前面吹来，它为之心潮起伏、奔跑追逐的爱情信息却荡然无存了。怎么了？出什么事了？它停了下来，觉得应该想一想，就听脊背上的小柴旦喊起来："格尔穆，你辨不清方向了吗？"

格尔穆立刻起步了。我，格尔穆，怎么会辨不清方向呢？掌握方向对我来说，就跟行走本身一样轻而易举。是的，轻而易举，它很快又捕捉到了乌图美仁的信息，尽管这信息是那么微弱，但引导它不迷失方向是足够了。格尔穆越走越快，很快跟后面的骆驼拉开了距离。它已经不想首驼的责任，不想大驼队的存在，就想着乌图美仁了。

小柴旦看出了端倪，高兴地捶打着驼峰："乌图美仁，乌图美仁。"

乌图美仁在跳下断崖之前，由不得自己地叹了一口气。就是这口湿漉漉的充满伤感的气团，沉重得氤氲不去。它是风吹不走、日晒不掉的，它就滞留在断崖边上，等待着格尔穆的到来，想以它蕴含丰富的内容，最后一次告诉格尔穆：爱你啊，下一辈子还爱你。

现在格尔穆来了。它追寻着乌图美仁滞留不去的叹息，来到了断崖边，朝下看了看骆驼一样奔跑的云烟，然后就卧下了。小柴旦从驼背上跳下来，问它："怎么了？你怎么停在这个地方了？"

有人过来告诉了他：就在这个地方，就在数小时之前，一峰名叫乌图美仁的母驼跳下去了，接着一个名叫大柴旦的娃娃也跳下去了。

小柴旦瞪着这个人："你是谁？"

这个人说："我叫冶子酩，我认识你，你是大柴旦的兄弟。"

小柴旦想起来了，就是这个土匪抢走了哥哥。他声音尖尖地吼起来："把我哥哥还给我，我不相信你的话。"是的，这怎么可能呢？眼看格尔穆就要跟乌图美仁相会了，乌图美仁怎么会跳下去呢？眼看我就要到了，哥哥怎么会跳下去呢？

但格尔穆是相信的。它把乌图美仁的叹息噙在嘴里，品咂着，琢磨着，然后细细地嚼碎着，咽了下去。那口湿漉漉充满伤感的气团一到它肚子里，就变成了沉重的思念，不舍啊，那是爱的不舍，也是命的不舍。不舍的不是自己的命，而是乌图美仁的命。所以格尔穆不走了，它也要追随而去了。它默默流泪，一次次地望着断崖下面。突然，它站了起来，前走一步，回望了一眼远处缓缓走来的大驼队，又用告别的神情看了看小柴旦，突然跳了起来。它没有落地，它跳下去了，朝着深深的沟谷、厚厚的云烟。它知道乌图美仁就在沟谷的云烟里。它说乌图美仁啊，无论你走到哪里，我都要去找你。

小柴旦这才相信了：乌图美仁下去了，格尔穆下去了，大柴旦也下去了。"回来，回来。"他站在断崖边上喊着，知道他们回不来了，只能自己去找他们了。他似乎没有想到死和活，只想到了去和来。去找他们，去找他们。他扭头面向大驼队，哭着说："阿爸，阿爸，阿妈，阿妈，走了，走了。"好像不是他在告别阿爸阿妈，而是阿爸阿妈在告别他。他朝前走了一步，半个脚掌已经在断崖外边了，哭声越来越响亮："哥哥来，我的哥哥来；格尔穆来，我的格尔穆来；乌图美仁来……"他就这样边喊边哭，声音飞翔而去，突然中断了，这个小人影也就突然消失了。

看到小柴旦消失的所有骆驼和冶子酩的人都发出了一声惊叫。惊叫之后便是另一种声音，所有的声音汇聚在一起，变成了天和地的呜咽。厚厚的云烟随着呜咽剧烈抖动着，濡湿了整个沟谷。

两天后，库尔雷克才骑着骆驼赶来。大驼队延伸得太长，他是刚刚上路，就接到了不幸的消息。接着赶来的是娜陵格勒，她被安排在大驼队的中间，消息到达时还待在香日德没有启程。

他们站在断崖边上，看着下面翻滚不止的云烟，似乎看到乌图美仁、格尔穆，还有大柴旦和小柴旦就裹在云烟里面：健美的驼影，可爱的娃娃。

四野阒然。库尔雷克突然朝上看了看，似乎有些奇怪：云彩遮罩的天堂怎么跑到地下去了？他叹口气，平静地说："我要下去看看我的美驼和母驼，看看我的大柴旦和小柴旦。"

娜陵格勒更加平静地问："你怎么下去？"

库尔雷克说："拴一根绳子溜下去。"

娜陵格勒说："你下去就上不来了。"

库尔雷克说："上不来就不上了，活不成就不活了。"

娜陵格勒突然激动起来："那我呢？我怎么办？"

库尔雷克说："你有察汗乌苏，好好活着吧。我走了，你们也就清净了。"

娜陵格勒说："你走了清净，你走了清净，你不走我们也会清净。"

库尔雷克摇摇头，心说你们不会清净，我也不会清净，我走了。似乎对他来说，如果他不到下面去看看他的美驼和母驼、看看他的大柴旦和小柴旦，就对不住他深爱的娜陵格勒和他的兄弟察汗乌苏。他必须下去，也就是说他必须放弃。

他用一根长长的绳子搂住了断崖边上巨大的岩石，另一头往下垂到云烟里去了。看到的骆驼客报告给了古尔德班玛。古尔德班玛紧紧张张过来劝阻，发现他已经攥起绳子把半个身子搭在了断崖边上。

“上来，你给我上来。”古尔德班玛喊道，伸手要去抓他。

库尔雷克说：“别过来，过来连你也会拉下去。不是你们的美驼和母驼没有了，不是你们的两个娃娃没有了，你们不知道我心里的苦，如今我啥也没有了。娜陵格勒，你好好活着啊，告诉察汗乌苏，哥哥我对不住他。”

远处响起了激烈的枪声。古尔德班玛扭头看了看，再回过头来时，就见库尔雷克已经顺着绳子溜了下去，边溜边唱：

八月十五的圆月下，
想我的骆驼和娃娃，
十二把腰刀身上插，
血身子陪你们坐下。

云烟很快掩埋了他和他的歌声。

娜陵格勒以泪洗面，一边哽咽一边回应。驼道上的爱情必须用驼道上的歌声来回应：

上西天的渡船，
拆散了我们的姻缘；

若要让我心甘，

得用太阳月亮交换。

是的，这不是告别。娜陵格勒用歌声告诉自己：爱情与生命的关头，女人比男人更果决。她唱着，突然大喊一声："库尔雷克，等着我，我跟你去了。"纵起身子，一跃而下。

说不上过了多久，一个禀性怯懦的骆驼客来到了断崖处。他不断地说着："连骆驼都能，我就不能？我是人，不能不能啊。"这时候大驼队已经转向，绕开前面的毒辣滩，沿着柴达木河走向了传说中那个河流密集的地方。断崖处只有大驼队的尾部，尾部也要消失了。禀性怯懦的骆驼客就属于尾部，等他停下不走的时候，就成了尾部的尾部。他告诉别的骆驼客，你们先走，把我的骆驼拉上，我在这里待一会儿。但是他却待到了永远，待到断崖下面去了。

察汗乌苏，娜陵格勒的丈夫，终于用行动证明，一个软弱怯懦的人，也会拥有以命相许的爱和爱的勇敢。

荒原的岚光漠漠漫漫，不可测知的邈远用山水的蜃景诱惑着所有的生命。云翳正在烂漫地开放，大朵的白花铺设在天上地下。自古如此的柴达木荒原，一如既往。

冶子酩带着他的人，跟准备伏击大驼队的祁连大爷和胡子蛮干了起来。明知打不过，却还是不顾死活地冲了过去，他们是想用枪声警告大驼队：这里埋伏着土匪。等古尔德班玛带人赶到时，他们全体已经被祁连大爷的人打死。但在古尔德班玛的意识里，冶子酩一伙是悔罪自杀。古尔德班玛和祁连大爷以及胡子蛮的对抗持续了一天一夜。祁连大爷和胡子蛮带着残余逃亡而去，逃进了毒辣滩，之后就再也没有踪影了。

五天以后，大驼队的前锋顺利到达了一个到处都是河流的地方。古尔德班玛四处走着看了看，望着远处的昆仑山说："看来这地方就是喜马拉雅大招募的集结地了，那就叫格尔穆吧。"跟他在一起的马博政委说："好。"

两个月以后，大驼队的所有骆驼和骆驼客都来到了格尔穆。

半年以后，护送十世班禅额尔德尼和运送粮食的进藏大驼队到达了拉萨。

又过了一个月，少年班禅佛爷回到了老家日喀则的扎什伦布寺。他做的第一件事情，就是为所有死去的骆驼和死去的骆驼客，以及他的朋友小柴旦和被他称为驼神爷的格尔穆，举行盛大法会，悠长悠长地念经祈祷，绵绵不绝地超度亡魂。

骆驼如何走进西藏、到达拉萨的故事就不用再讲了吧。现在，让我们翻开地图，仔细看看青海的柴达木，找一找那些我们已经熟悉的名字：夏日哈、香日德、诺木洪、乌图美仁、格尔穆、大柴旦、小柴旦，还有库尔雷克、娜陵格勒、察汗乌苏。

是的，我们用骆驼和骆驼客的名字命名了这些地方，好让我们永远记住这个美丽而凄恻的故事，记住那些因爱而获得了生命尊严的骆驼和拉骆驼的人，记住在不朽的荒原，有着我们从不曾丢失的爱的流传。

被命名的地方还有小哈勒腾、马海和伊克雅乌。说明小哈勒腾、马海和小骆驼伊克雅乌也已经死了。

小骆驼伊克雅乌的死是大驼运结束以后的事。它是被毒蛇咬死的。它死后，留下来给它喂奶的母驼看到人们掩埋了它，就去坟边等着，寻思这孩子还会从坟堆里头钻出来吃它的奶。它在坟边一圈一圈地转，奶胀了，它不让任何人挤奶，也不让任何骆驼吃奶，就那么固执地等着，等着。最后，母驼的奶头胀烂了，感染了，它瘫卧在坟边再也没有起来，它死了。人们就在小骆驼伊克雅乌的旁边埋葬了它，并像垒造纪念塔一样，给它垒起了高高的坟包。

至于小哈勒腾和马海，谁也不知道它们是怎么死的。就像大部分骆驼并没有被我们记载一样，有多少爱的故事是我们不知道的呢？